小荷女史畫

三苏文化

也無風雨也無晴

周啸天 编著

苏东坡 美文大观

四川人民出版社

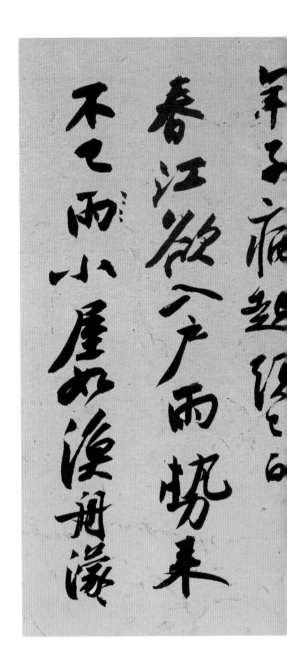

《寒食帖》书于神宗元丰五年（1082），向称天下第三行书，踵接王羲之《兰亭序》、颜真卿《祭侄季明文稿》，是东坡书法的代表作。帖宽34厘米，长近2米。主体部分是苏东坡《寒食诗》二首，附骥诸多名人（黄庭坚、董其昌、乾隆等）题跋。此帖用笔沉郁顿挫，变化多端，转折之间藏锋不露。黄庭坚说："此书兼颜鲁公、杨少师、李西台笔意，试使东坡复为之，未必及此。"

自我来黄州、已過三寒

食年、欲惜春、春去不

容惜今年又苦雨两月秋

萧瑟卧闻海棠花泥

污燕支雪闇中偷負

夜半真有力何殊少

右黄州寒食二首

起

九重坟墓在万里也拟
哭涂穷死灰吹不

君門深

衒

春江欲入戶雨勢來

不已雨小屋如漁舟濛

水雲裏空庖煮寒菜

破灶燒濕葦那

知是寒食但見烏

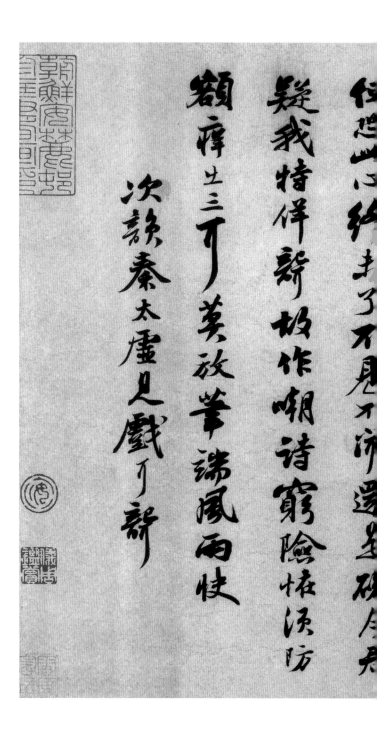

【书法赏析】

《次韵秦太虚见戏耳聋》一诗作于宋神宗元丰二年（1079）三四月间，即乌台诗案前夕，当时虽然是山雨欲来，但苏轼并没有觉察到问题的严重性，仍全无顾忌，以酣畅淋漓之姿次韵相和秦观诗作。

此作笔墨神闲气定，丝丝入扣，笔笔分明，堪称妙品。

君不見诗人借車無乃載酉得一錢
何乃賴晚年又似杜陵若右臂雖存
耳先瀆人將蟻動作牛闘我覺是風
雷真一噫閒塵掃盡根性空不須更枕
清流派大朴初散头混沌六鑿相攘更
縢壞眼花亂墜酒生風口業不傳詩有
责君知玉蘊此是賦人生一病今先差

【书法赏析】

诗中以孟郊诗、李建中书评林和靖诗书，谓其诗歌像孟郊但没有寒苦格调，书法似李建中笔力瘦硬、刚拙有力，历来被认为是得体。王世贞称其『书法匀稳妍妙』。王鸿绪则云：『出入鲁公、季海间，姿媚可爱而藏锋敛锷，运方圆于规矩之外』，又说：『能于偏处取正，中处见侧，相生互用。』当代书法家王连起据诗中内容判定，此作当书于元祐四年（1089）下半年或元祐五年（1090）。

書和靖林靈士詩後　蘇軾

吳儂生長湖山曲　呼吸湖光飲山
綠不論世外隱君子　傭兒販婦皆
冰玉先生可是絕俗人神清骨冷無
曲俗我不識君曾夢見眸子瞭然
光可燭遺篇妙字霭、有步繞西
胡督不足持□東子不言□

白

藉乎舟中不知東方之既

既盡杯盤狼籍相与枕 平

而笑洗盞更 平 酌肴核

世而君比乎三而共食窖喜

【书法赏析】

本作品乃苏轼为友人傅尧俞而书。苏轼于卷上书曰：『轼去岁作此赋，未尝轻示人。』因知此帖书于元丰六年（1083），出以楷书，吴其贞《书画记》称『其清健秀媚，似颜柳二家』。原帖较长，这里节取的是关于『无尽藏』命题的一段。

之間物各有主苟非吾之
所有雖一毫而莫取惟
江上之清風与山間之明
月耳得之而為聲目遇
之而成色取之無禁用之
不竭是造物者之無盡藏

口腹自役枨是惆怅慷慨深愧

平生之志犹望一稔当敛裳宵

遊寻程氏妹丧于武昌情在骏

奔自免去职仲秋至冬在官

八十余日因事顺心命篇曰归

去来兮乙巳岁十一月也

归去来兮田园将芜胡不归

【书法赏析】

欧阳修说：『晋无文章，惟陶渊明《归去来兮辞》一篇而已。』苏东坡一生曾多次书写陶渊明《归去来兮辞》。此帖现藏于中国台北故宫博物院。这里节录辞序的一段，逸笔草草，内容与形式高度契合，体现了作者晚年渐近自然的书风。

歸去來辭

余家貧耕植不足以自給幼稚
盈室缾無儲粟生生所資未見
其術親故多勸余為長吏脫
然有懷求之靡途會有四方之
事諸侯以惠愛為德家叔以予
貧苦遂見用為小邑于時風波
未靜心憚遠役彭澤去家百
里公田之利足以為酒故便求之
及少日眷然有歸歟之情何則

苏东坡像 （元）赵孟頫作

前言

苏轼（1037—1101），字子瞻，号东坡居士，宋眉州眉山（今四川省眉山市）人。苏洵子。仁宗嘉祐进士。曾上书力言王安石新法之弊，因作诗刺新法下御史狱，贬黄州。哲宗时任翰林学士，曾出知杭州、颍州，官至礼部尚书。后又贬谪惠州、儋州。历州郡多惠政。卒谥文忠。作品有《东坡七集》《东坡易传》《东坡书传》《东坡乐府》等。

苏东坡的魅力来自四个方面：一、在政治上，苏东坡是一个原则性很强，不肯偷合取容的人；二、在生活上，苏东坡是一个亲和力很强，富于情调的人；三、在文艺上，苏东坡是一个天才，一个无所不通的人；四、在事务上，苏东坡是一个实干家，一个政绩卓著的人。分解如下。

一　在政治上，苏东坡是一个原则性很强，不肯偷合取容的人

东坡青年时代在政治上颇具锐气，锐敏地感觉到宋朝百年无事背后的危机，所谓"有治平之名无治平之实，有可忧之势而无可忧之形"，"常患无财"，"常患无兵"，"常患无吏"，认为在财政方面、国防方面、人事方面，到了非改革不可的地步。

从苏东坡在地方官任上所表现的施政才能看，如果他担任执政大臣，一定是非常务实、有所作为的。然而，不幸的是，他先后笼罩在政治党争和两个大人物的阴影之中，始终未能走出阴影，终身未能进入政权的核心。北宋朝廷的政治斗争，是新旧党争。新党代表是王安石，旧党代表是司马光。苏东坡前不合于王安石，后见嫉于司马光，所谓"既生瑜，何生亮"，也是无奈。

王安石被列宁称为"中国十一世纪的改革家",其主张颇具法家政治色彩,为了对付来自北方的盘剥和威胁,他在《上仁宗皇帝言事书》中提出要以征诛(惩罚诛杀)的强制手段和激进措施推行改革,相当超前。在生产力发展水平极其有限的时代,想通过税收来增加财政收入,必然制造矛盾,转嫁负担。王安石个性极强,史称"拗相公"。连写诗都要和古人较劲:"我名公字偶相同,我屋公墩在眼中。公去我来墩属我,不应墩姓尚随公。"(《谢安墩二首》其一)梁代诗人王籍《入若耶溪》诗云:"蝉噪林愈静,鸟鸣山更幽。"安石偏反其意而用之:"茅檐相对坐终日,一鸟不鸣山更幽。"(《钟山即事》)

苏东坡性虽随和,却绵里藏针,亦有个性。他主张通过渐进缓和的办法来推行改革。陆游于《老学庵笔记》中载:"东坡《刑赏忠厚之至论》用'皋陶曰杀之三,尧曰宥之三'。梅圣俞为小试官,得之以示欧阳公,公曰:'此出何书?'圣俞曰:'何须出处!'……及揭榜,见东坡姓名,欧公曰:'此郎必有所据,更恨吾辈不能记耳。'及谒谢,首问之,东坡亦对曰:'何须出处!'与圣俞语合,公赏其豪迈,太息不已。"

东坡与其弟于仁宗嘉祐二年(1057)中进士,后迭遭母、父之丧,而两次暂时离开朝廷。神宗熙宁二年(1069)守父丧毕,即入京任职。这时王安石变法开始了,由于改革的步子迈得太大,措施过于激进,所以阻力很大。东坡有自己的见地。神宗召对,他答道:"求治不宜太急,听言不宜太广,进人不可太锐。愿镇以安静,待物之来,然后应之。"退朝后,又写下著名的《上神宗皇帝万言书》。王安石虽是"宰相肚里能撑船",后来与东坡私交不错,但政见不同。东坡因不见容于新党,而请求外调,四年起,先后出任杭州通判,和密州、徐州、湖州的知州。他在到湖州谢表时写道:"愚不识时,难以追陪新进;察其老不生事,或能牧养小民。"又有诗道:"读书万卷不读律,致君尧舜知无术。"（《戏子由》）虽然暂时回避了直接的政争，却暗中酝酿着文字之狱。

神宗熙宁九年（1076）王安石罢相，新旧党争逐渐演变为宗派的倾轧和报复。神宗元丰二年（1079）东坡刚到湖州，御史台即搜集其讽刺新法的诗句，并予逮捕，这就是所谓"乌台（御史台）诗案"。当时追取之暴，据说是"东坡方视事，数吏直入厅事，捽（zuó）其袂曰：'御史中丞召。'东坡错愕而起，即步出郡署门。家人号泣出随之，郡人为涕泣"（《萍洲可谈》）。东坡这时想到的，是真宗朝处士杨朴被征召时，其妻所赠诗曰："更无落魄耽杯酒，且莫猖狂爱咏诗。今日捉将官里去，这回断送老头皮。"（见《东坡志林》）东坡在狱中，由长子苏迈探监送饭。父子相约，平时送肉和菜，倘有消息不妙时，就改送鱼。一次苏迈因事不能前往，由亲戚代送，不知所约，送了鱼去，弄得东坡虚惊一场。神宗无意重处之，结果关了130天，处分下来，贬为黄州团练副使（这是专为受处分的官员设置的虚衔），交当地管制。

明冯梦龙编著的《警世通言》中有《王安石三难苏学士》的小说，虽然是无稽之谈，却形象、曲折地反映了王安石和苏东坡之间恩恩怨怨的关系。

宋神宗死，年仅10岁的哲宗继位，英宗皇后临朝称制，用司马光为相，废除新法，史称"哲宗元祐更化"。东坡亦应召回朝中，为中书舍人兼侍读。宣仁太后很敬重他，尝宫中召对。东坡与司马光的政见也不一致，当时朝官拉帮结派，有洛党（程颐为首）、朔党（司马光为首）、蜀党（苏东坡为首）之分。东坡不赞成对新法作全盘否定，主张"较量利害，参用所长"，并和司马光就免役法的存废问题，展开激烈的论争，被旧党中人视为"王安石第二"。

子瞻以温公论荐，帘眷甚厚，议者且为执政矣。公力言："苏轼为翰林学士，其任已极，不可以加。"……王安石在翰苑为称职，及居相位，天下多事。以安石只可以为翰林。则轼不过如此而已。若欲以轼为辅佐，愿以安石为戒。（《孙公谈圃》）

东坡公元祐时既登禁林，以高才狎侮诸公卿，率有标目殆遍也，独于司马温公不敢有所轻重。一日，相与共论免役差役利害，偶不合。及归舍，方卸巾弛带，连呼曰："司马牛，司马牛！"（《铁围山丛谈》）

司马光死后，又爆发"洛蜀党争"，东坡接二连三遭洛党弹劾。于是再度请求外调。从哲宗元祐四年（1089）起，先后任杭州、颍州、扬州、定州的知州。

哲宗元祐八年（1093）九月高太后驾崩，19岁的哲宗皇帝执政，新党重新上台，打出"绍述"（继承神宗遗志）旗号，关于"废帝"的政治谣言又起，酿成重大政治灾难，30多位大臣被贬黜。以章惇为代表的新党人物完全抛弃了王安石变法的精神和具体政策，把打击异己作为主要的目标。苏东坡第二次被贬谪，初贬宁远军节度副使、惠州安置，后又突然接到调令，被贬放到海南岛——在先后被贬的800余人中，只有东坡一人被贬到该岛。

苏东坡在政治上不肯偷合取容，得力于儒家思想对主体人格的构建，尤其得力于幼年时代的家教。其母程氏知书识礼，曾为东坡讲范滂的事迹（滂事见于《后汉书·党锢传》）。范滂为清诏使，意欲澄清吏治，每至州境，贪污之吏皆闻风离去。以得罪宦官，系黄门北寺狱，事释得归。灵帝建宁二年（169）大杀党人，诏下急捕滂等。滂自诣狱，滂母与诀，曰："汝今得与李（膺）杜（密）齐名，死亦何恨。"死时年仅33岁。东坡问母亲："倘若轼为范滂，母亲许我么？"

程氏回答说："汝能为滂，吾顾不能为滂母邪？"

二 在生活上，苏东坡是一个亲和力很强，极有情调的人

宋人高文虎评苏轼曰："苏子瞻泛爱天下士，无贤不肖欢如也。尝言：'上可陪玉皇大帝，下可以陪卑田院（养济院）乞儿。'"（《蓼花洲闲录》）他的朋友很多，品类不一，不管什么人，都和他谈得来。如生今世，可为爱心大使。和尚佛印，是他的方外好友，故事极多。东坡兄弟关系极其融洽，家庭生活和谐。

东坡也很有女人缘，他的生命之旅中，先后有三位女性陪伴。发妻王弗早逝，有《江城子》记其事，可见彼此的情深。续弦王闰之，为人亦自不俗。《后赤壁赋》云："客曰：'今者薄暮，举网得鱼，巨口细鳞，状似松江之鲈。顾安所得酒乎？'归而谋诸妇。妇曰：'我有斗酒，藏之久矣，以待子不时之须。'"几句话就凸显了一个细心而且豁达的好女人，不会使夫君败兴。东坡在颍州时，一个正月的夜晚，王氏说："春月胜于秋月色，秋月令人惨凄，春月令人和悦，可召赵德麟辈来，饮此花下。"东坡大喜道："此真诗家语耳。"后来填了一首《减字木兰花》道："春庭月午，摇落香醪光欲舞。步转回廊，半落梅花婉婉香。轻风薄雾，总是少年行乐处。不似秋光，只与离人照断肠。"东坡的如夫人朝云亦姓王，本是钱塘名妓，东坡守杭时相娶。她天资聪明，跟东坡学了一些文化，奉佛念经。后从东坡到惠州，《蝶恋花》云："花褪残红青杏小。燕子飞时，绿水人家绕。枝上柳绵吹又少。天涯何处无芳草。 墙里秋千墙外道。墙外行人，墙里佳人笑。笑渐不闻声渐悄，多情却被无情恼。"朝云每唱此词到"天涯何处无

芳草"（句出《离骚》"何所独无芳草兮，尔何怀乎故宇"），即掩抑惆怅，如不自胜。她后来竟死在惠州，东坡为她作了好些首诗，有"丹成逐我三山去，不作巫山云雨仙"（《朝云》）之句。

东坡谈吐，备极诙谐，很喜欢打趣人。有人以咏竹诗请教于他，有句"叶垂千口剑，干耸万条枪"，东坡大笑道："诗虽好，可惜十根竹竿，只挑得一个叶儿。"解诗本来无须数学。但此公以武器形容竹君，实在太煞风景了，不值得正面评说。不妨从侧面拈他一错，也煞煞他的风景，是非常机智的。另有人以诗请教，东坡说可以打十分，道："三分诗，七分读，并是十分。"言虽出于戏谑，但作别解，有味外味。

东坡一生经历相当坎坷，但心态相当平和；经历相当丰富，但精神相当充实，感觉相当快活。无论现实环境多么险恶，他总是持审美观照的态度来玩味生活，对事物保持浓厚兴趣，随缘自适，随遇而安，修炼到宠辱不惊的境界。这一方面得力于佛学和《庄子》（他自小曾随一道士念书，最喜欢读的书是《庄子》，也喜欢道家的养生之术。他深研禅学，精通佛理，与和尚交往密切，甚至参加寺庙里的宗教活动）；一方面得力于自然风月，他作过湖州、杭州、扬州知州，北至渤海，南至海南，可说是饱览了大宋的地理风光。他还在《赤壁赋》中提出了一个"无尽藏"的命题：

且夫天地之间，物各有主，苟非吾之所有，虽一毫而莫取。惟江上之清风，与山间之明月，耳得之而为声，目遇之而成色；取之无禁，用之不竭。是造物者之无尽藏也，而吾与子之所共食。

苏东坡当时还想不到自然资源的有限性和不可再生性，但他觉悟到人的个体需求，相对于自然资源来说，是极其有限，而最好的声色享受，乃是大自然的风月宝藏。正是："明月清风无尽藏，行云流水平常心。"

神宗元丰五年（1082）三月七日所作《定风波》，序云："沙湖道中遇雨，雨具先去，同行皆狼狈，余独不觉，已而遂晴。故作此词。"词云：

> 莫听穿林打叶声，何妨吟啸且徐行。竹杖芒鞋轻胜马，谁怕。一蓑烟雨任平生。　料峭春风吹酒醒，微冷。山头斜照却相迎。回首向来潇洒处，归去。也无风雨也无晴。

这难道仅仅是郊游（或观农）遇雨之生活纪实吗？唯有知其人，方能从词的无字处看到"任凭风浪起，稳坐钓鱼台"，"风雨即将过去，阳光就在前头"，"走自己的路，让人家去说吧"，等等意味，从而受到一种精神上的陶冶。

你须得知道东坡平生经历，乐观坚韧的禀性，及其所受禅宗思想的影响，才能充分玩味其诗词中表现的那一分性情与学养。

"我本无家更安往，故乡无此好湖山。"（《望湖楼醉书》五首）这是神宗熙宁五年（1072）在杭州所作。

"自笑平生为口忙，老来事业转荒唐。长江绕郭知鱼美，好竹连山觉笋香。逐客不妨员外置，诗人例作水曹郎。"（《初到黄州》）这是神宗元丰三年（1080）责授检校水部员外郎黄州团练副使时所作。按梁代何逊、唐代张籍、北宋孟宾于皆做过水部郎官，诗人引以解嘲。

"罗浮山下四时春，卢橘杨梅次第新。日啖荔支三百颗，不辞长作岭南人。"（《食荔支》）这是哲宗绍圣三年（1096）谪贬岭南所作。

"报道先生春睡美，道人轻打五更钟。"（《纵笔》）这是哲宗绍圣四年（1097）惠州所作。钟声与春睡何关，而加关联，且曰"轻打"，恐惊梦，何等体贴人情。此诗传入京城，被一心打压他的章惇得之，"章子厚曰：'苏子瞻尚尔快活'，乃贬昌化（海南）。"（《苏诗话》引《舆地广记》）

"九死南荒吾不恨，兹游奇绝冠平生。"（《六月二十日夜渡海》）这是哲宗元符三年（1100）渡琼州海峡时所作。读者可以从中无误地辨认出那个逆来顺受、乐观旷达的抒情主人公的形象，这便是苏东坡。

"东坡自海外归，人问其迁谪艰苦。东坡曰：'此骨相所招。小时入京师，有相者曰：一双学士眼，半个配军头。异日文章虽当知名，然有迁徙不测之祸。今悉符其语'"（《深雪偶谈》）"心似已灰之木，身如不系之舟。问汝平生功业，黄州惠州儋州。"（《自题金山画像》）这是东坡总结一生遭际之作，纵有悲怆，终归平和。

苏东坡很会生活，懂得闲适的乐趣。在这一点上，他颇得力于陶渊明、孟浩然和白居易，而不同于柳宗元。"元丰六年十月十二日，夜，解衣欲睡，月色入户，欣然起行。念无与乐者，遂至承天寺寻张怀民。怀民亦未寝，相与步于中庭。庭下如积水空明，水中藻荇交横，盖竹柏影也。何夜无月？何处无竹柏？但少闲人如吾两人耳。"（《记承天寺夜游》）"殷勤昨夜三更雨，又得浮生一日凉。"（《鹧鸪天》）"未成小隐聊中隐，可得长闲胜暂闲。"（《六月二十七日望湖楼醉书》五首）

"天下几人学杜甫，诗中定合爱陶潜。"（刘东父集东坡诗句）苏东坡的主要精神支柱是陶渊明。汉末天命观发生动摇，魏晋时代的个性觉醒，走出了旧的悖缪，却又陷入新的困境。从"古诗十九首"到曹植、阮籍，诗中充满忧生之嗟，诗人在苦苦思索生命的价值和人生的意义，但走不出人生的苦闷，严重的心态失衡困扰着曹植、阮籍乃至左思。

陶渊明其人其诗的最大意义就在于其第一次对这些问题作出了明确的答复，对生命的价值和人生的意义给予了肯定的答案。他从回归自然、参加劳动、享受亲情、从事创作中找到了生命的价值和人生的意义，并提出了他的社会政治理想，以内心的充实与贫乏动乱的现实相对立，找到了心理的平衡。

东坡是陶渊明的崇拜者，诗品人品颇得力于陶，晚年知扬州时，曾和陶《饮酒诗》二十首，南迁之后又和《归园田居》八十九首。黄庭坚《跋子瞻和陶诗》云："子瞻谪岭南，时宰欲杀之。饱吃惠州饭，细和渊明诗。彭泽千载人，东坡百世士。出处虽不同，风味乃相似。"

东坡贬岭南乃在哲宗绍圣元年（1094）新党当政时，初被安置惠州（今属广东）。时宰章惇欲置流人于死地，幸而哲宗遵祖宗遗训，不肯杀戮大臣。章惇不快。待罪中能吃能睡，可见其心境是怎样平和了。黄庭坚认为陶与苏不但均以道德、文章垂世不朽，而且彼此风味相似。子瞻——东坡，渊明——彭泽，称呼略作变化，先称字，后称地名所为号。说两人出处不同，是因为陶渊明只作了一百多天彭泽令就去官归隐，而苏东坡却终生宦海沉浮。然而这两个人都不以得失为怀，真率如一。

> ### 三　在文艺上，苏东坡是一个天才，一个无所不通的人

所谓天才，一指才思特别敏捷，如李白"请日试万言，倚马可待"（《与韩荆州书》），二指创新思维，笔补造化。陈衍《宋诗精华录》曰："东坡兴趣佳，不论何题，必有一二佳句。"此之谓也。

所谓大家，是指在思想和艺术上都有突破而影响深远的作家，而判定一个大家的简单标准，就是看他生前身后，是否拥有为数众多的

崇拜者。古代笑话说，明代有个叫陆宅之的，"每语人曰：'吾甚爱东坡。'或问曰：'东坡有文、有赋、有诗、有字、有东坡巾，君所爱何居？'陆曰：'吾甚爱一味东坡肉。'闻者大笑"（《雅谑》）。其实陆宅之的话也不大错，因为苏东坡本人正是一个美食家。曾写过："长江绕郭知鱼美，好竹连山觉笋香"（《初到黄州》）、"春畦雨过罗纨腻，夏陇风来饼饵香"（《和文与可洋川园池三十首·南园》）、"蒌蒿满地芦芽短，正是河豚欲上时"（《惠崇春江晚景二首》）、"一年好景君须记，最是橙黄橘绿时"（《赠刘景文》）等名句。

所谓全才，是指苏东坡一生成就的方面很广：其诗冠代，与黄庭坚并称"苏黄"，与陆游并称"苏陆"；其文冠代，与欧阳修并称"欧苏"（陆游《老学庵笔记》载："建炎以来，尚苏氏文章，学者翕然从之，而蜀士尤甚。有语曰：'苏文熟，吃羊肉；苏文生，吃菜羹。'"）；其词开创对立词风，与词坛青兕辛弃疾并称"苏辛"（陈毅语："吾读豪放词，最爱是苏辛。东坡胸次广，稼轩力万钧"）；书法为宋四家之一，称"苏黄米蔡"（黄庭坚赞其"震辉中州，蔚为翰墨之冠"）；此外，他还是一个大画家，一个艺术理论家。在中国古代，像苏东坡这样在诸多方面都做出创造性贡献、臻于一流的人物并不多见。他能使后人从不同角度受到益处，从而成为具有广泛影响的文化名人。

东坡曾经这样说："某平生无快意事，唯作文章，意之所到，则笔力曲折，无不尽意。自谓世间乐事无逾此矣。"（《春渚纪闻》）"吾文如万斛泉源，不择地而出。在平地滔滔汩汩，虽一日千里无难。及其与山石曲折，随物赋形，而不可知也。"（《文说》）"作文如行云流水，初无定质，但常行于所当行，止于所不可不止。虽嬉笑怒骂之辞，皆可书而诵之。"（《答谢民师书》）又说："作诗火急追亡逋，清景一失后难摹。"（《腊日游孤山访惠勤惠思二僧》）可见他是如何的富于灵感了。又说："余学草书凡十年，终未得古人用笔相传之法。后因见道上斗蛇，遂得其妙。乃知颠素之各有所悟，然后至于此耳。"（《跋文与可论草书后》）不过，这里有一个前提：如果不先有那十年学书的经历，就看一百次蛇斗，也是没有用的。

在苏东坡诸多的文学成就中，词体的创作应该算是较为重要的一个方面。因为词体是有宋"一代之文学"，而苏东坡是北宋词三大家之一。自张南湖论词有"婉约""豪放"之说后，广为沿用。晁补之答苏轼问"我词较柳郎中词何如"云：

郎中词只好十七八女子，执红牙板歌"杨柳岸、晓风残月"；学士词须关西大汉，绰铁板唱"大江东去"。（《吹剑续录》）

苏轼作豪放词，的确大大扩展了词体创作世界。李清照批评苏词"皆句读不葺之诗而已，又往往不协音律"（《词论》），苏词的出现，其意义正在于使词体脱离歌筵，从而发展出一种新的抒情诗体，扩大了古代诗歌的疆域。故王灼云："东坡先生非心醉于音律者，偶尔作歌，指出向上一路，新天下耳目，弄笔者始知自振。"（《碧鸡漫志》）胡寅于《酒边词序》中高度评价苏词道："眉山苏氏，一洗绮罗香泽之态，摆脱绸缪宛转之度，使人登高望远，举首高歌，而逸怀浩气，超乎尘垢之外，于是花间为皂隶，柳氏为舆台矣（十等中后六等为：皂舆隶僚仆台）。"

老夫聊发少年狂。左牵黄。右擎苍。锦帽貂裘，千骑卷平冈。为报倾城随太守，亲射虎，看孙郎。　酒酣胸胆尚开张。鬓微霜。又何妨。持节云中，何日遣冯唐。会挽雕弓如满月，西北望，射天狼。（《江城子·密州出猎》）

这是苏轼第一首豪放词，神宗熙宁八年（1075）冬作于密州。本篇不仅将"出猎"这一非传统题材引入词体创作，而且涉及抵抗辽夏侵略的重大主题，将民族感情和爱国题材引入词作。

按神宗熙宁三年（1070）西夏大举进攻环、庆二州，四年陷抚、宁诸城，本年宋廷并割地于辽。"西北望，射天狼"，主要指抗御西夏的侵略，也兼关消除来自东北（辽）的威胁。词中抒发的不只是一般的豪气，同时表现了一种英雄气概，从内容到写法都可以说是是南宋爱国词的滥觞。

东坡虽作豪放词，却依然本色，婉约之作在数量上实多于豪放之作，如同年所作同调词云：

十年生死两茫茫。不思量。自难忘。千里孤坟，无处话凄凉。纵使相逢应不识，尘满面，鬓如霜。　夜来幽梦忽还乡。小轩窗，正梳妆。相顾无言，惟有泪千行。料得年年肠断处，明月夜，短松冈。（《江城子·乙卯正月二十日夜记梦》）

此词神宗熙宁八年（1075）作于密州。苏轼发妻王弗于治平二年（1065）死于京师，后迁葬眉州东北彭山县安镇乡可龙里，至写词时正好十年。

晚唐到北宋词多立足女性本位，然有不少谑浪游戏之笔。本篇将悼亡引入词作，且出以沉痛白描的笔法，对传统婉约词风既有继承，更有发展，在内容和手法都有突破，虽涉爱情，从某种意义上，也可以说是"一洗绮罗香泽之态"。

词中暗用白居易《长恨歌》中"悠悠生死别经年，魂魄不曾来入梦""两处茫茫皆不见""一别音容两渺茫""此恨绵绵无绝期"等语意，有十年同一梦之感慨。略寓十年流离辛苦，和无可告慰的悲苦。

结尾背面敷粉，大大增厚了词意。

尤其值得注意的是，东坡词虽然豪放，却依然本色。

> 大江东去，浪淘尽、千古风流人物。故垒西边人道是，三国周郎赤壁。乱石穿空，惊涛拍岸，卷起千堆雪。江山如画，一时多少豪杰。　　遥想公瑾当年，小乔初嫁了，雄姿英发。羽扇纶巾谈笑间，强虏灰飞烟灭。故国神游，多情应笑我，早生华发。人生如梦，一樽还酹江月。（《念奴娇·赤壁怀古》）

此词作于神宗元丰五年（1082）谪居黄州时，年46岁。开篇就有大江奔流之气势。刘禹锡曾在《浪淘沙》中写道："君看渡头淘沙处，渡却人间多少人"，妙在语带双关，但在气势上远不敌"大江东去，浪淘尽、千古风流人物"。"风流人物"是要害。此语在晋本指英俊风雅之士，今与"大江东去"联属，平添多少阳刚辞采！周郎这一昵称，适足传"风流人物"的神韵。

词写赤壁景色，其实无非渲染烘托风流人物。那"乱石穿空，惊涛拍岸，卷起千堆雪"，似是说到英雄鏖战，感应于自然，而导致的风起水涌。比较同是大胡子兼豪放派的陈维崧"话到英雄失路，忽凉风索索"（《好事近·分手柳花天》），没有大胡子而同样是豪放派的毛泽东"把酒酹滔滔，心潮逐浪高"（《菩萨蛮·黄鹤楼》）可悟情以景染之奥妙。煞拍就势以"江山如画，一时多少豪杰"挽住。

"一时多少豪杰"，为何到词中就反复说周郎呢？"词之为体，要眇宜修"（王国维），诗庄而词媚呀。专说周郎，不仅因为他是胜利的英雄，更因为他是个少年英雄。由这个少年英雄更引出个绝代佳人。史载建安三年（198），孙策亲迎不过二十四岁的周瑜，授以建威中郎将之职，并与他攻下皖城，分娶二乔，成为连襟。而赤壁大战，乃在十年后。然而人生快意之事，莫过于"洞房花烛夜，金榜题名时"，那么词人把周郎的爱情得意与军事成功扯到一处来写，又有何妨？同时，以小乔衬托周郎，还使人联想到铜雀春梦的破灭，尤多一重意味。词中羽扇纶巾，谈笑破敌的周郎，儒雅之至，潇洒之至；而初嫁佳婿的小乔，则漂亮之至。于豪放词中著如许风流妍媚的人物，谁能说东坡此词以豪放胜，就不当行本色呢？

从温韦到花间，从晏欧诸公到柳耆卿，词中曾有过这样的壮采么？没有，从来没有。这首百字令览胜怀古，大笔驰骛，从题材到手法上对传统都有突破。在词史上影响之深远，辛派词人固不必说，元曲大家关汉卿《单刀会》关羽唱词云：

> ［双调新水令］大江东去浪千叠，引着这数十人驾着这小舟一叶。又不比九重龙凤阙，可正是千丈虎狼穴。大丈夫心烈，我觑这单刀会如赛村社。［驻马听］水涌山叠，年少周郎何处也？不觉的灰飞烟灭，可怜黄盖转伤嗟，破曹的樯橹一时绝，鏖兵的江水犹然热。好教我情惨切。这也不是江水。二十年流不尽的英雄血。

即得力于本篇。毛泽东《沁园春》亦豪放词杰作，词中不但直接运用了"风流人物"这一措语，还以"江山如此多娇，引无数英雄竞折腰"对应着苏词的"江山如画，一时多少豪杰"，又于上片煞拍著丽句云："须晴日，看红装素裹，分外妖娆"，对应着苏词的"遥想公瑾当年，小乔初嫁了，雄姿英发"，亦豪放中寓婉约，所以本色。虽然后来居上，而其风格措语，皆有得力于苏词的影响。

同是豪放词，与辛弃疾比，苏词的风格特点是清旷。一个英雄豪杰，一个衣冠伟人，对比非常明显。

明月几时有，把酒问青天。不知天上宫阙，今夕是何年。我欲乘风归去，又恐琼楼玉宇，高处不胜寒。起舞弄清影，何似在人间。　　转朱阁，低绮户，照无眠。不应有恨，何事长向别时圆。人有悲欢离合，月有阴晴圆缺，此事古难全。但愿人长久，千里共婵娟。（《水调歌头》）

这是古代最负盛誉的中秋词，《苕溪渔隐丛话》说"中秋词自东坡《水调歌头》一出，馀词尽废"。《水浒传》中"血溅鸳鸯楼"一回歌妓中秋侑酒即唱此词。神宗熙宁九年即丙辰（1076）中秋作于密州，时苏辙在济南，兄弟已有六、七年未能见面。故小序云"兼怀子由"。"我欲乘风归去，唯恐琼楼玉宇，高处不胜寒"三句，神宗皇帝评："苏轼终是爱君"。可见是有寄托的。"人有悲欢离合，月有阴晴圆缺，此事古难全"三句怀子由，连及普天下人，纯入议论，脱口而出，自来未经人道，故为名言。

此词以咏月贯穿始终，写景之句只"转朱阁，低绮户"二语，且不重要，而词上片抒情中带议论，下片议论中有抒情，行文明白家常，清空一气。读之无任何语障，然措语多有出处，只是作者信手拈来，得之不觉耳。

四　在事务上，苏东坡是一个实干家，一个政绩卓著的人

苏轼一生中在京为官时间累计不过十年左右，大部分时间是在外地任职。他的为官生涯充满务实的精神，在处理实际事务中，他是一个很有本领的人，办了不少有益于人民的兴利除弊的事，他在各地都重视兴修水利，组织过各类救灾和赈济工作。

在密州拿出官府粮食收养贫民弃儿。在黄州他请得数十亩荒地，亲自耕种，自称"耕田识字夫"，号"东坡居士"。潜心学佛，手抄经卷，经常练功，关心慈善事业。企图改变当地溺婴恶俗，还成立救儿组织，每年捐钱十缗。在杭州疏浚西湖、筑堤引水，又以自己的钱加上公家的资财开设医疗所为民治病，组织群众捕蝗救灾。在徐州他住在城头亲自领导防洪抢险，过家门而不入。在颍州他以原价粜官仓米赈济饥民。在定州整治贪官污吏和骄横军人，巩固边防，还多次为民请求蠲免赋税，医治病囚，释放盐犯。他的仁人之心和卓越的行政才能得到了人民的高度赞扬，民间流传着许多关于他的传说，他在常州去世时，吴越之民相与哭于市，自发地为之哀悼。

在事务和政绩这些方面，李白、杜甫都不能与苏轼相比。他们或者是没有机会，没有作地方官的经历。不过假使有机会，在处理实际事务中能否有足够的才干和耐心，也还是一个未知数。

总之，苏东坡的为人，既有极其实际的一面，又有非常超脱的一面；既有十分认真的一面，又有十分随和的一面，而在这种矛盾的统一中，表现出他不同寻常的魅力。林语堂说：苏东坡是一个无可救药的乐天派、一个伟大的人道主义者、一个百姓的朋友、一个大文豪、大书法家、创新的画家、造酒试验家、一个工程师、一个憎恨清教徒主义的人、一位瑜伽修行者佛教徒、巨儒政治家、一个皇帝的秘书、酒仙、厚道的法官、一位在政治上专唱反调的人。一个月夜徘徊者、一个诗人、一个小丑。但是这还不足以道出苏东坡的全部……世上只能有一个苏东坡，却不能有第二个。

在苏东坡逝世922年之际，本书特精选苏东坡诗、词、古文之脍炙人口，常读常新者188篇，逐篇予以赏析，以飨读者。词曰：

三苏名重，岷江源远，眉山如画。遥想当年，一门双桂，伊

人初嫁。　去来弹指匆匆，惜风月，悠闲无价。唤起词仙，衔杯屏妓，为予清话。（调寄《柳梢青》）

周啸天于欣托居 2023 年 2 月 8 日

前

言

凡例

※ 本编优选苏诗八十八首、苏词四十二首、苏文五十八篇，按类以年代先后为序。

※ 赏析写作跨度四十余年，旧作偏长，新作偏短，不予划一。

※ 少数赏析非编著者所撰，乃于文末括注作者姓名。

※ 诗词疑难字句随文解释，古文另加注释。

※ 诗、词题较长者，目录只录首句。

※ 因版本故，本书插图中文文字或与正文不同。

※ 词有调无题者，以首句前四字或首句（五言句）为题。

目 录

诗 选

词 选

文 选

诗选
SHI XUAN

初发嘉州

朝发鼓阗阗，西风猎画旆。故乡飘已远，往意浩无边。锦水细不见，蛮江清可怜。奔腾过佛脚，旷荡造平川。野市有禅客，钓台寻暮烟。相期定先到，久立水潺潺。

【赏析】

这首诗作于仁宗嘉祐四年（1059），青年苏轼由眉山行至嘉州。这年冬天，由嘉州出发，乘船过戎州（今四川宜宾），作此诗。时年22岁。诗写沿途所见诸多景象。

诗中亮点是提到了乐山大佛，大佛依凌云山栖霞峰临江峭壁凿造，古称弥勒大像、嘉定大佛，是迄今为止，世界最大的一尊弥勒佛石刻像。王象之《舆地纪胜》载：唐开元年间僧人海通曾于江滨凿石雕成弥勒大像，高三百六十尺。大佛远眺峨眉，近瞰乐山，双目欲睁似闭，面容慈祥肃穆。佛头与山齐，足踏江岸，双手抚膝，下可围坐百余人。俗语说："山是一尊佛，佛是一座山。"

大佛坐落在峨眉山东麓的凌云山栖弯峰，这里是岷江、大渡河、青衣江三江汇流处，诗中描写道："锦水细不见，蛮江清可怜。奔腾过佛脚，旷荡造平川。"不经意间表现出苏轼对家乡的喜爱以及欣悦的情怀，读来特别亲切。

此诗气韵洒脱，格律谨严。出句（锦水细不见）五仄，则对句（蛮江清可怜）第三字必平。唐人定格。接得挺拔，仿佛孟公"问我今何适，天台访石桥"（《舟中晓望》）二句笔意。

辛丑十一月十九日既与子由别于郑州西门之外马上赋诗一首寄之

不饮胡为醉兀兀，此心已逐归鞍发。归人犹自念庭闱，今我何以慰寂寞。登高回首坡垅隔，但见乌帽出复没。苦寒念尔衣裘薄，独骑瘦马踏残月。路人行歌居人乐，童仆怪我苦凄恻。亦知人生要有别，但恐岁月去飘忽。寒灯相对记畴昔，夜雨何时听萧瑟。君知此意不可忘，慎勿苦爱高官职。

【赏析】

辛丑是仁宗嘉祐六年（1061）。苏轼从京城赴大理寺评事签书凤翔府节度判官厅公事任，父亲苏洵受命在京修礼书，苏辙从京师送兄至一百四十里外的郑州，二人在郑州西门告别后，苏辙回京侍奉父亲，苏轼上马一边前行，一边在马背上写了这首诗，寄给弟弟。

不难想象，兄弟二人从京师至郑州，已经说了无数的知心话；适才分手，苏轼又立即以诗寄言，可知在为兄者心中，实有放心不下者。首先是"登高回首坡垅隔，但见乌帽出复没。苦寒念尔衣裘薄，独骑瘦马踏残月"，原先的被送者苏轼，此刻反而目送弟弟离去。为了看见远去的弟弟，苏轼登上高处，弟弟的身影越来越远，在起伏不平的坡陇间，只见到他的乌帽时出时没。于是无限怅惘、爱怜之情，油然而生。弟弟衣服单薄，会否受凉？独骑瘦马，必定孤独凄苦；想必弟弟会连夜行踏残月而归——他念父心急啊（"归人犹自念庭闱"）。此苏轼挂念离别日之事。其次是"寒灯相对记畴昔，夜雨何时听萧瑟。君知此意不可忘，慎勿苦爱高官职"，此为苏轼挂念弟弟仕途失利事，为之释怀。原来，当年苏辙在御试制科策中，直言朝政得失，被人指为不恭，差点被除名，后得四等及第，授商州军事推官。辙不赴，自请留京侍父。大概郑州之别时，苏轼仍觉得弟弟在为制策试之事郁闷。苏轼这四句诗大意是说，何时相聚，实现我们曾经许下的心愿呢——今年秋天，我们在怀远驿的一个风雨交加之夜，读韦应物诗，感于以后兄弟可能因游宦而离别，于是相约了早退，一起享受闲居之乐。你当还记得吧，所以就不要在乎官职的事情了。轼自注云："尝有夜雨对床之言，故云尔。"苏辙后来的《逍遥堂会宿二首并引》也说道："辙幼从子瞻读书，未尝一日相舍。既壮，将游宦四方，读韦苏州诗至'安知风雨夜，复此对床眠'，恻然感之，乃相约早退，为闲居之乐。故子瞻始为凤翔幕府，留诗为别曰：'夜雨何时听萧瑟。'"

其他诗句，主要写己身之苦，与上述体贴、宽慰弟弟的诗句错综交织。言己而语语凄恻，慰弟则转为旷达，感人至深。（李亮伟）

和子由渑池怀旧

人生到处知何似，应似飞鸿踏雪泥。
泥上偶然留指爪，鸿飞那复计东西。
老僧已死成新塔，坏壁无由见旧题。
往日崎岖还记否，路长人困蹇驴嘶。

【赏析】

这首诗作于仁宗嘉祐六年（1061）。嘉祐元年（1056），苏轼、苏辙兄弟俩由47岁的父亲苏洵带领，第一次由陆路出蜀，由阆中出褒斜、过长安、经渑池，曾在渑池寺庙中住宿，赴汴京应试，第二年春天苏氏兄弟双双及第，考中进士。仁宗嘉祐五年（1060），朝廷曾授苏轼河南福昌县主簿，因父病未赴。六年（1061）冬，苏轼被授以大理评事签书凤翔府节度判官厅公事（就是凤翔府判官），在赴任时，苏辙从汴京送苏轼到郑州，然后返回汴京照顾病重的苏洵。在郑州分别后，苏辙想到苏轼这次赴凤翔又要经过渑池，就写了一首七律寄赠给苏轼："相携话别郑原上，共道长途怕雪泥。归骑还寻大梁陌，行人已度古崤西。曾为县吏民知否？旧宿僧房壁共题。遥想独游佳味少，无方骓马但鸣嘶。"题目是"怀渑池寄子瞻兄"。苏轼在凤翔接到苏辙的寄诗后，用苏辙的原韵，和了这首诗。和诗又叫次韵、步韵，始于唐朝的元稹、白居易，到宋朝已成风气，苏轼集中的和诗很多，据金朝的王若虚统计，苏轼和诗约占其全部诗歌的三分之一。

和原韵又有两种情况：一种是依据韵部中的字，只要不出韵即可，用字可以不拘；另一种是严格依照原诗韵脚的原字，这就很严格了，苏轼的这首就是很严格的和韵诗。这种和韵诗，很受束缚，如果掌握得不好，就会写得相当蹩脚。但在苏轼笔下，却是因难见巧，挥洒自如，写出了一首传诵千古的好诗。前人已经有了很多精辟的评说，霍松林先生评得更加具体："前四句一气贯串，自由舒卷，超逸绝伦。次联两句以'泥'、'鸿'领起，用'顶真格'就'飞鸿踏雪泥'发挥。他用巧妙的比喻，把人生看作漫长的征途，所到之处，诸如曾在渑池住宿、题壁之类，就像万里飞鸿偶然在雪泥上留下爪痕，接着就又飞走了；前程远大，这里并非终点。这几句诗，由于用生动的比喻阐发了人生哲理，因而万口传诵，还被浓缩为'雪泥鸿爪'，至今仍被广泛运用。纪昀评此诗：'前四句单行入律，唐人旧格；而意境恣逸，则东坡本色。'（《纪评苏诗》卷三）'意境恣逸'，是就其比喻的确切、超妙说的。'单行入律'，则就次联两句词语对偶而意义连贯而言。唐人每用此法，如白居易'野火烧不尽，春风吹又生'（《草》）之类。简单地说，就是流水对。"（《历代好诗诠评》）

但是对于后四句，却有不同的看法，如《苏轼诗选注》就说："后四句却嫌草率。"其实，在前四句高屋建瓴的议论、挥洒之后，后四句就不能一味再作发挥，而应该扣紧原诗说得具体一些，着重应和。苏轼正是这样写的。"老僧已死成新塔，坏壁无由见旧题。"是对苏辙诗中"旧宿僧房壁共题"的应答。苏辙原注说："昔与子瞻应举，过宿县中寺舍，题其老僧奉闲之壁。"这里说奉闲老僧已死，筑了埋葬骨灰的新塔，壁坏也见不到旧时的题诗了，言下不胜惋惜。尾联两句，苏轼原注说："往岁，马死于二陵，骑蹇（jiǎn）驴至渑池。""往岁"，指的就是仁宗嘉祐元年应举路宿渑池寺庙的时间。"二陵"指的是渑池西面的东崤和西崤两山，是陕西、河南的交通要道。"蹇驴"，指跛脚驴、疲驴。这最后两句则是在深情的回忆中，进一步唤起苏辙对当年一同应举时的情景的追怀，对苏辙原诗的应和简直就是桴鼓相应，丝丝入扣了。不仅如此，后四句也具体说明，人生在世，行踪难定，不仅老僧和题壁已经不在，当年骑过的马和驴子，也早已渺无踪迹——无非都是"飞鸿踏雪泥"，"偶然留指爪"而已。这就使前后映照，浑然一体，意味更加深长了。在这方面，作者显然是作过周密细致的考虑，才慎重下笔，并非草率，而是很谨严的。（管遗瑞）

王维吴道子画

何处访吴画，普门与开元。开元有东塔，摩诘留手痕。吾观画品中，莫如二子尊。道子实雄放，浩如海波翻。当其下手风雨快，笔所未到气已吞。亭亭双林间，彩晕扶桑暾。中有至人谈寂灭，悟者悲涕迷者手自扪。蛮君鬼伯千万万，相排竞进头如鼋。摩诘本诗老，佩芷袭芳荪。今观此壁画，亦若其诗清且敦。祇园弟子尽鹤骨，心如死灰不复温。门前两丛竹，雪节贯霜根。交柯乱叶动无数，一一皆可寻其源。吴生虽妙绝，犹以画工论。摩诘得之于象外，有如仙翮谢笼樊。吾观二子皆神俊，又于维也敛衽无间言。

【赏析】

这首诗写于仁宗嘉祐六年（1061），苏轼作凤翔府签判时。王维与吴道子并为唐开元、天宝年间的名画家，凤翔的普门与开元二寺的壁间，俱有二人的佛教画，诗即观画有感而作。

起四句交代王、吴二人画迹的所在，紧接着对二人的成就作概要的评断，肯定他们在画苑中并列的崇高地位。下面即分别描写二人的画像及所感受到的各自的艺术境界。

"道子实雄放"十句写吴道子画——前人于吴画有"吴带当风"的品目，此诗则以"雄放"二字概括地道出吴画的艺术风格特点。"笔所未到气已吞"一语戛戛独造，极富张力，是镇压全篇的名句。"摩诘本诗老"十句写王维画，作者对王维有"画中有诗"的评语。"今观"二句照应前面"诗老"句，诗如其人，"清且敦"意谓其画亦如其诗之形象清美而意味深厚。"祇园"等六句写王画的内容。"吴生虽妙绝"六句，就对王、吴二人画的观感作总的评论，总之是扬王抑吴，而于吴又欲抑先扬，表明作者敏锐而精微的艺术鉴赏力。

清汪师韩于《苏诗选评笺释》中评曰："以史迁合传论赞之体作诗，开合离奇，音节疏古。道子下笔如神，篇中摹写亦不遗余力。将言吴不如王，乃先于道子极意形容，正是尊题法也。后称王维只云画如其诗，而所以誉其画笔者甚淡。顾其妙在笔墨之外者，自能使人于言下领悟，更不必如《画断》凿凿指为神品妙品矣。若将'吴生虽妙绝，犹以画工论'二句，置之于'道子实雄放'之前，则语无分寸，并后幅之精彩亦不复有。诗惟下笔郑重，乃由有此变化跌宕。至末始以数语划明等次，虽意言已尽，而流韵正复无穷。"

岁晚，相与馈问，为馈岁；酒食相邀，呼为别岁；至除夜，达旦不眠，为守岁。蜀之风俗如是。余官于岐下，岁暮思归而不可得，故为此三诗，以寄子由

馈岁

农工各已毕，岁事得相佐。为欢恐无及，假物不论货。山川随出产，贫富称小大。置盘巨鲤横，发笼双兔卧。富人事华靡，彩绣光翻座。贫者愧不能，微挚出舂磨。官居故人少，里巷佳节过。亦欲举乡风，独唱无人和。

【赏析】

这三首诗作于仁宗嘉祐七年（1062），是苏轼在凤翔府判官任上的作品。这一组诗就是表现蜀中在一年岁暮之时馈岁、别岁、守岁的风俗习惯的。此时他的弟弟苏辙尚在汴京侍候他们的父亲苏洵，他把这组诗寄给苏辙，苏辙也和作了三首，即《次韵子瞻记岁暮乡俗三首》，在《苏辙集》卷一中，可以参看。

第一首是《馈岁》。就是人们在岁暮之时，农事已毕，互相赠送一些土特产之类的礼物，表示情意和慰问。但是贫富之间的情况是不同的，诗中写到富人是用盘子赠送巨大的鲤鱼，用笼子装着一对兔子，家里也装饰得很豪华。而穷人就做不到，只能拿出自己舂的、磨的粮食，做成饼儿、糕儿，作为馈岁的微薄礼物，略表心意而已。如今，自己独自在异乡做官，本来也想按照乡俗来馈岁的，但是有谁来和自己相和呢？言外之意，"独在异乡为异客"，是很有些孤独感的。

别岁

故人适千里，临别尚迟迟。人行犹可复，岁行那可追。问岁安所之，远在天一涯。已逐东流水，赴海归无时。东邻酒初熟，西舍彘亦肥。且为一日欢，慰此穷年悲。勿嗟旧岁别，行与新岁辞。去去勿回顾，还君老与衰。

【赏析】

第二首是《别岁》。诗中写到，人们想到一年就要过去了，就像老朋友要远别了一样，不免依依不舍。劳作了一年的人们，大家就互相邀约聚会，整日地喝酒叙谈，以表示对即将过去的一年的留恋。但是诗人想到，旧岁既然要过去了，未来的新岁也是要过去的，因此就不必执着于旧岁的流逝，任其自便吧！这里看似有一些悲观的情绪，但是骨子里却是旷达的情怀，这是苏轼一贯的人生态度。

守岁

欲知垂岁尽，有似赴壑蛇。修鳞半已没，去意谁能遮。况欲系其尾，虽勤知奈何。儿童强不睡，相守夜讙哗。晨鸡且勿唱，更鼓畏添挝。坐久灯烬落，起看北斗斜。明年岂无年，心事恐蹉跎。努力尽今夕，少年犹可夸。

【赏析】

第三首是《守岁》。就是在一年即将过去的除夕之夜，人们都不睡觉，相与坐守，直到天亮，叫作守岁。这意思，仍然是对旧岁的留恋，当然也有对新岁的热切的期待，在一丝惆怅中萌生着更多的是喜悦。苏轼在诗中把即将过去的一年比作一条钻向山洞的长蛇，现在已经钻得只见尾巴了，要拉也拉不住的，比喻新奇而又贴切。此时，孩子们还在喧哗，灯光摇曳，北斗横斜，等待新年的到来。最后四句是对自己的勉励：今年过去了还有明年，自己也还正富于春秋，不要蹉跎岁月，要努力进取啊！这体现出苏轼积极用世的思想，是难能可贵的。

馈岁、别岁和守岁的风俗习惯，至今仍然保存在蜀中，因为它充满着亲情和温情，是值得珍视的文化传统。至于这三首诗歌，清代纪昀有过总的评说："三首俱谨严有法。"他说第二首："此首气息特古。"他特别喜欢第三首，说："全幅矫健，此为三诗之冠。"（《苏文忠公诗集》）这些评论，可供参考。（管遗瑞）

石苍舒醉墨堂

人生识字忧患始，姓名粗记可以休。何用草书夸神速，开卷惝恍令人愁。我尝好之每自笑，君有此病何能瘳。自言其中有至乐，适意不异逍遥游。近者作堂名醉墨，如饮美酒消百忧。乃知柳子语不妄，病嗜土炭如珍羞。君于此艺亦云至，堆墙败笔如山丘。兴来一挥百纸尽，骏马倏忽踏九州。我书意造本无法，点画信手烦推求。胡为议论独见假，只字片纸皆藏收。不减锺张君自足，下方罗赵我亦优。不须临池更苦学，完取绢素充衾裯。

【赏析】

这首诗作于神宗熙宁二年（1069）苏轼凤翔任满还朝时，其间曾在石家过年。

古风到了苏东坡手中，成了无事不可入的利器。他的描摹穷形尽相，他的议论谈笑风生。他那亦庄亦谐的语言，弄得你神魂颠倒，真是一大享受。但此老读书太多，儒释道无所不通，写起诗来，往往信手征引，要完全看懂也非易事。这首诗即能代表这种风格。

石苍舒是个书法家，新辟醉墨堂，请苏轼题诗。这本是件雅事，苏轼却大事调侃，随意挥洒，弄得你无法不笑。他先说认字是件傻事，写草书更傻，我们一定都有病，偏偏爱上书法了。这是正话反说，充满幽默。中间是恭维石苍舒的书法，却说你厉害你厉害，废笔都堆积如山了，这是朋友间的玩笑。最后是自谦，说我的书法不行啦，都是胡乱写的，你就别老提我了（"见假"，被借用，意即"老是引用我的话"）。你已是钟繇、张芝了，我充其量算是罗叔景、赵元嗣。算了算了，我们还是不写了吧，不如把写字的绢素拿来做被褥。真是叫人忍俊不禁。

但要细细品味个中妙趣，你又必须仔细弄清坡公信手拈来的词语。"粗记姓名"是从《项羽本纪》中来的，"至乐""逍遥游"是《庄子》的篇名——东坡先生认为你已经读过了。说起怪病，他就随便拉来了柳宗元致崔黯书中的话，说人得了怪病就喜欢吃泥巴吃木炭，谁能说出什么道理来。这个引证也把读者估计过高了吧？他才不管呢。其实苏东坡不是有意掉书袋，他是想说什么就说什么，他以为你是他同班同学呢。所以，苏诗全注直到前些年才弄出来。这是坡公万万没有料到的。

才情横溢，汪洋恣肆，妙趣横生，这就是东坡古风的特点。一个大作家还有个好处就是创造成语，这是对民族语言的巨大贡献。本诗又得一个："人生识字忧患始"。苏东坡是随便说的，后人却不断引用，因为它充满哲理。这也是坡公没有想到的。（滕伟明）

游金山寺

我家江水初发源，宦游直送江入海。闻道潮头一丈高，天寒尚有沙痕在。中泠南畔石盘陀，古来出没随涛波。试登绝顶望乡国，江南江北青山多。羁愁畏晚寻归楫，山僧苦留看落日。微风万顷靴文细，断霞半空鱼尾赤。是时江月初生魄，二更月落天深黑。江心似有炬火明，飞焰照山栖乌惊。怅然归卧心莫识，非鬼非人竟何物。江山如此不归山，江神见怪惊我顽。我谢江神岂得已，有田不归如江水。

【赏析】

这首诗是苏轼在神宗熙宁四年（1071）十一月初三日赴杭州通判任途中，在镇江游金山寺访宝觉、圆通二位僧人，当晚在金山寺住宿时所作。这次苏轼离开汴京到地方任职，心情并不轻松，虽然杭州有美丽的山水，可以供人游览，但是因为他和在朝当政者政见不合，于是力求外补，才出任杭州通判的。在这首诗中，处处流露了他希望回归故里的思想，就是因为在政治上很不得志，胸中充满了牢骚和抑郁。所以陈衍在《宋诗精华录》中说："一起高屋建瓴，为蜀人独足夸口处。通篇遂全就望乡归山落想，可作《庄子·秋水篇》读。"

这也正是这首诗的特别处。按说游览金山寺，应该从金山寺写起，但是诗人却神游万里，从他的家乡长江发源处破空起笔，说是因为宦游的原因才随着滔滔江水来到这里，从一开始就突出了对家乡的思念，也为全诗奠定了基调。在"闻到"四句顺势写了金山寺的潮头、沙痕以及中泠泉（俗称"天下第一泉"）、江上的波涛之后，又把笔锋转到全诗的主调上："试登绝顶望乡国，江南江北青山多。"仿佛作者的思乡之念已经不可遏止，于是他急不可耐地登上了金山寺的绝顶眺望乡关，然

而乡关何处，杳不可见，只见得江南江北一片青山，归路茫茫。下面几句就从正面点出了自己的羁旅之愁——由于愁心挥之不去，作者就想早点回到镇江歇息，然而由于僧人的苦留，才不得不停下来看落日。落日的景色是很美的，"微风万顷靴文细，断霞半空鱼尾赤"，他用靴纹来比喻风平浪静、微动涟漪的江水，令人好像有身临其境之感；又用鱼尾的红色来比喻西天的晚霞，仿佛这绚烂的晚霞就在我们眼前。从这些地方，可以看出作者平时观察生活是多么细致，而用在这里又恰到好处，他那惊人的想象力和娴熟的技巧，不能不使人叹服。接下来，江月初生，二更天黑，开始写夜中所见，一直到末尾，诗歌的重点是在写作者看见的江心的"炬火"，而这奇怪的"炬火"居然能够"飞焰照山栖乌惊"，在深黑的暗夜中显得分外明亮，以至于栖居的山鸟也被惊吓得躁动起来了。这究竟是什么火呢？显然作者也惊疑不定，他在这几句下面作了小注："是夜所见如此。"可见江心真有这样的"炬火"。据后来人们的研究，江中本来有能够发光的鱼类，也有能发光的浮游生物，它们成群地聚集到了一起，在暗夜中就能发出亮光。不管究竟怎样，作者是的的确确看见了"炬火"，不过他不知道这是什么，以为是"江神"之类的鬼物，而且这鬼物还是特意为他而显现的，是在"惊我顽"——对我的顽固恋俗，不能及早回归家乡的谴戒。诗歌在几经曲折之后，一笔兜了回来，和开篇遥遥相应，回归到了主调。而诗歌的结尾处，也就在主调上着力，水到渠成地写道："我谢江神岂得已，有田不归如江水。"——我是不得已才没有回归故乡啊，今后家乡有了田产我就一定回去，请以这江水为证！回乡的意志表示得坚定不移，作者的一腔羁旅愁思，对家乡的深情眷怀，到此表现得淋漓尽致，深挚动人。

吴鹭山、夏承焘等在《苏轼诗选注》中说："东坡中年诗最有章法，于豪放中不失规矩。这首诗见江水而引起乡国之思，开首两句，便觉感叹无穷。末二句遥遥相应，有如常山之蛇，救首救尾。中间忽然插炬火一段，似实而虚，更如画龙点睛，神情飞动。这是东坡才力所致，他人不易学到。"这些精要的评论，是深中肯綮的，可供我们参考。（管遗瑞）

戏子由

宛丘先生长如丘，宛丘学舍小如舟。常时低头诵经史，忽然欠伸屋打头。斜风吹帷雨注面，先生不愧旁人羞。任从饱死笑方朔，肯为雨立求秦优。眼前勃蹊何足道，处置六凿须天游。读书万卷不读律，致君尧舜知无术。劝农冠盖闹如云，送老齑盐甘似蜜。门前万事不挂眼，头虽长低气不屈。余杭别驾无功劳，画堂五丈容旗旄。重楼跨空雨声远，屋多人少风骚骚。平生所惭今不耻，坐对疲氓更鞭棰。道逢阳虎呼与言，心知其非口诺唯。居高志下真何益，气节消缩今无几。文章小技安足程，先生别驾旧齐名。如今衰老俱无用，付与时人分重轻。

【赏析】

这首诗作于神宗熙宁四年（1071）杭州通判任上。时苏辙任陈州州学教授。

诗以谑画化手法，先写苏辙作为州学学官生活清苦，但富有志气，心绪开阔。"任从饱死笑方朔"二句意取《史记·东方朔传》"侏儒饱欲死"及《滑稽列传》优旃谓陛盾郎："'汝虽长，何益？乃雨立。我虽短，幸休居。'"喻苏辙家贫官卑，而身材长大，而以当今进用之人比侏儒优旃也。"劝农冠盖闹如云"二句，讥讽朝廷新差提举官，所至苛细生事，发谪官吏，唯学官（苏辙时为学官）无吏责也。

"读书万卷不读律"二句，谓法律不足以致君于尧舜。今时又专用法律而忘诗书，故言"我"读书万卷，不读法律，盖闻法律之中，无致君尧舜之术也。"余杭别驾"以下写自己居室宽敞豪华，但心情沉郁、矛盾不安。"平生所惭今不耻"二句，是时多徒配犯盐之人，例皆饥贫，言鞭棰此等贫民，平生所惭，今不耻矣，以讥讽朝廷盐法太急也。"道逢阳虎呼与言，心知其非口诺唯。"二句，是时张靓、俞希旦作监司，意不喜其人，然不敢与争议，故毁诋之为阳虎也。"道逢阳虎"是孔子典故，与首句"长如丘"照应，"丘"即孔丘。

末合写兄弟两人文章虽有声名，但又有何用，究竟如何，只好任人评论。全文以戏谑语调出之，流露了对全面推行新法的某些不满，寄寓了对两人际遇的悒郁感叹。

汪师韩评："前后平列两段，末以四句作结。宛丘低头读书而有昂藏磊落之气，别驾画堂高坐而有气节消缩之嫌。其所齐名并驱者，独文章耳，而文章固无用也。中间以'画堂五丈容旗旄'对'宛丘学舍小如舟'，以'重楼跨空雨声远'对"斜风吹帷雨注面"，以"平生所惭今不耻"对"先生不愧傍人羞"，以"坐对疲氓更鞭棰"对"头虽长低气不屈"，故作喧寂相反之势，不独气节消缩者虽云自适，即安坐诵读者岂云得时？文则跌宕昭彰，情则唏嘘悒郁。"（《苏诗选评笺释》）

傅尧俞济源草堂

微官共有田园兴，老罢方寻隐退庐。
栽种成阴十年事，仓黄求买万金无。
先生卜筑临清济，乔木如今似画图。
邻里亦知偏爱竹，春来相与护龙雏。

【赏析】

这首诗作于神宗熙宁四年（1071），苏轼在由汴京赴陈州途中路过傅尧俞在河南济源的草堂，写了这首诗，寄给正在许州（今河南许昌）作知州的傅尧俞。傅尧俞（1024 — 1091），字钦之，郓州须城（今山东东平）人，后来徙居孟州济源（今属河南）。未冠时即举第，先作过知县，后到朝廷任监察御史等职，神宗熙宁年间因反对新法忤王安石，被外调至许州、河阳、徐州任知州，到哲宗元祐年间又回朝为御史中丞，迁吏部尚书、中书侍郎。此人《宋史》本传说他"厚重言寡，遇人不设城府，人自不忍欺"，成语"胸无城府"即出于此。

苏轼此诗是写傅尧俞的济源草堂，但是他没有直接从草堂落笔，而是先从当时普通官员营建退隐居处的一般情况说起，先来一通议论。这就像他的许多散文那样，劈空先振振有词地讲一番道理，然后才逐渐说到具体事情上去。可以说，苏轼这类仿照散文写法的诗歌，也是他"以文为诗"在结构上的一个重要特点。他这里先说，身为小官的人都有爱好田园的兴趣，但是一般都要到老了退休才去寻找归隐的地方和房屋。这是为什么呢？他没有说。接着引用了"十年树木"的成语，来说明到老了才营造退隐之庐的不易，因为树子长得慢；如果仓促间要买"榆柳荫后檐，桃李罗堂前"那样的居处，又实在是囊中乏资。这是为什么呢？也没有说。但是把这几句联系起来一想，我们就会恍然大悟：因为小官难以升迁，都被排挤到偏远地方去了，只好寄情于那里的山水田园，发遣自己的雅兴；而且小官人微言轻，无法以权聚敛资财，还要经常受到打击，到处调动，不能安心营建归庐。这其实是大大发了一通牢骚，表示了对当时政治的不满，在看似普通的议论中，蕴含着深刻的意义。

在发完牢骚之后，才落笔到傅尧俞的草堂上。先是写草堂的风景之美：你营造的这座草堂，就坐落在清清的济水之畔，围绕草堂的高大的乔木，也已经长成了一片浓荫，真是一幅天生的画图——这是怎样美好的一片庄园！这其实是写了傅尧俞很有远见，在还没有到年老退休的时候，就已经早早作了打算，营就了归庐。言语之间，表现了作者艳羡之意——自己的归庐还一点没有着落呢！最后是赞扬了傅尧俞的高雅的情趣，这赞扬也是委婉曲折的，用竹子来象征表现。苏轼一向爱竹，把竹子看作高雅的象征。他在后来写的《於潜僧绿筠轩》诗中说得更加明确："可使食无肉，不可使居无竹。无肉令人瘦，无竹令人俗。人瘦尚可肥，俗士不可医。"这里也是以傅尧俞的爱竹，来称许他的品格的高雅。但这里面也有一层曲折，作者并没有直接说傅怎样爱竹，而是以邻居知道他的爱竹，大家也来帮忙培土，保护春天新生的鞭笋（即诗中的"龙雏"。赞宁《笋谱》："俗间谓笋为龙孙。"）的行动，来衬托傅的爱竹，其爱竹之深，就更深入一层了，诗意也显得更加深厚，耐人寻味。

过人草堂而写诗相寄，这在那个时代是很平常的事情。但就在这个平常的题材中，作者却能够深思发掘，写出了这么厚重的诗意，其原因，除了和政治联系，使日常生活上升到政治层面而外，还有审美意识的深化，审美能力的提高，也就是故意曲折其笔，力避平铺衍展，在变化中表现出深刻的诗思。这是宋诗的特色，在苏轼的一些诗歌中也表现得相当突出，成为引起人们欣赏的一个亮点。不过，这位傅尧俞，到了哲宗元祐元年（1086）司马光当政全盘否定新法的时候，他任御史中丞，对批评司马光的苏轼，却与王岩叟等人一起连年上疏弹劾，致使苏轼不能在朝，于哲宗元祐四年（1089）出知杭州。傅尧俞成为苏轼的政敌，这是苏轼事先不能料到的。但从这首诗看来，"胸无城府"的倒应该是苏轼吧。（管遗瑞）

雨中游天竺灵感观音院

蚕欲老，麦半黄，前山后山雨浪浪。
农夫辍耒女废筐，白衣仙人在高堂。

【赏析】

这首诗作于神宗熙宁五年（1072）四月杭州通判任上。天竺灵感观音院，在杭州城西二十里，晋代所建，五代时吴越王钱俶梦见白衣人求治其居，就在这个地方创佛庐，起名天竺看经院。到咸平初（998），郡守张去华因为天旱，而迎大士至梵天寺致祷，当天就下了雨，从此以后不管水灾旱灾都要去拜谒。到仁宗嘉祐末，沈文通又请于朝廷，赐名"灵感观音院"。

苏轼这次出游，正值雨天。时当初夏，蚕子快要老了，需要不停地喂以桑叶，促其吐丝作茧；麦子已经半黄，急需太阳照射，才能获得丰收。然而此时的天气怎样呢？正好相反，山前山后都是一片大雨（浪浪是象声词，形容雨声之响，雨下之大），以至于农夫停下锄土的农具不能下地，妇女也不能带上筐子出去采桑。而养蚕业是当时农民经济收入的基本来源，小春的麦收更是关乎着农民基本生存的命根子，偏偏天公不作美，与农家作对，大家焦急的心情真是"农夫心内如汤煮"了。当此之际，据说一向很有灵感的观音菩萨——即"白衣仙人"在做什么呢？她没有叫雨水停住，而是端居高拱，稳坐堂上，视而不见，漠不关心，简直是毫无心肝了！

这首诗只是客观地写出了作者在雨中游览天竺灵感观音院的所见情形，不动声色，不赞一词，然而其中包含的寓意却是十分深刻的，一切都让读者从潜台词中味而得之。他这里写的"白衣仙人"绝不是单指泥塑木雕的观音菩萨，而是借题发挥，对那些有权有势但却毫无作为，对民瘼熟视无睹的官僚，作了深刻而辛辣的讽刺，可见作者不同一般的艺术手法。清代汪师韩在《苏诗选评笺释》中评论道："如古谣谚，精悍道古，刺当时不恤民也。"此诗短小活泼，确有古谣谚之风，选择这种形式来陈述民情，也是很得体的。（管遗瑞）

六月二十七日望湖楼醉书五首（录三）

其一

黑云翻墨未遮山，白雨跳珠乱入船。

卷地风来忽吹散，望湖楼下水如天。

【赏析】

这是诗人神宗熙宁五年（1072）所作组诗的第一首，"六月二十七日" 是盛夏的日子。"望湖楼"又叫"看经楼"，位于杭州西湖畔，五代时吴越王所建。当日作者先在船上游湖，风云突变，阵雨转晴后，才挪到楼上饮酒，醉中诗兴大发，诗是乘兴而作的。

"黑云翻墨未遮山"二句，写阵雨来得快。乌云很快随风密集，天一下子就黑下来。作者不愧为书家，用墨盘被突然打翻来形容头顶的乌云。俗话说："有雨四角亮"，所以"未遮山"。这真是状难写之景如在目前了。"白雨跳珠乱入船"，写倾盆大雨说来就来。"白雨跳珠"写水砸在湖上的力度；"乱入船"，船中进水，竟是天上的大雨。情景壮观极了，但船上也不能再待下去。

"卷地风来忽吹散"二句，写阵雨去得快。阵雨的特点就是这样，由于区域内温差很大，先有狂风，雨是说停就停，停后还有清风。雨其实不是风吹散的，但感觉上是。"望湖楼下水如天"，写雨过天晴，诗人不说天更蓝，而说倒映在天中的天更蓝，是一回事，但是上下天光都写到了，既开阔又平静。

这场暴风雨来得快也去得快，像不像人生遭遇中的突发性事件，最初弄得人不知所措，只要你镇定，风雨之后，好像一切都不曾发生。

其二

放生鱼鳖逐人来，无主荷花到处开。

水枕能令山俯仰，风船解与月徘徊。

【赏析】

此诗借游湖，写人与大自然的和谐关系。"放生鱼鳖""无主荷花"二句写出其与人共存、自由自在的状态。三四句视角独到，诗中人仰卧船上，山也在动，月也在动，万物有灵。真是写难状之境如在目前，含不尽之意见于言外了。

其三

未成小隐聊中隐，可得长闲胜暂闲。

我本无家更安往，故乡无此好湖山。

【赏析】

此诗抒写苏轼随遇而安的情怀。宦游在外，非无乡愁，只是日久他乡亦故乡，东坡有句云："此心安处是吾乡"（《定风波·南海归，赠王定国侍人寓娘》），便是同一情怀的体现。

望海楼晚景五首（录三）

其一

　　海上涛头一线来，楼前指顾雪成堆。

　　从今潮上君须上，更看银山二十回。

【赏析】

　　这三首诗作于神宗熙宁五年（1072）。望海楼又称"望潮楼"，杭州名胜。此诗写望海楼观潮，写得兴会盎然，镜头感极强。一二句写潮水，状难写之景如在目前；三四句以余思作波，可圈可点。"二十回"言其多也，意其总想看个够，总也看不够也。数目堆垛颇妙。

其二

　　横风吹雨入楼斜，壮观应须好句夸。

　　雨过潮平江海碧，电光时掣紫金蛇。

【赏析】

　　此诗一二句写作者看到一阵横风横雨，直扑进望海楼来，很有气势，使他陡然产生要拿出好句来夸一夸这种"壮观"的想法，不料这场大雨，来得既急，去得也快，一眨眼间，风已静了，雨也停了。"像演戏拉开帷幕之时，大锣大鼓，敲得震天价响，大家以为下面定有一场好戏，谁知演员还没登场，帷幕便又落下，毫无声息了。弄得大家白喝了彩。东坡这开头两句，正是写出大家（包括诗人在内）白喝了一通彩的神情。雨过以后，向楼外一望，天色暗下来了，潮水稳定地慢慢向上涨，钱塘江浩阔如海，一望碧玉似的颜色。远处还有几阵雨云未散，不时闪出电光，在天空里划着，就像时隐时现的紫金蛇。这首诗写的就是这一夜望海楼的晚景。开头时气势很猛，好像很有一番热闹，转眼间却是雨阑云散，海阔天青，变幻得使人目瞪口呆。其实不止自然界是这样，人世间的事情，往往也是如此的。上了年纪的人，也许会发出会心的微笑吧！"（刘逸生）作者第二年所写的《有美堂暴雨》七律，奇句惊人，应了"壮观应须好句夸"这句话。

其三

青山断处塔层层，隔岸人家唤欲膺。

江上秋风晚来急，为传钟鼓到西兴。

【赏析】

此诗写望海楼眺望西兴——即西兴镇，在今浙江杭州市萧山区，相传为范蠡屯兵处。一二句写景传达出隔河千里的感觉，三四句写风送暮鼓，如"顺风而呼，声非加疾也，而闻者彰"。（荀子）

夜泛西湖

菰蒲无边水茫茫，荷花夜开风露香。

渐见灯明出远寺，更待月黑看湖光。

【赏析】

这首诗作于神宗熙宁五年（1072）。此诗写西湖夜景。陈衍《宋诗精华录》评："末句未有人说过。"菰蒲，指茭白和蒲苇，皆浅水植物。

吴中田妇叹

今年粳稻熟苦迟，庶见霜风来几时。霜风来时雨如泻，杷头出菌镰生衣。眼枯泪尽雨不尽，忍见黄穗卧青泥。茅苫一月陇上宿，天晴获稻随车归。汗流肩赪载入市，价贱乞与如糠粞。卖牛纳税拆屋炊，虑浅不及明年饥。官今要钱不要米，西北万里招羌儿。龚黄满朝人更苦，不如却作河伯妇。

【赏析】

这首诗作于神宗熙宁五年（1072）冬，作者时在湖州。诗题下有自注云："和贾收韵。"贾收，字耘老，吴兴人，著有《怀苏集》一卷。当时王安石的一系列新法正在全国范围内逐步施行，出现一些弊端，这首代言体诗便是在江南秋雨成灾的背景下写出的。

前八句为一段，写雨灾造成的苦难。开头二句讲当年粳稻成熟甚晚，"霜风"二句写滂沱大雨使快成熟的粳稻无法开镰收割。作者以农具"出菌""生衣"来表现灾情之严重，使常景变成了奇句。"茅苫"二句写农民为了抢救粳稻，在田头边搭起了茅草棚，住宿在里面看管了一个月。好不容易盼到了晴天，赶紧抢收运载而归。然而他们却不能享受这辛勤劳动得来的果实。

后八句为一段，通过谷贱伤农的事实，抨击了新法造成的流弊。农民担粮入市，汗流浃背，磨肿肩膀，而米价低贱就同糠和碎米一样。"卖牛"二句写赋税繁重，农民无奈只得卖牛拆屋，以解救燃眉之急，而顾不上明年的饥荒。当时新法条例中，如青苗法、免役法等都规定赋税要钱不收米，造成一时米贱钱荒的社会问题，"官今要钱不要米"，而当时为了抗击西夏，对西北沿边羌人蕃部进行招抚，也花费了不少钱，更加重人民的负担。汉代龚遂任渤海太守，黄霸任颍川太守，都是以恤民

宽政著名的官吏。诗中"龚黄满朝"是带着明显嘲讽意味的。"河伯妇"，用《史记》中西门豹传的故事，意谓老百姓被逼得无路可走，不如投河自尽。

全诗抨击时弊，不是用政治图解的方式来表达思想倾向，而是选取典型的生活情景和人物的行动，通过叙事抒情，间用议论的方式，形象地反映社会现实生活，表现了作者对民生疾苦的深切关怀，故读来感人，不宜简单地用政治立场来加以评判。

孙莘老求墨妙亭诗

兰亭茧纸入昭陵，世间遗迹犹龙腾。颜公变法出新意，细筋入骨如秋鹰。徐家父子亦秀绝，字外出力中藏棱。峄山传刻典刑在，千载笔法留阳冰。杜陵评书贵瘦硬，此论未公吾不凭。短长肥瘦各有态，玉环飞燕谁敢憎。吴兴太守真好古，购买断缺挥缣缯。龟跃入座螭隐壁，空斋昼静闻登登。奇踪散出走吴越，胜事传说夸友朋。书来乞诗要自写，为把栗尾书溪藤。后来视今由视昔，过眼百世如风灯。他年刘郎忆贺监，还道同时须服膺。

【赏析】

这首诗作于神宗熙宁五年（1072）。时知湖州的作者友人孙觉（字莘老）建亭于吴兴府第中，以收藏古碑刻法帖，命名为"墨妙亭"，同时向苏轼求诗题咏。诗人时为杭州通判，因作此诗并自书以赠孙莘老。

诗中评价和赞扬了前人多种碑帖，并阐述了作者自己的书法美学思想，称颂孙觉做了一件大好事。全诗在叙述和议论中尽可能运用一些比喻，把抽象的概念变为具体的形象。

前八句赞扬王羲之、颜真卿、徐浩父子、李斯、李阳冰等书法大家

的碑帖。据吴兴的史料记载，墨妙亭收藏的碑目不下几十种，这里只是举要品评。一二句说王羲之《兰亭序》真本，已为唐太宗殉葬，但其遗留的墨迹令人惊叹；三四句说颜真卿书法大胆创新；五六句赞扬徐浩父子书法颇有力度；七八句说李斯《峄山碑》虽然原碑不存，但其笔法还是为李阳冰所继承。总之，墨妙亭藏品就是一部中国书法发展史。

"杜陵评书贵瘦硬"四句，是全诗的亮点。作者不同意杜甫《李潮八分小篆歌》"书贵瘦硬方通神"的审美标准，主张书家应该张扬艺术个性，风格不妨多样化，不宜强求一律。"短长肥瘦各有态，玉环飞燕谁敢憎"造语妙丽新奇，"环肥燕瘦"的成语，从此化出。

"吴兴太守真好古"八句，赞扬孙莘老（吴兴是湖州之郡名）建造墨妙亭，成为当地一大文化景观，同时为弘扬传统书法艺术做了一件大好事，理应得到朋友齐声赞扬。"书来乞诗要自写"两句点题，说明作诗的缘由，自然是欣然应允。

"后来视今由视昔"四句以慨叹作结，化用王羲之《兰亭集序》"后之视今，亦犹今之视昔"，推想将来后人看待作者为墨妙亭题诗作书这件事，会像当年刘禹锡登洛中寺北楼回忆秘书监贺知章一样，对其书法佩服得五体投地，并深憾不与同时，不能当面聆教。

汪师韩评："论书大旨不外前和子由作所云'端庄杂流丽，刚健含婀娜'二语，故每不取少陵瘦硬通神之说。此诗就亭中所列李、颜、二徐诸刻加之评论。轼之书其源出于颜、徐。诗中'细筋入骨如秋鹰'及'字外出力中藏棱'二句，非惟道古，乃其自道，盖'直以金针度与人'矣。"（《苏诗选评笺释》）

陌上花

陌上花开蝴蝶飞，江山犹是昔人非。

遗民几度垂垂老，游女长歌缓缓归。

【赏析】

这首诗作于神宗熙宁六年（1073）。王士禛《渔洋诗话》评："五代时吴越人物不及南唐、西蜀之盛，而武肃王寄妃书云'陌上花开，可缓缓归矣'二语，艳称千古。东坡又演为《陌上花》，晁无咎亦和八首，二公诗皆绝唱，入乐府即《小秦王调》也。"

新城道中二首

其一

东风知我欲山行，吹断檐间积雨声。

岭上晴云披絮帽，树头初日挂铜钲。

野桃含笑竹篱短，溪柳自摇沙水清。

西崦人家应最乐，煮芹烧笋饷春耕。

【赏析】

这两首诗作于苏轼在杭州通判任上，于神宗熙宁六年（1073）二月视察杭州属县，自富阳经过新城县（今富阳新登镇）时。一首表现了作者对新城美丽山水和人民的热爱，充满喜悦的情绪。另一首是对前一首的自和，思想感情要复杂得多。

第一首为了表现自己的喜悦之情，作者频繁运用修辞格，以加强诗歌的表现力。首先是用了拟人格，赋予"东风"（即春风）以人的灵性和情感——这东风仿佛知道作者要去新城巡视，特意吹停了多日的淫雨，使天气放晴。这样写，就使"东风"着上了人的感情色彩，也即所谓以"我"观物，"物皆著我之色彩"（《人间词话七则》），新颖别致，饶有诗意。中间四句，又用了比喻的修辞格：用"絮帽"比岭上晴云，用"铜钲"（古代的一种乐器，形状像铜盘）比初升的太阳，形象活脱鲜明，宛然在目；又以美女含笑来比喻竹篱旁边正在盛开的桃花，用美女腰肢的摇摆来比喻清溪上婀娜多姿的柳丝，这种比喻中又包含着拟人，把自然风光的美和人的灵气结合在一起，格外生动感人。最后是画龙点睛，写西山人家"煮芹烧笋"以饷春耕之乐，在相对静止的自然景物中增加了人物的动态，写出了江南农村的特色。在诗人的笔下，这里的山山水水、一草一木都这样地富于感情，这里的人民也这样亲切可爱，诗歌充满了勃勃生机和轻快活泼的情趣。

其二

> 身世悠悠我此行，溪边委辔听溪声。
> 散材畏见搜林斧，疲马思闻卷旆钲。
> 细雨足时茶户喜，乱山深处长官清。
> 人间歧路知多少，试向桑田问耦耕。

【赏析】

　　第二首是对第一首原韵、原字的唱和，虽然是原韵、原字，但诗歌的情感却大大不同了，由轻快变得沉郁。开始就用了"身世悠悠"这样的字面，暗示着自己经历过漫长而忧患的人生道路。苏轼是宋神宗熙宁四年（1071）从京城汴梁到杭州任通判的。之所以来杭州，是因为他上书神宗论朝政得失，得罪了宰相王安石，才力求外调。因此他来杭州本来就没有什么好心绪。接下来，在缓辔徐行中，他反用了《庄子·山木》中的典故，说尽管自己是无用之材，但也怕斧子的砍伐，可见当时官场的险恶；自己就像一匹疲惫的战马，想早点听到鸣金收兵，意即退职归隐。第三联他笔锋一转，本来是写看见茶农因春雨充足而面带笑容的情形，但接着紧跟了一句"乱山深处长官清"，赞美新城县令晁端友（字君成，其子晁补之，后来是"苏门四学士"之一的著名诗人）为政清廉。陈衍在《宋诗精华录》中评论道："第六句有微词。"意思是这句不光是在赞美晁端友，还有讽刺官场的寄托，言外之意是说富州大县往往吏治繁苛，清简之政远不如新城这样的偏远小县，这表明了苏轼对当时吏治的不满，和对人民的同情。最妙的是最后一联，语意双关：表面是说在问前往新城的道路，向桑田间并力而耕的农人打听，这是用了孔子《论语·微子》中的典故："长沮、桀溺耦而耕。孔子过之，使子路问津焉。"但是，他又暗用了《晋书·阮籍传》中的故事，阮籍对当时政治不满，常常驾车独自出行，遇见歧路就恸哭而返。这里的"人间歧路知多少"一句，意思更加沉痛，暗示了现在的政治现实远比阮籍那个时代更加让人不满，作者心情的抑郁和愤懑就可想而知了。不过，苏轼毕竟不是阮籍，他不需要恸哭而返，而是认真地打听道路，找到走出歧路的方向，态度是积极进取的。通过这首诗，我们可以充分感受到苏轼此时在政治上的苦闷，这种苦闷含蕴盘纡在字句之间，打动人心；但是更加可贵的是在苦闷面前，苏轼还是要求积极有所作为，不断在探索自己的人生道路，这就更加难能可贵了。

到此，我们可以对这两首诗作一个粗略的比较。前者思想比较单纯，基本上不用典故，全诗仿佛冲口而出，文不加点，风格显得清新爽快。正如清代赵翼所说："妙处在乎心地空明，自然流出，一似全不着力，而自然沁人心脾，此其独绝也。"（《瓯北诗话》卷五）这正是苏诗的主要特色。后者思想感情复杂，调子比较沉郁，故而用典比较多，诗意也吞吐含蓄。但是，"胸中亦超然自得，不改其度"，"英特之气不受折困"（《宋诗话辑佚》卷上），给人以奋发向上的精神力量。这在苏轼后期的诗歌中比较多见。苏轼是一个成就很大的诗人，他的风格不仅在各个时期有所变化，就是在同一时期写的同样的诗歌，也有着明显的区别，这是需要我们细心体会的。（管遗瑞）

於潜女

青裙缟袂於潜女，两足如霜不穿屦。觟沙鬈发丝穿柠，蓬沓障前走风雨。老濞宫妆传父祖，至今遗民悲故主。苕溪杨柳初飞絮，照溪画眉渡溪去。逢郎樵归相媚妩，不信姬姜有齐鲁。

【赏析】

这首诗作于神宗熙宁六年（1073）作者巡行於潜时。诗写於潜少女的装束打扮，及当地夫妻间相爱之情形，见出当地风习古朴淳厚。诗中所塑造的纯朴可爱的农家少女形象和雍容华丽的贵族妇女形成鲜明对比，表现了作者的审美观和对乡村田园生活的赞美。诗中"觟沙"是开张的样子，此句形容少女头上的乌发，两鬈张开两个角髻犹如丝线穿柠。"老濞"指汉初刘濞，曾封吴王，这里代指五代时的吴越王。

王水照于《宋诗精华》中评："作者在诗中着力刻画了衣饰朴素兼有古风的山乡村女的形象，赞美她们外貌之美、夫妇相谐之乐。这里，寄托了作者美学理想——追求质朴淳厚的美，追求原始自然的生活方式，为我国诗歌的人物画廊增添了新形象。'老濞'二句承上进一步写於潜女打扮之古色古香，以见民风之淳朴，也与结句呼应。"

於潜僧绿筠轩

可使食无肉，不可使居无竹。无肉令人瘦，无竹令人俗。人瘦尚可肥，俗士不可医。旁人笑此言，似高还似痴。若对此君仍大嚼，世间那有扬州鹤。

【赏析】

这首诗作于神宗熙宁六年（1073）。於潜县在今浙江省，县南有寂照寺，寺中有绿筠轩，可知多竹，如成都望江公园然。於潜僧名孜，字惠觉。苏轼来寺，颇赏其轩，遂作此诗。

"可使食无肉"四句用口语，大是名言，乃从古谣谚得益。"肉"是荤食，代表的是高级物质享受；"竹"是坚劲青翠有节的植物，代表的是精神追求。对人来说，首要的需求是生存条件，是油盐柴米。从身体构造（牙口、肠胃）看，人近草食动物，"肉"非生活的第一需要。

所以苏东坡的意思是，对他来说，在能够生存的前提下，重要的就不再是"肉"，而是"竹"了。为什么呢？"人瘦尚可肥，俗士不可医"，肥不见得好，俗则一定不好。什么是"俗"呢？"俗"是"粗"，"俗"是"鄙"，"俗"是趣味低级，"俗"是人格低下，"俗"是精神顽疾，"俗"是哪壶不开提哪壶，简直是"是"可忍"俗"不可忍。

晋王徽之酷爱竹，有一次借住在朋友家，立即命人来种竹，人问其故，徽之说："何可一日无此君。"（《世说新语·任诞》）故后人以"此君"代称竹。"若对此君仍大嚼"即又想看竹，又想吃肉。据说曾有四个人聚在一起，谈论平生快意之事，一人曰多财，一人曰骑鹤做神仙，一人曰下扬州，最后一人曰："腰缠十万贯，骑鹤下扬州"——兼三者而有。"扬州鹤"便是举二以概三，意思是心太大。"若对此君仍大嚼，世间

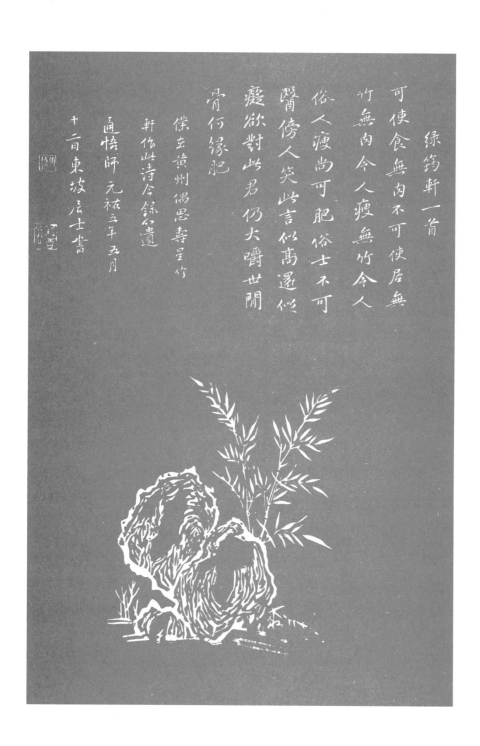

绿筠轩一首

可使食无肉不可使居无

竹无肉令人瘦无竹令人

俗人瘦尚可肥俗士不可

医瘦傍人笑此言似高还似

癡欲对此君仍大嚼世間

哪有此緣肥

僕在黄州偶思蜀中丹

軒作此詩今錄以遺

通悟師元祐三年五月

十二日東坡居士書

那有扬州鹤"，是说熊鱼双收当然最好，只是未免心太大——这是调侃，是奚落，是忍俊不禁，是哈哈大笑。作者本人指挥偶傥之态，亦跃然纸上。

有人借坡语，续添两句云："无肉令人瘦，无竹令人俗。若教不瘦又不俗，顿顿有碗笋炒肉。"何以言之？肉也有，竹也有——笋即竹也。我想东坡如闻此诗，定会捧腹大笑，曰知我者，是儿也。何以言之？盖东坡其实荤素皆来，笋子炒肉，确是他所喜欢的一道菜。

唐道人言天目山上俯视雷雨，每大雷电，但闻云中如婴儿声，殊不闻雷震也

已外浮名更外身，区区雷电若为神。
山头只作婴儿看，无限人间失箸人。

【赏析】

这首诗作于神宗熙宁六年（1073），写作缘起俱见题中。诗中所写到的这种现象，是因为作者产生的深远的联想。在人生中，立足点不同的人，对同一现象的感知也不相同。立足点高的人，可以充耳不闻之事，而在低处，人皆闻雷失箸。首句自明身份，作者自己就是站在山头、超出世俗的高人。故赵翼谓之"含蓄不尽"（《论诗》）。而纪昀谓之"狂语近粗"（《苏文忠公诗集》），是不知诗趣，因胃口而埋怨食物的表现。

有美堂暴雨

游人脚底一声雷，满座顽云拨不开。

天外黑风吹海立，浙东飞雨过江来。

十分潋滟金樽凸，千杖敲铿羯鼓催。

唤起谪仙泉洒面，倒倾鲛室泻琼瑰。

【赏析】

写暴雨的诗作，古人作品中不多。苏轼这首诗写于神宗熙宁六年（1073），在杭州通判任上，是很有名的作品。"有美堂"，在杭州吴山最高处。据《庚溪诗话》载："钱塘吴山有美堂，乃仁宗朝梅挚公仪出守杭，上赐之诗，有曰：'地有吴山美，东南第一州。'梅以上诗语名堂，士大夫留题甚众。"欧阳修还专门写了《有美堂记》，以记其修建始末。

这首诗描写暴雨，极富气魄。前四句是采用了"赋"的手法，即敷陈其事而直言之，从正面落笔，极描摹之能事。在《苏轼诗词选》中，孔凡礼、刘尚荣写道："第一句写雷。作者与友人正漫步吴山，完全没有料到，雷自'脚底'发出，大地震颤，而且是'一声'，雷之迅速，雷之威力，强烈显现出来。第二句写云。雷起云随，作者进入有美堂，浓厚云层纷纷涌来，困住了座客，用手拨时，就是'拨不开'，云层就是那么'顽'，不听使唤。大雨即至，读者感同身受。第三句写风。'风'何以'黑'？风裹挟着黑云。'海'何以'立'？风力猛烈。雨未至，声势已至。第四句写雨。雨乃'飞''过''来'，自远而近，越过钱塘江，迅速奔来。大自然壮美奇观，令人目眩。自雷起、云起、风起至雨降动态过程的描绘，淋漓酣畅。"

后四句作者又变换手法，用"比"来写，连用几个比喻来形容这场暴雨。"十分潋滟金樽凸"，是用金樽里的酒满得快要溢出了杯面，来比喻钱塘江水在暴雨威猛的倾泻下，顷刻间就涨得满了起来，好像要泛滥开去。"千杖敲铿羯鼓催"，是用千枝鼓杖同时击打"羯鼓"（古代羯族的一种打击乐器,状如漆桶),发出像啄木鸟那样连续不断的响声（"敲铿"指啄木鸟用嘴啄击树木的声音），来比喻雨声之急促、之密集。不仅如此，作者还继续驰骋想象，用李白的故事来比喻雨洒座客的情景——"唤起谪仙泉洒面，倒倾鲛室泻琼瑰"。"谪仙"，指李白。唐代著名诗人贺知章一见李白，就非常赏识，呼他为天上谪仙人。据《旧唐书·李白传》载："玄宗度曲，欲造乐府新词，亟召白，白已醉于酒肆矣。召入，以水洒面，即令秉笔，顷之成十馀章，帝颇嘉之。"又"鲛室"，《述异记》说南海之中有鲛人室，鲛人是传说中的人鱼，眼泪流出来就立即变为珍珠。"琼瑰"是美玉。这里的珍珠和美玉，是比喻精美的诗文。此二句的意思是，这一场暴雨也许是老天爷为了使酒醉的李白快点醒过来，好写出许多气势如翻江倒海的诗篇，所以特地把雨洒在他的脸上吧！这真是想落天外，非常奇特了，但还有一层比喻：这李白是指谁呢？自然是指今天参加集会的在座各位文士，当然也包括作者自己，言外之意是催促大家赶快拿起笔来，像李白那样写出描写今天这场暴雨的美好诗文来吧！作者的想象可谓曲之又曲，奇之又奇，酝酿成了浓浓的诗意。

这首诗写突如其来的疾风骤雨的奇景，如层峰起伏，波翻浪涌，真是气势飞腾，笔力千钧。但是，在苏轼的笔下，却又显得举重若轻，吐属随意，豪放飘逸。清人沈德潜在"天外黑风吹海立，浙东飞雨过江来"这一联上批道："奇警爽特，七律中不可多得之境。"（《宋金三家诗选》）陈衍在《宋诗精华录》中对这两句也评道："三句尚是杜陵语，四句的是自家语。"杜甫《朝献太清宫赋》："九天之云下垂，四海之水皆立。"《西清诗话》认为苏轼"天外黑风吹海立"句是从杜甫的赋文中变化而来，这是对的。"浙东飞雨过江来"，陈衍以为是苏轼自己的话，这就不对了，其实也是用了唐代诗人殷尧藩的诗歌《喜雨》中的句子："山上乱云随手变，浙东飞雨过江来。"这一借用，带来了意境上的改变，和上一句搭配，天造地设，成了苏轼诗歌中清雄风格的代表作。宋代诗人较之唐代诗人读书更多，苏轼在宋人中又是大学者，读书更多，博闻强记，因此他每每以学问为诗。这样，他左右逢源，驱遣自如，层出不穷，就能开辟出新的意境。这既是宋诗也是苏轼诗歌的一个特色。（管遗瑞）

八月十五日看潮五首（录二）

其一

定知玉兔十分圆，已作霜风九月寒。

寄语重门休上钥，夜潮留向月中看。

【赏析】

这两首诗作于神宗熙宁六年（1073）。第一首写中秋夜观潮的兴致：不畏霜风，一也；重门留钥，二也。俱见兴会不浅。玉兔代指月亮。

其二

江神河伯两醯鸡，海若东来气吐霓。

安得夫差水犀手，三千强弩射潮低。

【赏析】

第二首写潮水的气势，多用神话传说故事，是读书受用也。江神、河伯分别指江神、河神，俱见《庄子》。醯（xī）鸡，醋瓮中的蠛蠓，古人以为是酒、醋上的白霉变成。海若即北海若，海神。安得二句，因古称夫差衣水犀之甲者三千而来。

次韵述古过周长官夜饮

二更铙鼓动诸邻，百首新诗间八珍。
已遣乱蛙成两部，更邀明月作三人。
云烟湖寺家家境，灯火沙河夜夜春。
曷不劝公勤秉烛，老来光景似奔轮。

【赏析】

这首诗作于神宗熙宁六年（1073）通判杭州时。友人陈襄（字述古）走访钱塘令周邠时咏诗，作者次韵，写朋辈夜饮咏诗，清闲潇洒，颇饶情致。颔联写庭阶蛙鸣阵阵，按南齐孔稚珪不乐世务，门庭之内，野草丛生，时有蛙鸣，他对别人说："我以此当两部鼓吹。"（《南齐书·孔稚珪传》）下句化用李白《月下独酌》："举杯邀明月，对影成三人。"对仗极有奇趣，撑起全诗。

惠山谒钱道人，烹小龙团，登绝顶，望太湖

踏遍江南南岸山，逢山未免更留连。
独携天上小团月，来试人间第二泉。
石路萦回九龙脊，水光翻动五湖天。
孙登无语空归去，半岭松声万壑传。

【赏析】

这首诗作于神宗熙宁六年(1073)苏轼回到常州以后。诗题中的惠山，就是无锡的惠山。钱道人，是作者的朋友钱安道的弟弟，为惠山寺的长老。

小龙团,是宋代建安的贡茶,小片而印有龙纹的团茶。太湖,在江苏省南部,在江浙两省之间,是我国的第三大淡水湖,风景优美。

苏轼自从因为变法问题得罪司马光以后,一直处在党争的旋涡之中,在垂暮之年被政敌一贬再贬,先是被贬到广东惠州安置,不得签书公事,接着又被贬到更加荒远的琼州昌化军(在海南岛)安置,不得签书公事。他先寄居在儋州的官屋,朝廷知道了,遣使逐出,他只好筑室在儋州城南的桄榔林下,命名桄榔庵。大约在三年以后,朝廷政局有了转机,他才被内调到常州,寓居在孙氏馆。这时,他的心情稍稍安定,但是由于政治斗争的险恶,他仍然有着对前途生死未卜的忧虑。这首诗,就是在这样的情况下写出来的。

第一联是平平叙起,讲苏轼虽有流连山水的兴致,但是,"踏遍江南南岸山,逢山未免更留连",也包含着在贬谪中转徙穷荒的人世沧桑之感,心情仍然是沉重的。第二联是一个"流水对"——如今带着皇上赐给的像圆月一样的小龙团茶叶,来到"天下第二泉"的惠山泉品尝泉水和茶叶,诗句轻松流畅,可见诗人欣喜的心情。第三联是登高望远的情景:他登上石路曲折的"九龙脊"(九龙山又名冠龙山,据陆羽《惠山寺记》:"山有九龙,若龙之偃卧然。"),放眼望去,但见万顷太湖(即诗中之五湖)水光翻动,烟波浩渺,一望无际。这一联对得非常工整,而境界也很阔大,表现出苏轼宽阔的胸襟和浩然正气。

最后一联:"孙登无语空归去,半岭松声万壑传。"是抒写这次登临的感慨。孙登是三国时魏国人,隐居在汲郡山中,好读《周易》。他有一次和嵇康交游,对嵇康说:"子才多识寡,难免乎于今之世。"后来嵇康终于被司马昭等人诬陷杀害,临死前作了一首《幽愤》诗道:"昔惭柳下,今愧孙登。"这里,诗人是以嵇康自比,说明自己多年来遭受政敌的诬陷迫害,以至于居无定所,流落蛮荒,命悬一线。自己今后的情况怎样呢?连孙登这样的人也不好预测,只好无语而去了。言外之意是诗人充满了对于未来前途的担心，内心深处是难以排遣的惶恐和不安。这时候，他听见宏大的松涛声响起来，在山谷间回荡，这松涛的鸣响似乎更加助长了他的忧愤的情怀。这是以景作结，诗人的心情就融化在这万壑松声之中，让读者自去领会，留下了深厚而悠长的诗意。（管遗瑞）

与毛令方尉游西菩提寺二首

其一

推挤不去已三年，鱼鸟依然笑我顽。

人未放归江北路，天教看尽浙西山。

尚书清节衣冠后，处士风流水石间。

一笑相逢那易得，数诗狂语不须删。

【赏析】

这两首七律作于神宗熙宁七年（1074）八月，苏轼与於潜县县令毛宝（字国华）、县尉方武同游西菩提山明智院（即西菩提寺）之时。诗歌表现了苏轼面对政治失意，在逆境中放情山水、怡然自乐的旷达胸怀。

第一首是以"顽"字立意，表明自己虽遭排挤而不改初衷的决心。苏轼是神宗熙宁四年（1071）十一月从汴京到杭州做通判的，原因是反对新法受排挤，到杭州以后又一直遭遇政治上的歧视，已经三年。然而他没有离开杭州，就连鱼鸟也笑他"愚顽"。这是什么原因呢？第二联就作了回答，是因为这里的山水太美了——别人不让我回归北方的京城，倒好像是上苍有意安排我在这里尽情赏遍浙西（泛指钱塘江西北部）的山水呢！所以，他决心"不去"，三年来仿佛鱼鸟也和他有了感情，能够理解他的心思，互相嬉笑为乐了。第三联转到陪他一起游览西菩提寺的主人毛令和方尉身上。不过他没有直说，而是用了两个典故，以古人相比。"尚书"指三国时代的毛玠，曾任尚书仆射，他身居显位却常布衣蔬食，故曰"清节"。"处士"，是指唐代诗人方干，方干是桐庐人，应试未第，隐居会稽鉴湖之滨，以渔钓为乐。前句言"衣冠后"，即士大夫的后代，因为与毛玠同姓，是指毛宝。后句也因同姓（而且同里）之故，是指方武。两个典故都很贴切，而且"衣冠后"和"处士风流"也都有赞美之意，用于主人，很为得体。看来他们这次游览相处很好，一路欢笑，还写了诗歌互相唱和，真是其乐融融了。读罢全诗，我们才明白，鱼鸟所笑的"愚顽"，不是愚蠢和顽固，而是作者不以官场的挤压为意，毫不懊丧和颓放，经常和自己志趣相投的朋友倾心交往，笑傲于山水之间。这，是不是多少显得有些顽皮、有些放浪呢？当然不是，这正是他傲视磨难，淡漠得失，胸怀坦荡旷达，性格天真烂漫的表露，也正是苏轼被人喜爱的重要原因。

其二

> 路转山腰足未移，水清石瘦便能奇。
> 白云自占东西岭，明月谁分上下池。
> 黑黍黄粱初熟候，朱柑绿橘半甜时。
> 人生此乐须天付，莫遣儿曹取次知。

【赏析】

第二首重在一个"乐"字上做文章。如果说"顽"是侧重指作者的性格，那么"乐"则是指由于善于享受大自然的赐予，而带来的内心的欢喜和欣悦。人们常说欣赏美景是"移步换形"，这也就已经美不胜收了，但是作者在这首诗歌一开头就说刚转过山腰，连脚都没有移一下，就看到了"水清石瘦"的奇异的美景了，这里的美景之多，也就不言而喻了。

仿董源笔意

中间四句，就分别描写了这里的美景和特产：寺前东西二山的岭上，白云皑皑；寺中的清凉池和明月池，在月光映照下难分彼此；黑色的黍粒和黄色的小米煮熟以后，味道喷香；红色的芦柑和绿色的橘子还没有成熟，就已经有了甜味。这就分别从视觉和味觉上着笔，把景致和特产写得很是诱人，令人不觉心驰神往。诗歌最后点明，这些"乐"，是上天亦即大自然的殷勤赐予，只有我们这样的具有高情雅致的人才能够享受，不要让那些少不更事的新贵们轻易知道哟！言外之意是，这些"乐"，只有我们才能领受，别人整天忙着争名于朝、争利与市，哪里能够懂得呢！诗人之乐，表现出豁达开朗、泰然自处、无往不乐的旷放心胸，显示出这位名家英才性格中的熠熠光彩。

从这两首诗中，我们看到了苏轼一颗赤诚坦率的心，一片明净如水的情怀，还有他那面对困境、超然物外、坚持耿直旷放的风姿，读来让人感动。从诗歌技巧方面说，这两首都是七言律诗，诗中每一联在起承转合上都很分明，起得自然，承得紧密，转得恰好，合得圆紧，与他写的那些天马行空的歌行体诗相比，真是应规中矩了，显得严谨。但是，在严谨中又有变化，比如第一首的第三联是工对，出句、对句铢两悉称，但在第二联就使用了流水对，这样一变化，就避免了呆滞板重。在第二首的第三联，还运用了句中自对："黑黍黄粱初熟候，朱柑绿橘半甜时。"上下联对得很工整，上联中"黑黍"与"黄粱"又形成对偶，下联中"朱柑"与"绿橘"也形成对偶，这就是句中自对。当时叫"当句对"，宋人洪迈在《容斋随笔》卷三"诗文当句对"条说："唐人诗文，或于一句中自成对偶，谓之当句对。"他这里只说到唐人，其实宋人苏轼的诗中也有，只是他没有看到。这样写，既有上下联对仗，也有句中对仗，就把律诗的对偶丰富化了，显得意象繁密，诗句工致，耐人欣赏，读起来也音韵铿锵，更富于音乐感。在这些方面，可以见出苏轼作诗的精深的技巧。（管遗瑞）

饮湖上初晴后雨二首（录一）

水光潋滟晴偏好，山色空濛雨亦奇。
欲把西湖比西子，淡妆浓抹总相宜。

【赏析】

作者于神宗熙宁四年至七年（1071—1074）任杭州通判，此诗便作于此阶段。杭州府衙建于凤凰山麓，靠近西湖。《饮湖上初晴后雨》记述了诗人与朋友游湖遇到的天气变化及由此引发的审美体验。原诗共二首，这是第二首。

"水光潋滟晴偏好，山色空濛雨亦奇。"前二句以洗练的语句道出西湖变幻之美。首先诗人抓住西湖在晴空下、细雨中的典型细节，描写西湖之景。"潋滟"指的是水波相连、荡漾之貌。晴日里湖中泛舟，湖波映射着周围的风物和斑驳的日影，波纹的摆动既有线条感又富有韵律，应和了赏景人休闲放松的心情。晴天的西湖动感、喧闹，整体色调生动明丽。"偏"暗含诗人对景致的品评，这样的景致与这样的情景，一切刚刚合适，为接下来的景色变化打好伏笔。忽而天空转阴，飘起蒙蒙细雨，赏景气氛也随之聚变，这在常人看来必是扫兴的吧。但作者却认为"雨亦奇"。雨中西湖之奇在于"山色空濛"。"空濛"是细雨朦胧的样子。透过雨雾，远处之山若隐若现，似有还无，近处山峦被渲染得更加苍翠，雨中西湖的羞怯幽淡与晴天的明艳动人形成鲜明对比。虽然只是写景，却有意无意地体现了诗人宠辱不惊、随缘自适、顺其自然的人生观。

"欲把西湖比西子，淡抹浓妆总相宜。"后二句运用比喻，表现西湖的神韵。西施与西湖同属越地，同有一个"西"字。西子是世间最美的女子，无论是清水出芙蓉的淡妆还是涂脂抹粉的浓妆，总能让人心动不已；西湖是人间最美的景色，无论水光潋滟的晴景，还是山色空濛的雨景，总能让人心旷神怡。这个比喻之妙，在于本体与喻体间差异太大，湖与人本来很难扯到一起，但共同特征越不明显，比喻的创造性越大，效果就越好。还有一个"欲"字，说出了诗人想急切把这个比喻说出来的兴奋之情。诗人过去一定时时留恋于西湖景色，作诗数首而没找到合适的比喻。这一次在晴雨交加的刺激下，猛然想到以西子喻西湖的妙喻，于是很兴奋，一定要急切地表达出来。这一妙手偶得成就了书写西湖风光的千年佳句。西子湖从此成为西湖的别名。

西湖边上有一家茶楼，上题一联："欲把西湖比西子，从来佳茗似佳人"，显然是从此诗后二句的妙喻得到启发，同时又对这一妙喻作了进一步的发挥，所以同样耐人寻味。

和文与可洋川园池三十首（录三）

其一　湖桥

朱栏画柱照湖明，白葛乌纱曳履行。
桥下龟鱼晚无数，识君拄杖过桥声。

【赏析】

这三首诗作于神宗熙宁八年至九年（1075-1076）。文与可是苏轼的从表兄，善画竹及山水。文知洋州（治所在今陕西洋县）时，曾寄作者《洋川园池三十首》，作者遂依题和之。这首诗写的是文与可在洋川园池悠然漫步的情景——虽然这只是苏轼的想象，但十分生动，仿佛文与可的园池就在他眼前——清澈的湖水中，倒映着朱红色的栏杆、彩绘的廊柱，还有文与可本人——他穿着便装，戴着乌纱帽，拖曳着鞋子，于池边安闲散步。

天色到了黄昏，湖桥下的那些乌龟和鱼儿在水里悠闲自在，怡然浮潜，一点都不惧怕，好像它们已听熟了文与可拄着拐杖过桥的声音，这种情形类似现在公园里那些池中鱼儿，一见到游人，不仅不害怕，还纷纷浮上水面乞食。

这首诗既写了洋川园池静态的一面，又写了桥上的人与桥下的龟、鱼互动的情景，仿佛电影镜头般，由静景及人物，过渡自然。

其二 待月台

> 月与高人本有期，挂檐低户映蛾眉。
> 只从昨夜十分满，渐觉冰轮出海迟。

【赏析】

这首诗首句"高人"指文与可，次句道眼前之景，心中之情，点化自鲍照《玩月城西门廨中》"末映西北墀，娟娟似蛾眉"及李咸用"挂檐晚雨思山阁"之句。三四句写月圆之夜的一个观感，"冰轮"指圆月，作者觉得月圆更沉，所以出海较慢。全诗以人拟月，借月抒感，把月写得有情有思，同时，使人读后感受到诗人满满的童心。

其三 箕篙谷

> 汉川修竹贱如蓬，斤斧何曾赦箨龙。
> 料得清贫馋太守，渭滨千亩在胸中。

【赏析】

箕篙是一种高大的竹子。据《异物志》载："箕篙生水边，长数丈，围尺五、六寸，一节相去六、七尺，或相去一丈，土人绩以为布。"据史料记载，筼筜谷在洋县城西北五里。文与可为官洋州时，曾于谷中筑披云亭，经常游赏其中。

这首诗不写竹而写笋，首句"汉川修竹贱如蓬"，即有抑竹扬笋之意。"贱如蓬"三字，极言竹之众多。相传后汉汝南人费长房学道十年而归，受师命投竹杖于湖中，化为飞龙。因竹多笋亦多，所以"斤斧何曾赦箨（tuò）龙"，"箨龙"指竹笋。三四句大意是：可以猜想得到，由于廉洁而清贫的太守，见此野味必然嘴馋，乃至想把渭水流域的千亩之竹尽吞胸中。这两句诗将文与可画竹"胸有成竹"的意思予以曲解，既有羡慕之意，又有戏谑的成分。苏轼在《文与可画筼筜谷偃竹记》中写道："余诗云：料得清贫馋太守，渭滨千亩在胸中'。与可是日与其妻游谷中，烧笋晚食，发函得诗，失笑，喷饭满案。"

祭常山回小猎

> 青盖前头点皂旗，黄茅冈下出长围。
> 弄风骄马跑空立，趁兔苍鹰掠地飞。
> 回望白云生翠巘，归来红叶满征衣。
> 圣明若用西凉簿，白羽犹能效一挥。

【赏析】

这首诗作于神宗熙宁八年（1075年）苏轼知密州（今山东诸城）时。当年十月诗人到郡城南二十里的常山祈雨，回来路上和同官在常山东南的黄茅冈举行了一次习射会猎，这首诗是与《江城子·密州出猎》（本书因版本故，此词收录赏析时名作《江神子·猎词》）是同时所作。

首联点题，勾画出了狩猎队伍的气派和场面。颔联转入猎射场面的描绘，写马儿追逐猎物跑得性起，有时竟能竖起身子，腾踔而立；猎鹰追逐狡兔，竟至掠地而"飞"，是全诗最出彩的句子。颈联写罢猎归来的风度神采。尾联与《江城子·密州出猎》："持节云中，何日遣冯唐。会挽雕弓如满月，西北望，射天狼。"措意正复相同。

寄黎眉州

胶西高处望西川，应在孤云落照边。

瓦屋寒堆春后雪，峨眉翠扫雨余天。

治经方笑春秋学，好士今无六一贤。

且待渊明赋归去，共将诗酒趁流年。

【赏析】

这首诗作于神宗熙宁九年（1076）作者知密州时。密州在胶河以西，故称"胶西"。"西川"则指作者的故乡眉山，以及诗中所咏的瓦屋山（今属眉山市洪雅县）、峨眉山一带，因在四川西部故云。

黎眉州指黎錞，字希声，四川渠江人，他是一位以研究《春秋》著称的儒者，著有《春秋经解》。欧阳修向宋真宗推荐蜀中人才，称"文学苏洵，经术黎錞"。当年以尚书屯田郎中出知眉州，与苏轼彼此相互欣赏。

这时执政的王安石却不喜《春秋》，说那是一本古代的"断烂朝报"（即诗中谓"治经方笑春秋学"）。当然苏轼不这样看。诗中表达了作者对黎錞的友情，并表达了对欧阳修的怀念（六句自注：君以《春秋》受知欧阳文忠公，公自号六一居士）。由于苏轼不满新法，政治上受压抑，思乡、归隐之情油然而生。末句表达了他对重逢的期待。

和孔密州五绝（录一）

东栏梨花

梨花淡白柳深青，柳絮飞时花满城。

惆怅东栏二株雪，人生看得几清明。

【赏析】

这首诗作于神宗熙宁十年（1077）。作者经历了诸多家庭变故（母亲、妻子、父亲相继亡故）和政治上的失意。于上一年冬天离开密州，继任者为孔宗翰。作者在徐州寄了五首绝句给他，这是其中第三首。一二句咏梨花，而以柳絮作陪衬，是清明节前后光景。其时柳絮飞舞，梨花盛开。三四句化用杜牧《初冬夜饮》："砌下梨花一堆雪，明年谁此凭阑干？"点出"清明"节气，言下有无尽伤逝之感。

子由将赴南都，与余会，宿于逍遥堂。作两绝句，读之，殆不可为怀。因和其诗以自解。余观子由自少旷达，天资近道，又得至人养生长年之诀，而余亦窃闻其一二。以为今者宦游相别之日浅，而异时退休相从之日长。既以自解，且以慰子由云（录一）

别期渐近不堪闻，风雨萧萧已断魂。

犹胜相逢不相识，形容变尽语音存。

【赏析】

这首诗作于神宗熙宁十年（1077）。此诗写手足离合之情。生活的艺术在于"会想",三四句说的都是退后一步着想——退后一步自然宽。"形容变尽语音存"一句,写尽世事沧桑,却不着痕迹。

韩幹马十四匹

二马并驱攒八蹄,二马宛颈鬃尾齐;一马任前双举后,一马却避长鸣嘶。老髯奚官骑且顾,前身作马通马语。后有八匹饮且行,微流赴吻若有声。前者既济出林鹤,后者欲涉鹤俯啄。最后一匹马中龙,不嘶不动尾摇风。韩生画马真是马,苏子作诗如见画。世无伯乐亦无韩,此诗此画谁当看?

【赏析】

这首诗作于神宗熙宁十年(1077)。韩幹,唐代画家,京兆蓝田(今属陕西)人,与其师曹霸皆以画马著名,杜甫在《丹青引》里曾经提到他。他的《照夜白图》等作品尚存,而苏轼题诗的这幅画,却不复可见。诗题说是"马十四匹",画中的马,却不止此数。南宋人见过李公麟所临韩幹此幅画马图,图中马为十六匹。这首诗中写到的马,实际上也是十六匹。

"诗题标明马的数目,但如果一匹一匹地叙述,就会像记流水账,流于平冗、琐碎。诗人匠心独运,虽将十六匹马一一摄入诗中,但时分时合、夹叙夹写,穿插转换,变化莫测。"(霍松林)此诗一句写了两匹马,二句写了两匹马,三四句加起来又是两匹马,"奚官"(职司养马)骑了一匹马,加"后有八匹饮且行",再加"最后一匹马中龙",一共是十六匹马。由此看来,苏轼文才虽好,却不大识数。

"韩生画马"两句是点题,并作发挥"世无伯乐亦无韩"两句是全篇的收束，也是看画引起的遐想。全诗只十六句，却七次换韵，其章法前人多认为取法于韩愈的《画记》。但从其穷极变化、不可方物看，似乎更多的是受了杜甫《韦讽录事宅观曹将军画马图》的启发。

读孟郊诗二首

其一

夜读孟郊诗，细字如牛毛。寒灯照昏花，佳处时一遭。孤芳擢荒秽，苦语余诗骚。水清石凿凿，湍激不受篙。初如食小鱼，所得不偿劳。又似煮彭蜞，竟日持空螯。要当斗僧清，未足当韩豪。人生如朝露，日夜火消膏。何苦将两耳，听此寒虫号。不如且置之，饮我玉色醪。

其二

我憎孟郊诗，复作孟郊语。饥肠自鸣唤，空壁转饥鼠。诗从肺腑出，出辄愁肺腑。有如黄河鱼，出膏以自煮。尚爱铜斗歌，鄙俚颇近古。桃弓射鸭罢，独速短蓑舞。不忧踏船翻，踏浪不踏土。吴姬霜雪白，赤脚浣白纻。嫁与踏浪儿，不识离别苦。歌君江湖曲，感我长羁旅。

【赏析】

这两首诗作于神宗元丰元年（1078），作者对唐代几位大诗人，有"元轻白俗""郊寒岛瘦"的批评，实际上他对这几位诗人（元稹、白居易、孟郊、贾岛）情感复杂，又是相当地喜欢。如果真不喜欢，又何必那样孜孜不倦地读他呢。民间将可爱唤做可憎（又是爱又是恨），道理是一样的。当然，也是因为读得太熟，所以不难挑他的毛病。"我憎孟郊诗，复作孟郊语"，"寒灯照昏花，佳处时一遭"，其间奥妙，正要从这些诗句中寻找。

翁方纲说："孟东野诗，寒削太甚，令人不欢。刻苦之至，归于惨栗，不知何苦而如此！"（《石洲诗话》卷三）然而，欧阳修即有"诗穷而后工"（《梅圣俞诗集序》）之说。欧阳修是作者的偶像，而欧阳修于孟郊诗，是相当推崇的。这大概也是作者认真读孟郊诗的缘由之一。

宋人葛立方引孟郊诗"楚山相蔽亏，日月无全辉。万株古柳根，挐此磷磷溪。大行横偃脊，百里方崔嵬"，谓此等句皆造语工新，无一点俗韵。然其他篇章，似此处绝少也（《韵语阳秋》）。可以印证"佳处时一遭"说。这两首诗中对抽象的感觉，妙于形容，穷形尽相，就神似孟郊诗，也表现了作者的读书受用。

李思训画《长江绝岛图》

山苍苍，水茫茫，大孤小孤江中央。崖崩路绝猿鸟去，惟有乔木搀天长。客舟何处来，棹歌中流声抑扬。沙平风软望不到，孤山久与船低昂。峨峨两烟鬟，晓镜开新妆。舟中贾客莫漫狂，小姑前年嫁彭郎！

【赏析】

这首诗作于神宗元丰元年（1078）。题画诗极难写，太粘不行，太浮也不行。题画诗写出来，应该知道他是在说这张画，但又必须超出这张画。超出来的东西，还必须有兴味，这就难上加难了。苏东坡这首题画诗，两者都做到了，而且做得特别好，所以成为题画诗的楷模。

"山苍苍，水茫茫，大孤小孤江中央。"这是读画，先写对整幅画的印象，美！"崖崩路绝猿鸟去，惟有乔木攙天长。"画中，在岛上只有乔木，却凭空想象出原来是有猿鸟的，可是现在都迁走了。这是合理补充。"客舟何处来，棹歌中流声抑扬。"这是看细部。画中有客船，这是视觉，是画。但"棹歌中流声抑扬"就诉诸听觉了。这是通感，是奇特的想象。

"沙平风软望不到，孤山久与船低昂。"读画读到入神，景物好像活了，大孤山、小孤山似乎在随波摇荡。这是把乘船经验植入对画的理解。堪称神来之笔！"峨峨两烟鬟，晓镜开新妆。"这两句很巧妙，说大孤小孤像美人的云鬟，这很容易被读者接受，殊不知这是一个巧妙的过渡，其实已把它们偷换成大姑小姑了。

"舟中贾客莫漫狂，小姑前年嫁彭郎！"你看，这就是偷换后的新境界！既然大孤小孤成了大姑小姑，那么，澎浪矶也就成了彭郎了，而且，小姑前年就嫁给彭郎了，你们还打什么主意！把民间传说顺手拈来，竟组成这样美妙的戏剧场面，真是匪夷所思！突发奇想是诗的灵魂。苏东坡这一连串美妙的想象，证明了他的确是一个天才诗人。（滕伟明）

百步洪二首（录一）

长洪斗落生跳波，轻舟南下如投梭。水师绝叫凫雁起，乱石一线争磋磨。有如兔走鹰隼落，骏马下注千丈坡。断弦离柱箭脱手，飞电过隙珠翻荷。四山眩转风掠耳，但见流沫生千涡。崄中得乐虽一快，何异水伯夸秋河。我生乘化日夜逝，坐觉一念逾新罗。纷纷争夺醉梦里，岂信荆棘埋铜驼。觉来俯仰失千劫，回视此水殊委蛇。君看岸边苍石上，古来篙眼如蜂窠。但应此心无所住，造物虽驶如吾何。回船上马各归去，多言哓哓师所呵。

【赏析】

这首诗作于神宗元丰元年（1078），苏轼时任徐州知州。诗前有一个自序："王定国访余于彭城。一日，棹小舟与颜长道携盼、英、卿三子游泗水，北上圣女山，南下百步洪，吹笛饮酒，乘月而归。余时以事不得往，夜着羽衣，伫立于黄楼上，相视而笑，以为李太白死，世间无此乐三百余年矣。定国既去逾月，余复与参寥师放舟洪下，追怀曩游，以为陈迹，喟然而叹！故作二诗，一以遗参寥，一以寄定国，且示颜长道、舒尧文，邀同赋云。"此序交代了写作的缘由，是追忆与参寥一起放舟百步洪的所见所感。这里选的是第一首，也就是赠给参寥的那一首。百步洪，在徐州东南，又叫"徐州洪"，为泗水的一段激流，洪有乱石峭立，水流湍急，颇为壮观。今已不存。

这首诗是苏轼的名作，由舟行洪流中的迅疾惊险而生发感慨，转到纵谈人生哲理上，寓意深刻。清代纪昀评点《苏文忠公诗集》卷十七说："语皆奇逸，亦有滩起涡旋之势。"汪师韩在《苏诗选评笺释》卷二中也说："此篇摹写急浪轻舟，奇势迭出，笔力破余地，亦真是险中得乐也。后幅养其气以安舒，犹时见警策，收煞得住。"方东树在《昭昧詹言》卷十二中更有具体的评论："惜抱先生（姚鼐）曰：'此诗之妙，诗人无及之者也，惟有《庄子》耳。'余谓此全从《华严》来。……余喜说理，谈至道，然必于此等闲题出之，乃见入妙。若正题实说，乃为学究伧气俗子也。"

根据前人这些精要的提示，我们对此诗可以分作两个部分来理解。第一部分，从开篇"长洪斗落生跳波"到"但见流沫生千涡"，写百步洪本身的奇险和行舟的惊险。不过，作者并没有胶着在对实景的如实描摹上，而是透过实际，深入一层用比喻来描写，从现实境界中创造出了一个全新的富于诗意的美境。诗篇一开始，作者就先用长洪斗落、跳波飞溅、舟如投梭、水师绝叫、凫雁惊起这些飞动的意象，把百步洪汹涌奔腾的动态渲染得夺人心魄。这还不够，陶文鹏评道："诗人感到意犹未足。于是，他紧紧抓住一个'急'字，化实为虚，以联想和想象铸造出新的意象，一口气连用'有如兔走鹰隼落，骏马下注千丈坡。断弦离柱箭脱手，飞电过隙珠翻荷'七个比喻，淋漓酣畅地渲染出百步洪激浪滚滚、一泻千里的势态。"（《苏轼诗词艺术论》）这样连贯错落地比喻百步洪的迅疾，真是想象飞动，笔力奔放，称得起"自成创格"，"古所未有"（《瓯北诗话》）。苏轼是惯于在诗歌（特别是歌行体古诗）中融入排比等散文句式的，由于他掌握得恰到好处，不仅没有破坏诗歌的节奏感和韵律美，相反还有助于形成它的豪纵、灵动、奇警的气韵，给人以耳目一新的感觉。这一部分，开端十句就用散文惯用的排比句法，铺陈一系列的比喻，形成博喻的手法，来极度夸张百步洪的奔泻湍急，不仅形象鲜明生动，在句式的音调上，诵读起来也能给人以一泻而下之感，这种排比句式的成功的运用，不仅没有损害诗歌的音韵节奏，反而获得了声情配合的良好的效果。清代赵翼就评道："六七层譬喻一气喷出，而不觉其拉杂，岂非奇作！"（《宋金三家诗选》）从这些地方，我们可以看出苏轼娴熟的技巧，以及由他的大胆创造而带来的艺术上的精深造诣。

从"崄中得乐虽一快，何异水伯夸秋河"这两句的轻轻一带，承上启下，很自然地转到了第二部分。这里值得注意的是，他把险中得乐比喻为河伯夸说秋水。这是用了《庄子·秋水》中的典故："秋水时至，百川灌河，泾流之大，两涘渚崖之间，不辨牛马。于是焉河伯欣然而喜，以天下之美为尽在己。"河伯是河水之神，他后来见了北海之大，才知道自己原来很渺小。苏轼也认为，自己险中得乐，与河伯的沾沾自喜、眼光狭小又有什么区别呢？这就自然引起了他作深入的思考，而引出一大篇议论来。我们知道，苏轼惯于在诗歌中驰骋议论，倾泻胸臆，谈笑风生，这也是以文为诗的一种表现。张戒在《岁寒堂诗话》中说："子瞻以议论作诗，鲁直又专以补缀奇字，学者未得其所长，而先得其所短，诗人之意扫地矣。"这是指出了它的流弊。但是，苏轼的议论首先是从具体的事物中引申出来的，有根有据，不是大而无当的空泛之论；而且，他多是借助形象化的文学语言，又灌注着浓郁的感情，体现出情与理的有机的统一，这就避免了枯燥和空洞，读来自能感人。

他这一篇议论说的是什么呢？他是接着河伯秋水之叹，转而谈人生、社会问题，进行佛理禅观的思辨："我生乘化日夜逝，坐觉一念逾新罗。纷纷争夺醉梦里，岂信荆棘埋铜驼。"意思是说，人生在世，生命随着自然的运转很快消逝，而意念则不受时空限制，一转念之间即可到达万里之外（新罗古国在朝鲜），言外之意则是说生命只能听任自然支配，意志则可以由自己掌握。何况，世事翻覆，象征权利富贵的铜驼很快就被埋在荆棘丛中，人们又在醉梦中争名夺利干什么呢？接下来，"觉来俯仰失千劫，回视此水殊委蛇。君看岸边苍石上，古来篙眼如蜂窠"，谈论了佛老的时空观，谈论险恶的百步洪其实不过是波浪从容的一段溪流，只要一篙点到石上，那就能超越时空的限制，化险恶为平静。但是，这还不够，还要进一步达到"无"，达到"也无风雨也无晴"、"一蓑烟雨任平生"（《定风波·莫听穿林打叶声》）的境界："但应此心无所住，造物虽驶如吾何。"这就是本诗的落脚点和思想归宿。"无所住"，佛家语，谓迁流不歇，无所拘执。《金刚经》曰："应无所住而生其心。"《坛经》说，禅宗法门，"无住为本"，"于一切上，念念不住，即无缚也"。作者的意思是说，人应当不拘执于外物，解脱世俗事务的束缚，求得精神的自主和自由，那么自然运行再快，也不能把我怎么样，这是强调了主观能动作用的重要性，强调了自我。结尾两句，"回船上马各归去，多言譊譊师所呵"，表面是说"我"在参寥面前如果说得多了，无异班门弄斧，招来斥责，不如就此作罢，各自上船骑马归去吧！其实是说应忘掉一切，包括刚才在百步洪的险中得乐。从诗歌的作法来说，是照应开头，篇法显得严谨；从哲理方面来说，此诗前半部分描写百步洪之险，后半部分即从此生发，谈论如何对待人生与社会的险恶，从而使百步洪的奇险具有了人生、社会险恶的象征性，这就使得诗意既具有了禅味，又显得意义深厚，耐人寻味，表现了作者超旷的人生态度和深邃的诗思。沈德潜说："起处雄猛，结处欲与相称，必至板笨矣。诗以一笔扫之，戛然而止，省多少笔墨！"（《宋金三家诗选》）真是见道之言。（管遗瑞）

大风留金山两日

塔上一铃独自语，明日颠风当断渡。朝来白浪打苍崖，倒射轩窗作飞雨。龙骧万斛不敢过，渔舟一叶从掀舞。细思城市有底忙，却笑蛟龙为谁怒。无事久留童仆怪，此风聊得妻孥许。㶉山道人独何事，半夜不眠听粥鼓。

【赏析】

神宗元丰二年（1079），苏轼由徐州移知湖州，路过高邮时与他的朋友诗僧道潜（即参寥）会合，一起同行。途经镇江金山时，为大风所阻，停留了两天。这首诗就是写在金山停留情况的。

诗歌的前六句写在金山停留的原因，是因为狂风骤起，巨浪滔天，无法启行。陈衍在《宋诗精华录》中说："一起突兀，似有佛图澄在座。"这突兀而起的开始两句是用了晋代高僧佛图澄的典故。据载，后赵石勒死的那年，天静无风，而塔上一铃独鸣，佛图澄说："铃音云：国有大丧，不出今年矣。"这里是借用这个故事，说听见塔上的铃声响动起来，就好像佛图澄在预言：明天有狂风巨浪，断然不能渡江。这既是写实，写长江风起水涌，但同时又表现得颇具虚幻色彩，虚虚实实，让人引起丰富的联想，诗意盎然。不仅如此，"颠""当""断""渡"这几个字的读音，用来象声"铃语"，也很是生动，而且在突兀中，又显得声情并茂。这是头天的事。到第二天，果然一早就白浪扑打苍崖，倒射在窗子上的江水就像铺天盖地的大雨，四下里飞溅。这时，就是有装载万斛的"龙骧"大船也不敢过，更不要说渔舟，就像一片小小的树叶，被狂风巨浪任意抛掷掀舞了。这里，具体描写了"白浪""飞雨"的夺人气势，还用"龙骧万斛"与"渔舟一叶"的强烈对比，来突出风狂浪大。《冷斋夜话》卷四说："对句法，诗人穷尽其变，不过以事、以意、以出处具备谓之妙"，"不若东坡微意奇特，如曰：'见说骑鲸游汗漫，亦曾扪虱话辛酸'；又曰：'龙骧万斛不敢过，渔舟一叶从掀舞'。以鲸为虱对，以龙骧为渔舟对，大小气焰之不等，其意若玩世，谓之秀杰之气终不可没者，此类是也。"这是指出了以大小的悬殊为对，在强烈的夸张对比中，突出了惊天骇地的狂风巨浪，给人以特别雄奇的印象，显示了苏轼诗歌的雄伟豪迈的气势。

面对这突如其来的变化，在狂风巨浪面前，作者却没有惊慌失措，而是以镇定的精神和淡定的情怀来坦然对待之。"细思城市有底忙，却笑蛟龙为谁怒？"既然风浪很大，走不了就不走了，回到城里又有什么事情好忙呢？可笑的是江中的蛟龙，你兴风作浪，为谁在发怒呢？这两句轻轻的反问，活脱脱地表现了苏轼处变不惊，傲视一切艰难险阻，豪爽超旷、幽默风趣的性格，这正是苏轼之为苏轼的根本原因。接下来，是本诗的结尾，以童仆的"怪"和妻孥的"许"相映成趣，还顺便拿道潜诗僧开了一个玩笑：只不知参寥法师为了什么，半夜不睡，还在听金山寺的和尚敲打木鱼呢！"粥鼓"，又叫粥鱼、木鱼，和尚诵经时敲打的法器。这似乎在说，参寥禅师无意理会风浪的掀打，却专意倾听金山寺的木鱼声，刻画出禅师不为外物所动的超人的定力。道潜没有睡着，其实作者也没有睡着，他在想什么呢？是在像道潜一样听木鱼呢，还是在静静地欣赏那江中的涛声，享受那接天狂涛带来的雄壮的声威呢？这里，作者没有交代，就戛然而止了，留下了无尽的余味，让读者自去领会。真是"余音袅袅，不绝如缕"。（管遗瑞）

十二月二十八日，蒙恩责授检校水部员外郎，黄州团练副使，复用前韵二首

其一

百日归期恰及春，余年乐事最关身。

出门便旋风吹面，走马联翩鹊啅人。

却对酒杯浑似梦，试拈诗笔已如神。

此灾何必深追咎，窃禄从来岂有因。

其二

平生文字为吾累，此去声名不厌低。

塞上纵归他日马，城东不斗少年鸡。

休官彭泽贫无酒，隐几维摩病有妻。

堪笑睢阳老从事，为余投檄向江西。

【赏析】

苏轼于神宗元丰二年（1079）七月底在知湖州任上被逮，入御史台狱，历130天谪水部员外郎黄州团练副使，"本州安置，不得签书公事"——

实际上是发配地方，叫当地官员监管。这两首诗作于苏轼出狱当晚，借戏谑反讽的笔法写出狱后的感受、心情和反思，及自己"道大不容，才高为忌"的处境。体现了作者明智、开朗和旷达的精神。第一首中"试拈诗笔已如神"句，写出了作者我行我素的精神风貌。唐代陈鸿《东城父老传》载，贾昌以善斗鸡而得玄宗之宠，被封为"五百小儿长"，当时盛传一句谣谚："生儿不用识文字，斗鸡走马胜读书。"诗中以贾昌故事含蓄而又鲜明地表达了对阿世取容的宵小的蔑视，并表明不会改变自己刚正不曲的气节。第二首中"塞上纵归他日马"句，用《淮南子》塞翁失马，焉知非福的典故，说明祸福相倚的道理。末句后作者自注："子由（苏辙）闻予下狱，乞以官爵赎予罪。贬筠州监酒。""睢阳老从事"即指苏辙。按，筠州在江西，故末句说"向江西"（指苏辙贬筠州监酒）。

陈季常所蓄《朱陈村嫁娶图》二首（录一）

我是朱陈旧使君，劝农曾入杏花村。
而今风物那堪画，县吏催钱夜打门。

【赏析】

这首诗作于神宗元丰三年（1080），作者自注："朱陈村在徐州萧县"，因其曾任徐州知州，故自称"旧使君"。朱陈村一村唯二姓，世为婚姻，五代前蜀赵德元作《朱陈村图》（据《益州名画录》）。陈季常名慥，号方山子，作者同乡好友，隐居不仕。神宗元丰三年苏轼赴黄州途中，经岐山，到陈寓所做客，为其所藏"朱陈村嫁娶图"题写此诗。

朱陈村，处深山中，民俗质朴。白居易《朱陈村》诗云："徐州古丰县，有村曰朱陈，去县百馀里，桑麻青氛氲。机梭声轧轧，牛驴走纷纷……

一村惟两姓，世世为婚姻。"苏轼这首诗借题发挥，反映了当时苛征重敛给农村带来的骚扰。

古人曾将"花间喝道""焚琴煮鹤"等事，谓之"煞风景"。这首题画之作，借题发挥，将现实中"不堪画"的黑暗面，与画图上的"杏花村"（语出杜牧《清明》）作对比，用"煞风景"的办法，对现实进行批判。此亦绝句偏师取胜，举重若轻之一法。

"县吏催钱夜打门"，不是"僧敲月下门"。不但无诗意，而且煞风景。使人联想到杜甫《石壕吏》"有吏夜捉人"，足见百姓无法逃避租徭之苦。苏轼此诗当然不属于传统的田园诗之列，他鞭挞的对象就是那些"催钱夜打门"的公差及其指使者。

初到黄州

> 自笑平生为口忙，老来事业转荒唐。
> 长江绕郭知鱼美，好竹连山觉笋香。
> 逐客不妨员外置，诗人例作水曹郎。
> 只惭无补丝毫事，尚费官家压酒囊。
> 自注："检校官例折支，多得退酒袋。"

【赏析】

这首诗作于神宗元丰三年（1080）苏轼初到黄州时，时年46岁。头一年底作者得脱"乌台诗案"之狱，被贬为检校尚书水部员外郎黄州团练副使。生命翻开新的一页，诗人故态复萌，又作起诗来拿自己开涮。

一二句以自嘲的口吻回顾了自己的人生道路。"平生为口忙"，意思是没干成一件事，饭都白吃了。清龚自珍诗有："著书都为稻粱谋"，与之意近。三四句接着"为口忙"说，黄州是个好地方，鱼有得吃，竹笋有得吃，这里是长江边上，宋王禹偁《黄冈竹楼记》开篇就说"黄冈之地多竹"，可以印证。诗人兴趣盎然，说得津津有味，说得馋涎欲滴，把去年的烦恼早丢到爪哇国去了。真是不可救药的乐天派。

五六句是逆来顺受：检校尚书水部员外郎黄州团练副使是个闲职，相当于唐人贬作司马一样，"员外"是正员之外的官，无言责，无事功，可以悠游于山水间；水曹郎是属于水部的郎官，前代诗人何逊、张籍以及孟宾于都曾作过"水曹郎"。作者借用这种巧合，幽默地说这种职位好像总是为诗人而设。"不妨""例作"的勾勒，牢骚之中兼带诙谐与放达，很能体现作者的天性。

七八句是反话正说，表面上是自惭尸位素餐，顺便幽他一默。按宋朝惯例，官吏俸禄，有相当一部分是用实物（如酿酒废弃的压酒滤糟的袋子，即"退酒袋"、压酒囊）折抵薪俸，拿到后再折价变卖成现钱，名义薪俸与实际所得不侔。苏轼在遭受人生重大挫折时，始终保持自己乐观超旷的胸襟，决不摇尾乞怜，而是在逆境中寻求生活的乐趣。故这类诗歌，因对后世读者富于启迪的作用而赢得共鸣，受到广泛的喜爱而影响深远。

寓居定惠院之东，杂花满山，有海棠一株，土人不知贵也

江城地瘴蕃草木，只有名花苦幽独。嫣然一笑竹篱间，桃李漫山总粗俗。也知造物有深意，故遣佳人在空谷。自然富贵出天姿，不待金盘荐华屋。朱唇得酒晕生脸，翠袖卷纱红映肉。林深雾暗晓光迟，日暖风轻春睡足。雨中有泪亦凄怆，月下无人更清淑。

先生食饱无一事，散步逍遥自扪腹。不问人家与僧舍，拄杖敲门看修竹。忽逢绝艳照衰朽，叹息无言揩病目。陋邦何处得此花，无乃好事移西蜀。寸根千里不易致，衔子飞来定鸿鹄。天涯流落俱可念，为饮一樽歌此曲。明朝酒醒还独来，雪落纷纷那忍触。

【赏析】

定惠院在黄冈东南。这首诗作于神宗元丰三年（1080）作者到黄州不久寓居定惠院时。诗人在对海棠花的描绘中，并入自己的身世之感。"江城地瘴蕃草木"十四句是对海棠花的描写。"先生食饱无一事"以下是作者自抒感慨。全诗以物喻人，"风姿高秀，兴象微深"（纪昀），而且每一描写都贴切自然。如海棠自西蜀来黄州的揣测，是诗人自身际遇的暗喻，而海棠在黄州"苦幽独"的精神苦闷是诗人自况。

陶文鹏说："东坡在此诗中，赞美一株西蜀海棠幽独清淑的品节，悲叹它飘零陋邦，与杂花草莽为伍，其中寄托了自己的情操和身世之悲。东坡妙用拟人手法描绘海棠，把它写成一位风姿高秀的绝代佳人：'朱唇'二句，状其衣着、容貌、肤色之美，'日暖'句摹其春睡之态，'嫣然'句摄其动人笑靥，'雨中'句传其孤苦凄怆之情。或用工笔或用写意，无不惟妙惟肖，形神俱活。至于兴象之深微，词格之超逸，更是东坡戛戛独造。"（《苏轼诗词艺术论》）

正月二十日，与潘、郭二生出郊寻春，忽记去年是日，同至女王城作诗，乃和前韵

东风未肯入东门，走马还寻去岁村。
人似秋鸿来有信，事如春梦了无痕。

江城白酒三杯酽，野老苍颜一笑温。

已约年年为此会，故人不用赋招魂。

【赏析】

这首诗作于神宗元丰五年（1082）。潘、郭二生指潘彦明、郭兴宗，都是作者在黄州结识的朋友，《东坡八首》中说："潘子久不调，沽酒江南村，郭生本将种，卖药西寺垣。"即指此两人。黄州东十余里有永安城，俗名女王城。苏轼于上一年所作诗，题为《正月二十日，往岐亭，郡人潘、古、郭三人送余于女王城东禅庄院》，全诗如下：

十日春寒不出门，不知江柳已摇村。

稍闻决决流冰谷，尽放青青没烧痕。

数亩荒园留我住，半瓶浊酒待君温。

去年今日关山路，细雨梅花正断魂。

这首和诗吟唱了与当地熟人出郊寻春的悠闲自在，体现了诗人谪居黄州时随缘自适的襟怀。末句意谓心安理得，不需要故人想方设法将自己调离黄州贬所。

红梅三首（录一）

怕愁贪睡独开迟，自恐冰容不入时。

故作小红桃杏色，尚余孤瘦雪霜姿。

寒心未肯随春态，酒晕无端上玉肌。

诗老不知梅格在，更看绿叶与青枝。

这首《红梅》诗创作于神宗元丰五年（1082），苏轼贬黄州团练副使期间。诗人谪居黄州时，刚刚经历了"乌台诗案"的"洗礼"，对官场险恶、政治黑暗有了深切体会。生死一劫后，心境大变，心灰意冷之余日趋恬澹。因生活困顿，常带领家人开垦荒地，躬耕以求自足。取别号"东坡居士"便在此时。

红梅盛开时节当在冬末，甚至在初春，群芳寂寞，红梅一枝怒放，所以诗人说"独开迟"。然而，迟开的原因何在呢？是由于"贪睡"，贪睡的原因又在于"怕愁"，而发"愁"的根源便是因为"自恐冰容不入时"。"不入时"，亦即"不合时宜"，这亦是苏轼的典型人格。东坡暮年，其小妾朝云指着他的肚子说："学士一肚皮不合时宜。"被苏轼引以为知己。说红梅不入时，其实是叹诗人不合时宜。拟人化的表现手法，写出了诗人性情之孤傲、正直，以及洁身自好、不与世沉浮的高贵品格，但也流露出内心世界的孤寂，不为世人理解的痛苦。

"寒心未肯随春态，酒晕无端上玉肌。"诗人进一步借红梅的一点"脂粉色"，抒发内心的委屈、无奈和苦闷——越是想把自己打扮得如桃杏一般，结果发现，埋在骨子里的孤瘦和冰雪之质竟愈加难以掩饰。红梅的那一抹淡红，只不过是酒醉后"无端"漾起的红晕而已。"高情已逐晓云空，不与梨花同梦。"（《西江月·梅花》）玉洁冰清才是红梅的真性情和真品格。

至此，诗人突然回想起石曼卿的《红梅》诗："认桃无绿叶，辨杏有青枝。"石曼卿将红梅与桃李作比看，认为红梅与桃李的区别只在于青枝绿叶的有无，这种肤浅的写法受到了苏轼的批评——"诗老不知梅格在"。苏轼在其《评诗人写物》中记载：神宗元丰三年，苏轼闲暇时教小儿子苏过写诗，曾以石曼卿此《红梅》诗句为例展开评述，认为曼卿写物专求其形而舍其神，"此至陋语，盖村学中体与"。苏轼的《红梅》诗，虽然也写形貌——冰容、玉肌、雪霜姿，但他更抓住了"梅格"——

"孤瘦""寒心"，刻画出了红梅的内在神韵和气质，因而对"诗老"石曼卿的批评也是极为中肯的。（秦岭梅）

寒食雨二首

其一

自我来黄州，已过三寒食。年年欲惜春，春去不容惜。今年又苦雨，两月秋萧瑟。卧闻海棠花，泥污胭脂雪。暗中偷负去，夜半真有力。何殊病少年，病起头已白。

【赏析】

《寒食雨二首》作于宋神宗元丰五年（1082）寒食节。寒食节在农历清明节前一日或二日。南朝梁宗懍《荆楚岁时记》载："去冬节一百五日，即有疾风甚雨，谓之寒食，禁火三日。"这两首诗，表现苏轼在寒食节风雨中惜春的情怀和艰难的处境。

第一首表现惜春。寒食节一到，就表明季节已经是暮春，本来应该是美好的春天眼看就要匆匆过去，要"惜"也来不及，暗含着对美好事物的深情眷恋。其实前四句的意思还远不止此，是在慨叹他从神宗元丰三年二月因"乌台诗案"被贬谪到黄州以来，已经过去了三个年头。在这三年中由于他是被管制和监视的身份，政治上备受歧视，而在生活上则过得相当艰窘，需要自己垦荒，亲自在田间劳作，来勉强维持温饱。如今这第三个春天也快要过去了，回首往事，真是时序惊心。这开头四句，包含着作者复杂的心思和感情，需要我们去细心体会。然后写到当年春天的特殊情况，就是苦于多雨，两个月来就像萧瑟的秋天一样，可见时光的难挨和度日如年的艰难。这里自然也不光是在写自然界的风雨，而是暗示了政治风雨，萧瑟的不仅是天气，也是作者自己的心境。

在写了自己惜春情怀之后，作者进一步把即将逝去的春天落实到海棠花上，作了具体的描写。他卧病在家，听说那红中透白的海棠花已经纷纷飘落，和地上的泥污混合在一起了。"泥污胭脂雪"一句是从杜甫《曲江对雨》诗"林花著雨胭脂湿"中化用而来。他不禁感叹道："暗中偷负去，夜半真有力。"这是用了《庄子·大宗师》中的典故："藏舟于壑，藏山于泽，谓之固矣。然夜半有力者负之而走，昧者不知也。"这里用来比喻海棠花谢，说它像是有力者夜半暗中负去。最后又用了一个比喻，说这海棠花无异于得病的少年，被淫雨所摧残，病好了却也变成了白发老人。这里连用了几个比喻，把对海棠花的凋谢和春天的匆匆逝去的感叹表现得鲜明而又具体，作者情感含蕴其中，包含着丰富而深厚的内容。全诗显得诗味清腴，写苦雨萧瑟，海棠花凋残，写自己卧病不起，既是惜花，也是自怜。作者在他的诗词中多次以海棠拟人，都各有其妙，而这首诗结尾以病少年比拟匆匆谢去的海棠，又显得格外新颖奇特。

其二

春江欲入户，雨势来不已。小屋如渔舟，濛濛水云里。空庖煮寒菜，破灶烧湿苇。那知是寒食，但感乌衔纸。君门深九重，坟墓在万里。也拟哭途穷，死灰吹不起。

【赏析】

第二首表现诗人自己的艰难处境。一开始就直接切题写雨，寒食节的雨越下越大，一江春水涨得满满荡荡，好像要涌进自己的家门。首二句是倒装，因为"雨势来不已"，才有"春江欲入户"，但把春江之水放在前头，就突出了江水之大，为下文作了有力的衬垫。接下来就写自家的情景，先写屋子：在浩浩荡荡的春江边上，自己的屋子就像一叶在风雨中飘摇的渔船，在濛濛水云里飘荡，不知什么时候沉没。再写厨房：空空如也的灶房里煮的只有寒菜（原特指冬季之菜，这里是泛指蔬菜），而烧的是被雨水淋湿的江边的芦苇。这几句，荒村的萧索荒凉，自己生活的艰难，都写得非常具体而生动，作者感慨的深沉，我们从言外可以得到充分的领略。

接着，作者笔锋一掉，直接写寒食。"那知是寒食，但感乌衔纸。"作者是卧病在家，所以不知道现在是寒食，只是因为看见了乌鸦嘴里叼着没有烧尽的纸钱，才猛然省悟了今天就是寒食节。而寒食节，人们照例是要到祖先的坟墓前去烧化纸钱的，但是"君门深九重，坟墓在万里。""君门"是指朝廷，见宋玉《九辩》句："岂不郁陶而思君兮，君之门以九重。""九重"，极言其深而不可至。自己祖先的坟墓，又在万里之外，怎么去得了？此时作者是以戴罪之身被编管在黄州，没有行动的自由。这两句，《苏轼诗集》引宋人赵次公的注说："此二句言：欲归朝廷耶？则君门有九重之深；欲返故乡耶？则坟墓有万里之遥。皆以谪居而势不可也。"作者的伤感是可以想见的了。所以他最后以"也拟哭途穷，死灰吹不起"作结。前句是用三国魏的阮籍"车迹所穷，辄恸哭而返"，借以发泄心中抑郁的典故；后句则是用了《史记·韩长孺列传》的典故："安国坐法抵罪，蒙狱吏田甲辱安国。安国曰：'死灰独不复燃乎？'田甲曰：'燃即溺之。'"这句上承"乌衔纸"，切合寒食节情况。作者沉痛地说，我打算仿效阮籍的穷途之哭，但已然安于谪居生活，好比死灰，再也吹不起了。作者的怅惘和悲伤，真是已经痛入骨髓，其悲哀之情，千载而下的读者，也不能不为之感动。

清代学者汪师韩在《苏诗选评笺释》中说："二诗后作尤精绝。结四句固是长歌之悲，起四句乃先极荒凉之境，移村落小景以作官舍，情况大可想矣。"另一位清代学者贺裳在《载酒园诗话》中也评论道："黄州诗尤多不羁，'小屋如渔舟，濛濛水云里'一篇，最为沉痛。"这些评论都很中肯，可供我们参考。还值得一提的是，这两首诗有苏轼自书的手迹传世，在继王羲之《兰亭集序》、颜真卿《祭侄文稿》之后，被称为"天下第三行书"，对后世的书法影响很大。（管遗瑞）

鱼蛮子

江淮水为田，舟楫为室居。鱼虾以为粮，不耕自有余。异哉鱼蛮子，本非左衽徒。连排入江住，竹瓦三尺庐。于焉长子孙，戚施且侏儒。擘水取鲂鲤，易如拾诸涂。破釜不著盐，雪鳞芼青蔬。一饱便甘寝，何异獭与狙。人间行路难，踏地出赋租。不如鱼蛮子，驾浪浮空虚。空虚未可知，会当算舟车。蛮子叩头泣，勿语桑大夫。

【赏析】

这首诗作于神宗元丰五年（1082），时张舜民（字芸叟）谪官湖湘时曾作《渔夫》一诗，后张芸叟谪官郴州（今湖南省郴州市），绕道来武昌与苏轼相会，苏轼作此诗相和。张氏《渔父》诗云："家在耒江边，门前碧水连，小舟胜养马，大罟当耕田。保甲元无籍，青苗不著钱。桃源在何处，此地有神仙。"张芸叟《渔父》把江边渔民写得安闲自在，苏轼《鱼蛮子》则突出了逃脱地税的渔民艰苦的生活和忐忑不安的心境，借此控诉了地租剥削的残酷性。桑大夫指桑弘羊，西汉武帝时的治粟都尉，领大司农，推行盐、铁、酒类由国家专营。此处暗喻执行新政的官吏。

汪师韩评："分明指新法病民，出赋租者不如鱼蛮之乐也。忽又念及算舟车者，笔下风生凛凛。《史记·平准书》述卜式之言以结全篇，曰'烹弘羊，天乃雨'，不更益一字而意已显。此诗结云'蛮子叩头泣，勿语桑大夫'，亦不待明言其所以然，可称诗史。"（《苏诗选评笺释》）

六年正月二十日，复出东门，仍用前韵

乱山环合水侵门，身在淮南尽处村。
五亩渐成终老计，九重新埽旧巢痕。
岂惟见惯沙鸥熟，已觉来多钓石温。
长与东风约今日，暗香先返玉梅魂。

【赏析】

这首诗作于神宗元丰六年（1083）。神宗元丰四年（1081），苏轼有《正月二十日往歧亭，郡人潘、古、郭三人送余于女王城东禅庄院》，五年又作《正月二十日，与潘、郭二生出郊寻春，忽记去年是日，同至女王城作诗，乃和前韵》。元丰六年作此诗，仍用前韵，于寻春里有再获起用的期冀。

一二句"乱山环合""淮南尽处村"，指作者在黄州的住处。三句"五亩"可能指临皋的"五亩蔬"。在南堂住家，有终老的打算了。四句"九重"，语出宋玉《九辩》："君之门以九重。"陆游在《施司谏注东坡诗序》中解释这一句说："昔祖宗以三馆（本唐代弘文、集贤、史馆三馆，负责藏书、校书、修史等事）养士，储将相材。及神宗元丰官制行（王安石改革官制），罢三馆。而东坡盖尝直史馆，然自谪为散官，削去史馆之职久矣，至是史馆亦废，故云：'新埽旧巢痕'，其用事之严如此。"李商隐《越燕》之二"安巢复旧痕"则为"旧巢痕"所本。是用词有据。

五六承"终老计"说，调侃自己岂止跟江边的沙鸥熟悉，还因为来的次数多了，所以钓鱼所坐之石也觉得暖了。沙鸥典出《列子·黄帝》："海上之人有好沤（鸥）鸟者，每旦之海上，从沤鸟游，沤鸟之至者百住而不止。其父曰：'吾闻沤鸟皆从汝游，汝取来，吾玩之。'明日之海上，沤鸟舞而不下也。故曰：'至言去言，至为无为；齐智之所知，则浅矣。'。"
七八句又说，久与东风约定，到了正月里，梅花再度开放。即希望自己
能再回朝廷，再被起用。唐韩偓《湖南梅花一冬再发偶题于花援》："玉
为通体依稀见，香号返魂容易回。""夭桃莫倚东风势，调鼎何曾用不才。"
为此诗所本。

南堂五首（录一）

> 扫地焚香闭阁眠，簟纹如水帐如烟。
> 客来梦觉知何处，挂起西窗浪接天。

【赏析】

这首诗作于神宗元丰六年（1083），写苏轼安闲自得的情趣。一二句，
写作者在南堂焚香扫地而昼寝。三四句写作者睡梦中醒来，不知身在何方，
但见西窗外水天相接，烟波浩渺，这样以景收结，不仅表现了清静而壮
美的自然环境，而且与诗人悠闲自得的情绪状态相融合，呈现出一种清
幽绝俗的意境美。簟纹，指竹席的纹理。

洗儿戏作

> 人皆养子望聪明，我被聪明误一生。
> 唯愿孩儿愚且鲁，无灾无难到公卿。

【赏析】

这首诗作于神宗元丰六年（1083）九月二十七日作者第四子（朝云所生）满月时。子小名幹儿。清查慎行《补注东坡编年诗》评道："诗中有玩世疾俗之意，当是生幹儿时所作。愚且鲁，竟能到公卿乎。所谓傻人有傻福。亦谐亦庄。"此诗语言直白，看似自嘲，实则讽刺世态——"愚且鲁"者，"无灾无难到公卿"也。

琴诗

武昌主簿吴亮君采，携其友人沈君《十二琴之说》与高斋先生空同子之文《太平之颂》以示予，予不识沈君，而读其书，如见其人，如闻十二琴之声。予昔从高斋先生游，尝见其宝一琴，无铭无识，不知其何代物也。请以告二子，使从先生求观之。此十二琴者，待其琴而后和。元丰五年闰六月。

若言琴上有琴声，放在匣中何不鸣。
若言声在指头上，何不于君指上听。

【赏析】

这首诗作于神宗元丰六年（1083），序中提到的高斋先生指赵抃，字阅道，曾任参知政事。苏轼在《与彦正判官》书中曾引述此诗，并自认此诗为佛偈。此诗题亦作《题沈君琴》，见《苏轼诗集》补编。冯景注云："《楞严经》：'譬如琴瑟、箜、琵琶，虽有妙音，若无妙指，终不能发'，这首诗即受其启迪而成，以率口而成，颇类偈子或禅宗公案，纪昀认为"此随手写四句，本不是诗"（《苏文忠公诗集》），这个说法太绝对了。乐师（指头）离不开琴，琴亦离不开乐师（指头），否则没有音乐。这本是常识，但要说明二者关系，也不是几句话可以说得清、道得明的。作者从中拈出机锋，用两个反问启示人们：有好的琴，还要有好的弹技，方能奏出动听的曲调。岂止音乐如此，任何事业的成功都是客观条件与主观能力和谐统一的结果。平心而论，此诗称得上是富有理趣的好诗。

东坡

雨洗东坡月色清，市人行尽野人行。
莫嫌荦确坡头路，自爱铿然曳杖声。

【赏析】

这首诗是苏轼在神宗元丰六年（1083）作的，当时他已经到湖北黄州三年多了。在此之前四年，即宋神宗元丰二年（1079）四月，苏轼到湖州任太守。七月，因在朝的何政臣、舒亶、李定等交章弹劾他所作的诗文语涉讪谤新政和朝廷，被逮捕到京城汴梁，于八月下御史台（又称"乌台"，因那里林木森森，有许多乌鸦栖息于此，故名），备经昼夜拷打审问，几乎置之死地。到这年的十二月底才侥幸出狱，被责授黄州团练副使本州安置不得签书公事，实际上就是被遣送到黄州实行管制。这就是历史上著名的文字狱"乌台诗案"，也是苏轼一生中一个重要的转折点。他到黄州以后，居住在黄州东门外一个叫东坡的地方，在黄冈山下。他曾经在诗歌《东坡八首》的小序中说过："余至黄州二年，日以困匮。故人马正卿哀余乏食，为于郡中请故营地数十亩，使得躬耕其中。地既久荒，为茨棘瓦砾之场，而岁又大旱，垦辟之劳，精力殆尽。"可见他在那里生活的艰难困苦。东坡这个地名，是仿照白居易当年在忠州东坡而起的。苏轼于此地还筑了居室，起名"东坡雪堂"，同时自号为"东坡居士"——

苏轼也因此叫"苏东坡",这个名字远比他的本名更加为人熟知。

诗句中的"野人",是指村野之人,这是诗人的自称,有自嘲的意思。"荦(luò)确",即石头很多之意。通过这首小诗,我们可以进一步了解苏轼当时的生活状况和内心情态。这里的路上石头很多,又高低崎岖不平,是一个冷僻荒凉的地方,要是别人住在这里,就该心生嫌弃而内心悲伤了,何况他还受过那样大的政治打击,目前又是"管制分子"身份呢!但是,苏轼毕竟是苏轼,他一方面能够面对现实,努力改变目前的恶劣处境,比如开垦荒地、营造"雪堂",等等;另一方面,他能够从现实处境中超拔出来——尽管艰难万分,他也努力从这个荒僻的地方发现它的美好之处,从而始终保持向上的精神力量,激励自己生活的信心,而不至于颓堕,这是何等难能可贵的品格!您看,雨过天晴,月色清明,人迹罕至,东坡的夜晚有多么清静;还有那拄杖的声音,碰着石头铿然而响,也是这般好听。这不正是"我"这个"野人"应该徘徊流连的地方吗?此时,我们可以想见诗人宁静的情绪和恬淡的心境。近代诗评家陈衍评论道:"东坡兴趣佳,不论何题,必有一二佳句,此类是也。"(《宋诗精华录》)这里指的是后两句,的确,它从人生的哲理上,给了我们以很好的启示。(管遗瑞)

和秦太虚梅花

西湖处士骨应槁,只有此诗君压倒。东坡先生心已灰,为爱君诗被花恼。多情立马待黄昏,残雪消迟月出早。江头千树春欲暗,竹外一枝斜更好。孤山山下醉眠处,点缀裙腰纷不扫。万里春随逐客来,十年花送佳人老。去年花开我已病,今年对花还草草。不知风雨卷春归,收拾余香还畀昊。

【赏析】

这首诗作于神宗元丰七年（1084）春。秦观字太虚，列于苏门四学士，北宋最杰出的词人之一，曾作《和黄法曹忆建溪梅花》诗，东坡称之，故次其韵。诗一起说"西湖处士"指林逋（谥和靖），大凡和靖集中，梅诗最好，梅花诗中以《山园小梅》"疏影横斜水清浅，暗香浮动月黄昏"尤奇丽，大为欧阳修所称赏。苏轼称"只有此诗君压倒"，是尊题趁韵，只能这么写，非谓太虚此诗真能压倒林逋也。

"多情立马"四句写赏梅，"江头千树春欲暗，竹外一枝斜更好"大是佳句。"孤山山下"四句是回忆旧游。"去年花开"四句是抒发感慨，最后一句"畀昊"一词极生僻奇崛，出自《诗经·小雅·巷伯》之"投畀有昊"（"草草"亦出此诗之"劳人草草"），本是形容对坏人泄愤的处置方式，语意极为沉痛。

海棠

东风渺渺泛崇光，香雾空濛月转廊。
只恐夜深花睡去，故烧高烛照红妆。

【赏析】

这首诗作于神宗元丰七年（1084），亦是为定惠院东的那一株海棠而作。张仲谋《历代名家绝句评点（宋）》曰："此诗以惜花叹美、唯恐众芳芜秽、美人迟暮为主题。"诗中采用了拟人化的表现手法。惠洪《冷斋夜话》与《施注苏诗》均以为用杨贵妃故事。唐明皇是以花比人，苏轼是以人喻花。苏轼显然熟悉这一故事，但不知此典故并不影响对诗的欣赏。又李商隐《花下醉》："客散酒醒深夜后，更持红烛赏残花"，意趣亦相近，但苏诗因为拟人而更有情致。崇光，即高雅的光泽。只恐二句，《太真外传》载，唐明皇登沉香亭，召见杨贵妃，而她酒醉未醒，高力士与侍儿把她扶来后，只见她醉颜残妆，鬓乱钗横，不能拜见。明皇笑道："岂是妃子醉，直海棠睡未足耳。"

别黄州

病疮老马不任靴，犹向君王得敝帏。
桑下岂无三宿恋，尊前聊与一身归。
长腰尚载撑肠米，阔领先裁盖瘿衣。
投老江湖终不失，来时莫遣故人非。

【赏析】

这首诗作于神宗元丰七年（1084）四月。三月苏轼接到特授检校尚书水部员外郎汝州团练副使本州安置的诰命，本月告别黄州，诗中倾诉了他临行前复杂的情绪。

一二句以老马自喻，谓老病不能任事，还能从皇帝那里得到一官半职，维持生计。"敝帏"出自《礼记·檀弓》："敝帷不弃，为埋马也。"三句谓对黄州颇感留恋。后汉襄楷给汉桓帝上书中有"浮屠不三宿桑下，不欲久生恩爱"（《后汉书·襄楷传》）语。苏轼在黄州一住五年，对黄州有了感情，所以如此说。四句谓独将樽前只身奔赴汝州（今河南临汝）。牛僧孺《席上赠刘梦得》诗："休论世上升沉事，且斗樽前现在身。"五句说自己还吃着黄州稻米，按当地人称粳米为"长腰米"，这句实际是"撑肠尚载长腰米"，为了与下句对仗而作的倒腾。

六句说事先准备好宽领的服装，按汝州饮水中缺碘，当地人多得粗颈病（瘿yǐng）故云。这两句的对仗，极为出彩。七八句说归隐江湖正其时也，将来不会遭到故人的非议。

题西林壁

横看成岭侧成峰，远近高低各不同。
不识庐山真面目，只缘身在此山中。

【赏析】

这首诗作于神宗元丰七年（1084），苏轼由黄州改迁汝州团练副使，途经庐山时。《东坡志林》一《记游庐山》说："仆初入庐山，山谷奇秀，平生所未见，殆应接不暇。……最后与总老（东林寺僧常总）同游西林，又作一绝。"即《题西林壁》。西林是寺名，又名乾明寺，在庐山之麓。

"横看成岭侧成峰"二句，写山中看山，移步换形，美不胜收。同一座庐山，行人走向与山脉走向平行时看山，是"横看"，山脉呈现出绵亘不绝的形态，习惯上称之为"岭"。当行人走向与山脉走向形成角度时看山，是"侧看"，山形看上去高耸挺拔，习惯上称之为"峰"。"侧"是"侧看"的省略，说"侧看"比说"纵看"或"竖看"，措词更准确，也更活络。是下字之妙。"远近高低各不同"，是说远看、近看、仰看、俯看，山的形态又是千变万化，这是对"横看""侧看"的进一步补充。写出作者在寺僧的陪同下，饱看庐山，得到了充分的自然美的享受。同时也写出，由于观察的角度或立足点不同，得到的感受、所下的结论，可能是迥然不同。这就为下文发表议论作好了铺垫。

"不识庐山真面目"二句，是哲理性议论，作者观察的感性认识，

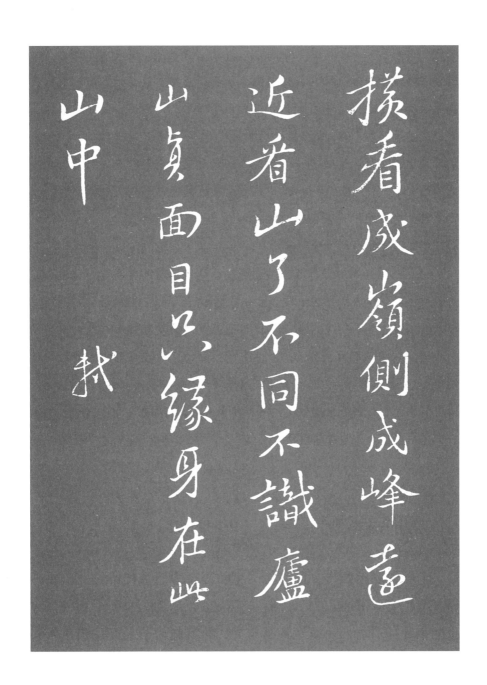

横看成岭侧成峰远近看山了不同不识庐山真面目只缘身在此山中

轼

在这里得到升华。近人陈衍点评道："此诗有新思想，似未经人道过。"（《宋诗精华录》）三句大是名言，从表面上看，这是前两句的总结：观察者受限于角度，不可能认识"庐山真面目"，即庐山的全息影像；只能像瞎子摸象一样，得出似是而非的结论。在深层次上，"庐山真面目"已创造出一个意象，代表一切复杂的认识对象。末句补充说明认识受限的原因，是"只缘身在此山中"，即作者在别处所说的："彼游于物之内，而不游于物之外"（《超然台记》），必然受限。这个道理，本是一个常识，简言之即"当局者迷，旁观者清"。

余话：世间事物往往具有两面理，而此诗所讲的，只是一面理。四川省政协前主席陶武先在干部会上翻用此诗三四句道："要识庐山真面目，还须深入此山中。"意思是没有调查研究就没有发言权。这就讲出了另一面理，是师其辞而不师其意。笔者受到触动，又在这两句的前面加了两句："山外看山山略同，焉知百态作奇峰"，使其成为一首完整的绝句。蜀中老诗人李维嘉看后建议《岷峨诗稿》采用，排为第一首，并说："这种诗，一个诗人一生中也遇不到几次。"

郭祥正家醉画竹石壁上，郭作诗为谢，且遗二古铜剑

空肠得酒芒角出，肝肺槎牙生竹石。森然欲作不可回，吐向君家雪色壁。平生好诗仍好画，书墙涴壁长遭骂。不嗔不骂喜有余，世间谁复如君者。一双铜剑秋水光，两首新诗争剑铓。剑在床头诗在手，不知谁作蛟龙吼。

【赏析】

这首诗作于神宗元丰七年（1084）七月。郭祥正是苏东坡的朋友，

他请苏东坡在墙壁上画了一幅竹石图，便回赠了两首诗，两把古铜剑。这是士大夫之间很普通的事，要把这个题目写精彩谈何容易，但东坡却是写得出奇的精彩。现在看东坡是怎样写的。

"空肠得酒芒角出"，劈头盖脑一句，又是写生活常识，谁都认为这是真写饿肚子饮酒后的感觉：肠子受不了啦，好像有芒刺在肚啦。其实你已经中计了，这是逆起。"肝肺槎牙生竹石"，继续写肚子：不得了啦，芒刺变成竹石啦，把腹腔占满啦。你肯定还是认为这是饿肚子饮酒遭的罪。殊不知这是继续逆起。"森然欲作不可回"——受不了啦，肚子里的东西从喉咙里冒出来了，忍不住啦！"森然"，茂盛的样子。"作"，立起，这里作向上冒讲。读者可被东坡先生骗苦了，你可能已经为他担心了吧？且慢，这仍是逆起！"吐向君家雪色壁"，这才亮出谜底：骗你们的！我前三句都是在写构思，一直到成竹在胸了，我才一挥而就，在墙上画好竹石图。"吐"，表现创作的痛快。

逆起很难，弄一句已不容易了，苏东坡却一连来了三句。这三句又勾连起来，形成更大的悬念，最后啪嗒一声掉下来，自然出奇的响亮。写文章也是一样。平淡的事要想出奇，必须造势。譬如说，一条小沟，你要水流得快，最好先筑一道堰，等水蓄满了，再破堰放水，水就会倾泻而出，很有气势。"文似看山不喜平"（《随园诗话》），就是这个道理。这与写诗是相通的。

下面的几句不重要了，但还是交代一下。"平生"四句写郭祥正是个怪人——我的字画这样臭，你还笑嘻嘻的。这是故意调侃，要知道当时苏东坡的片纸都是能换羊肉的。最后四句写友情——你送我的诗好剑也好，我是爱不释手啦。（滕伟明）

次荆公韵四绝（录一）

骑驴渺渺入荒陂，想见先生未病时。

劝我试求三亩宅，从公已觉十年迟。

【赏析】

这首诗作于神宗元丰七年（1084）秋，作者由黄州移汝州，路经金陵，逗留月余时。时王安石二次罢相后正退居金陵，苏轼与王安石相见，两人留连累日，唱和颇多。宋人不少笔记、史话如《邵氏闻见后录》《西清诗话》《曲洧旧闻》《潘子真诗话》均记录了此诗。足见两人在变法问题上虽观点时有不同，但在文学唱和及私人交往上却相得甚欢。生动展示了二人相互欣赏的一面。末二对仗，表现了王安石对苏东坡的关心，和苏东坡的感动，再现了二人见面的亲切情景。信手拈来，极有风致。

金山梦中作

江东贾客木棉裘，会散金山月满楼。

夜半潮来风又熟，卧吹箫管到扬州。

【赏析】

这首诗作于神宗元丰七年（1084）。金山在江苏镇江。首句贾客事出《南史》：孔觊二弟颇营产业，请假东归，觊出渚迎之。辎重十余船，皆绵绢纸席之属。觊伪喜，因命置岸侧。既而正色谓曰："汝辈忝预士流，何至还东作贾客耶？"命烧尽乃去。作者信手用来，闲中生色耳。后三句写梦境。陈衍《宋诗精华录》曰："公与蔡忠惠、欧阳文忠皆有梦中作，诗境皆奇。"

高邮陈直躬处士画雁二首（录一）

野雁见人时，未起意先改。君从何处看，得此无人态。无乃槁木形，人禽两自在。北风振枯苇，微雪落璀璀。惨澹云水昏，晶荧沙砾碎。弋人怅何慕，一举渺江海。

【赏析】

这首诗作于神宗元丰七年（1084）。陈直躬，宋高邮（今江苏省扬州市高邮市）人，画家。作者曾向他求一幅有关苕雪晓景的画，陈直躬便画了一张以苕雪晨光为背景的野雁图相送。这首诗就是题咏此画的二首之一。

题画诗不必复述画上的空间显现，那是最笨的了。这首诗重在写画家得到的一种丹青妙理。作者概括为"无人态"一语。什么是无人态呢？那就是不受干扰、最为自然的状态。陈直躬这幅雁画，就抓住野雁欲飞未飞的一刹那，用出神入化之笔再现出野雁的精神状态，所以令作者倾倒。这个道理可以推广到更多的领域，比如说摄影，最自然最生动的往往是抓拍，因为能得"无人态"。如果被拍摄之人眽镜头的时间长了，表情就僵在那里了，那就是"未起意先改"，也就不自然、不生动了。这个道理，别的诗人没有说过，作者说出来，就是独一无二了。

书林逋诗后

吴侬生长湖山曲，呼吸湖光饮山绿。不论世外隐君子，佣奴贩妇皆冰玉。先生可是绝俗人，神清骨冷无由俗。我不识君曾梦见，瞳子了然光可烛。遗篇妙字处处有，步绕西湖看不足。诗如东野不言寒，书似西台差少肉。平生高节已难继，将死微言犹可录。自言不作封禅书，更肯悲吟白头曲。我笑吴人不好事，好作祠堂傍修竹。不然配食水仙王，一盏寒泉荐秋菊。

自注：逋临终诗云："茂陵他日求遗草，犹喜初无封禅书。"

【赏析】

这首诗作于神宗元丰八年（1085），是写在林逋手书七言近体诗五首后面的。全诗通过赞美林逋的诗和书法，来赞美他的高风亮节，最后讲到人们对他的纪念。诗的艺术特点，纪昀曾经指出："起手如未睹佛像，先现圆光。"又说："结得天矫。'修竹''秋菊'，皆取高洁相配，不图趁韵。"（纪批《苏文忠公诗集》）这首诗是赞美林逋，"平生高节"点明主旨在赞他的高风亮节。一开头从湖光到山绿，写环境的美好，从隐士君子到佣奴贩妇，写人物的"皆冰玉"，这是陪衬。未写到林逋，已觉光彩照人。一结变化有力，故称"天矫"，即另出新意。用"修竹""秋菊"来作陪衬，也是取高洁相配。写到林逋本人时，点明"神清骨冷"，显示他的高洁本于天性。又用梦见瞳子了然来写他的正直，显出钦仰之情。再评论他的诗和书法。又用司马相如来比，更突出他的高节。这一比又归到他的诗上，回到《书林逋诗后》之题。（周振甫）

和靖詠梅

丙寅冬至日企周馬駘

登州海市

予闻登州海市旧矣，父老云：尝出于春夏，今岁晚，不复见矣。予到官五日而去，以不见为恨。祷于海神广德王之庙，明日见焉，乃作此诗。

东方云海空复空，群仙出没空明中。荡摇浮世生万象，岂有贝阙藏珠宫？心知所见皆幻影，敢以耳目烦神工！岁寒水冷天地闭，为我起蛰鞭鱼龙。重楼翠阜出霜晓，异事惊倒百岁翁。人间所得容力取，世外无物谁为雄？率然有请不我拒，信我人厄非天穷。潮阳太守南迁归，喜见石廪堆祝融。自言正直动山鬼，岂知造物哀龙钟。伸眉一笑岂易得，神之报汝亦已丰。斜阳万里孤鸟没，但见碧海磨青铜。新诗绮语亦安用？相与变灭随东风。

【赏析】

这首诗作于神宗元丰八年（1085）十月底，苏轼知登州（州治在今山东省烟台市蓬莱区）时。海市是大气中因光线折射，反映地面城市景观的自然现象。沈括《梦溪笔谈》记载："登州海中，时有云气，如宫室、台观、城堞、人物、车马、冠盖，历历可见，谓之'海市'。或曰'蛟蜃之气所为'，疑不然也。"广德王，即东海龙王。《通典·礼·山川》载："天宝十载正月，以东海为广德王。"

"东方云海空复空"十句是对海市的想象，作者当时还没有看到海市。海市又称"蜃楼"，所以作者认为是东海龙王把天寒水冷时蛰伏的蛇虫唤起来，又鞭打鱼龙，使它们作出海市。重楼翠阜在降霜的天晓时出现，这样怪事百岁老翁也没有见过，所以要惊倒了。

"人间所得容力取"四句大发议论——作者向东海龙王发出请求，

未遭拒绝，从而确信自己在世间所受的挫折（谓乌台诗案），是遭到人为的打击，不是天要使其穷困。

"潮阳太守南迁归"六句引韩愈事为譬。韩愈曾作《谒衡岳庙遂宿岳寺题门楼》诗，他是由监察御史贬官阳山令，北归时到衡山的。作者误记为这是在元和十五年（820）从潮州刺史召还北归时。作者认为因求神而看到海市，正像韩愈的求神看到众峰一样，都是上天见怜，神的报答不可谓不丰。

"斜阳万里孤鸟没"四句写海市消失的景象。在海市出现时，看到的是云气中的"重楼翠阜"，云气遮住太阳，也看不见飞鸟。海市消失了，云散了，才看到"斜阳万里"，孤鸟没于远天。海静无波，有似新磨的青铜镜。"新诗绮语亦安用"二句是说，用绮丽的词语来写新诗，又有什么用，海市跟着东方海上吹来的风一起消失了。全诗借题发挥，借天公作美，来释放作者内心的郁结。

惠崇春江晚景二首（录一）

竹外桃花三两枝，春江水暖鸭先知。
蒌蒿满地芦芽短，正是河豚欲上时。

【赏析】

这首诗作于神宗元丰八年（1085）。这是一首题画诗，就是根据绘画的内容，写诗题写在画面的适当位置上。这首诗是题写在惠崇画的《春江晚景图》上的。惠崇，是宋初著名的诗僧，也善画。《图画见闻志》说他"工画鹅雁鹭鸶……，善为寒汀远渚，潇洒虚旷之象，人所难到"。其画人称"惠崇小景"，声誉很高，后来王安石、苏轼、黄庭坚等人都称赞过他的绘画。这首诗的诗题也有写作《惠崇春江晓景》的，根据诗歌的内容来看，以作"晚景"为是。原作是两首，这里选了其中一首。

题画诗，如果胶着于画面的内容，只是画面的简单复述，那就很难达到一定的高度，没有什么意义了。关键在于作者能够根据画面内容展开想象，或表现深邃的思想，或创造出比画面更高更美的意境，给画作锦上添花，这才是好的题画诗。我们来看看东坡是怎样处理的。

他根据画面上已经有的竹子、桃花、江水、鸭子、蒌蒿、芦芽这些具体的景物、植物和动物，联系交织起来，充分驰骋想象，把他们打成一片，创造出"春江水暖鸭先知""正是河豚欲上时"的佳句，使原来的画面顿时活泼起来，显得更加生机勃勃，而又春意盎然。

霍松林说："'春江水暖'，来自'桃花'盛开的联想；'鸭先知'，则出于想象。'春江水暖鸭先知'的超妙之处，在于激发读者的想象，想见鸭群在春江中浮游嬉戏的欢快情景。它们好像在说：'水暖了，冬天终于过去了！''河豚欲上'，来自蒌蒿、芦芽的联想。河豚食蒌蒿、芦芽；江淮一带人烹河豚，又用蒌蒿、芦芽作配料。由'蒌蒿满地芦芽短'联想到'正是河豚欲上时'，不仅补写景物、点明时令，还令人想起河豚的美味，心往神驰，注目春江，企盼它沿江而'上'。四句诗，生动地再现了画面上的视觉形象；又借助触觉、知觉、味觉，以虚写实，扩展、深化了视觉形象。情景交融，韵味无穷。"（《历代好诗诠评》）

这是何等高妙的手法！这首诗和惠崇的绘画，真是珠联璧合，相得益彰。

不过，也有来抬杠的。清人毛奇龄就说："水中之物，皆知冷暖，必先及鸭，妄矣！"（《西河诗话》）还说："鹅也先知，怎只说鸭？"（此说见王士禛《渔洋诗话》）陈衍批评毛说："毛西河（按即毛奇龄）并此亦要批驳，岂真伧父至是哉？想亦口强耳。"（《宋诗精华录》）当然，这种批驳中也含有为毛开脱的意思，说他只是"口强"，也就是我们今天说的"嘴硬",好抬杠,并不真是没有见识的缘故。袁枚在《随园诗话》卷三中亦批评毛奇龄,说:"此言则太鹘突(按即糊涂)矣。""若持此论,则三百篇句句不是。在河之洲者,斑鸠、尸鸠皆可在也,何必雎鸠耶?"这就批评得不错,说法也很机智有趣。其实,这是因为画面中有鸭,由鸭而引起的联想而已。(管遗瑞)

书鄢陵王主簿所画折枝二首（录一）

论画以形似,见与儿童邻。赋诗必此诗,定非知诗人。诗画本一律,天工与清新。边鸾雀写生,赵昌花传神。何如此两幅,疏淡含精匀。谁言一点红,解寄无边春。

【赏析】

这首诗作于哲宗元祐二年（1087）。这首题画诗有一金句,被广泛引用,那就是:"赋诗必此诗,定非知诗人。"苏轼通过此诗讲了一个道理,即用外形像不像来评判画的好坏,那是儿童一般的见识。作诗也是如此,只讲求对事物外在的刻画,就不是真正懂诗的人。一方面,造型艺术和文学艺术,都有个形似和神似的问题。另一方面,诗歌还有个变形的问题。清人吴乔《答万季埜诗问》论"诗与文之辨",曰:"二者意岂有异?唯是体制辞语不同耳。意喻之米,文喻之炊而为饭,诗喻之酿而为酒;饭不变米形,酒形质尽变;啖饭则饱,可以养生,可以尽年,为人事之正道;饮酒则醉,忧者以乐,喜者以悲,有不知其所以然者。"说诗文之别就在于变形不变形。诗中"事"的变形,或谓之"意象"。也即蒲松龄所说:"披萝带荔,三闾氏感而为骚;牛鬼蛇神,长爪郎吟而成癖。"（《聊斋自志》）在旧诗中,意象派的传统也是源远流长的。单凭这个金句，此诗足以不朽。

书李世南所画秋景二首（录一）

野水参差落涨痕，疏林敧倒出霜根。
扁舟一棹归何处，家在江南黄叶村。

【赏析】

这首诗作于哲宗元祐三年（1088）。李世南字唐臣，是与苏轼同时代的画家。张仲谋《历代名家绝句评点（宋）》曰："此诗着力渲染画境的疏野情趣，有人以为表现的是秋天山林的凋残景象，情调把握似有偏差。曰野水而参差，曰疏林而敧倒，而出霜根，又是扁舟，又是黄叶村，都显出诗人对野趣的欣赏。最妙在第四句，写扁舟的去向，'江南黄叶村'出自诗人的想象，伸出画框之外，使画面淡出，遂觉画境之外，情调悠扬，即此便是画不出的诗意。"

书王定国所藏《烟江叠嶂图》

江上愁心千叠山，浮空积翠如云烟。山耶云耶远莫知，烟空云散山依然。但见两崖苍苍暗绝谷，中有百道飞来泉。萦林络石隐复见，下赴谷口为奔川。川平山开林麓断，小桥野店依山前。行人稍度乔木外，渔舟一叶江吞天。使君何从得此本，点缀毫末分清妍。不知人间何处有此境，径欲往买二顷田。君不见武昌樊口幽绝处，东坡先生留五年。春风摇江天漠漠，暮云卷雨山娟娟。

丹枫翻鸦伴水宿，长松落雪惊昼眠。桃花流水在人世，武陵岂必皆神仙。江山清空我尘土，虽有去路寻无缘。还君此画三叹息，山中故人应有招我归来篇。

【赏析】

这首诗作于哲宗元祐三年（1088），当时苏轼在汴京朝廷任知制诰。题下曾有自注："王晋卿画。"王晋卿名诜（shēn），太原人，为宋英宗的女婿，蜀国公主的驸马。他是宋代著名的画家，工金碧山水，亦善淡墨平远山水，师法唐代李成，苏轼曾称他"得破墨三昧"。他和苏轼的交谊很深，"乌台诗案"发生时，他曾从汴京派快马往湖州向苏轼通风报信，比朝廷派去捉拿苏轼的人马早到半天，使苏轼能够有所准备，从容就路。因此他也受到牵连，被贬谪均州，后来还朝。苏轼此诗，他有和作，中有"几年漂泊汉江上"（《奉和子瞻内翰见赠长韵》）之句，所画为汉江景色，均州即临近汉江。本画的收藏者王定国，名巩，善诗，是苏轼的好友。

这是一首题画诗。宋人许顗《彦周诗话》说："画山水诗，少陵数首，后无人可继者，荆公《观燕公山水》诗前六句差近之，东坡《烟江叠嶂图》差近之。"说他这首诗接近唐代大诗人杜甫，给予了很高的评价。我们试来看看到底怎样？

这首诗"江上"以下十二句为第一段，写画中景色。这十二句根据画中的内容，由远而近，很有层次感，生动形象地展示了画中的美景。前四句着眼于高处远处，写烟江叠嶂的总貌，千峰重叠、浮空集翠以及烟云缭绕、云山掩映，虚虚实实，用笔非常灵活，仿佛是海上仙山，山在虚无缥缈间。"但见"四句，由高而低，重点在写飞泉，这飞泉从绝谷中飞流而下，在丛林乱石间若隐若现，蜿蜒曲折，直到奔泻于谷口的平川。"川平"四句，作者把视线从百泉的合流出谷，引向近景，描写了川平山开、小桥野店，与远景的重重叠叠形成对照。山势一变而为开朗，野店人家以及在高大的树下缓步而走的行人，组成了一片雍容平和的山村景象，让人向往。再往下，就是一叶渔舟荡漾在开阔浩远的江水中了，水天一色，与山色相映，把整个画幅表现得更加空灵多姿，让人如置身其中。以诗写画，把画境转化为诗境，并不是一件容易的事情。然而苏轼却能够突破绘画艺术自身的局限性，发挥诗歌便于驰骋想象的特长，用来表达丰富多样的感觉印象，描状各种复杂微妙的情调氛围，使诗中有画，画中有诗，诗情画意，跃然纸上。这就比散文的画记，富有韵味得多了，真有一唱三叹之致。所以清人汪师韩在《苏诗选评笺释》中说："然摹写之神妙，恐作记反不能如韵语曲尽而有情。"这个评论是很中肯的。

第二段是"使君"以下十句，写观画人即作者的情况和感慨。"使君何从得此本"，在第一段对画面进行了详细描绘之后，这里轻轻一问，诗意也就自然一转，举重若轻，开出了新的境界。"点缀毫末分清妍"，意谓在最细微的地方，这幅画都点染、分布得如此清晰美好。这是接上句说观看的真画，而下两句就变为真境了："不知人间何处有此境，径欲往买二顷田。""二顷田"是用了《史记·苏秦列传》的典故："苏秦曰：'使我有洛阳负郭田二顷，吾岂能佩六国相印乎？'"这里是借用，说自己真想到这样的真境中去买得二顷良田，也就终老其身了。画境、真境，不断转换，然而又融而为一，诗意浑然一体。纪昀评论说："节奏之妙，纯乎化境。"（纪批《苏文忠公诗集》）至此，由真境很自然地联想起了作者在黄州所过的五年贬谪生活。诗歌写出了黄州的美丽山水，与《烟江叠嶂图》的画境两相辉映。因为"乌台诗案"，苏轼被诬告写诗文诽谤皇帝和朝廷，于神宗元丰三年二月被贬谪到黄州作团练副使，本州安置，也就是在黄州被管制和监视，到神宗元丰七年四月改迁汝州，共四年零两个月，"五年"是举整数而言。这五年，他以罪人的身份戴罪黄州，政治上遭受歧视，生活上备极艰窘，度日如年地过着非常艰苦的日子。

但是，苏轼纵然身处困境，前途难测，他还是以开阔的襟怀，面对现实，究心于学问文章，放情于山水之间，来抚平自己心灵的创伤。因此，他对黄州的山山水水，莫不具有深厚的感情，而铭记在心："春风摇江天漠漠，暮云卷雨山娟娟。丹枫翻鸦伴水宿，长松落雪惊昼眠。"这里一句一个季节，春夏秋冬，高度概括而又十分准确地把黄州的山水特色描画了出来，表现出苏轼对黄州美好山水的深情眷怀。由此诗人发出感慨，陶渊明《桃花源记》所写的美好境界——世外桃源，不一定就在世外，那里面所住的也未必就是神仙，言外之意是说桃花源就在世间，就在黄州，生活在世间的人们也就是神仙。这进一步表现出了作者任运随缘、无所不适的旷达心胸，在经历了丰富的人生际遇之后，催发了深湛的人生感悟。

最后四句是第三段，写作者意欲归隐的情怀。"江山清空我尘土，虽有去路寻无缘。"这两句看似把以上的诗意一笔扫空，但却是另有深意。诗人说无论是《烟江叠嶂图》中的美景，还是桃花源中的仙境，都是在一片清空之中，难以寻觅。而他自己，就如尘土一般，是尘俗中人，所以还是早日买田归隐为好，着重在于自己的归隐了。此时苏轼已经五十三岁，身体渐衰，而朝廷党争激烈，处境艰难，归隐也是他的真实思想，这正是真情的流露。所以最后两句就说："还君此画三叹息，山中故人应有招我归来篇。"意思还是落脚到自己的归隐上。但是在写法上，却是非常高明，一方面照应了题目和诗中提到的藏画人王定国，把诗意回绾到《烟江叠嶂图》；另一方面，又进一步申说了自己归隐的愿望，仿佛那山中真有写《归去来辞》的故人在招他归田呢！上句结图中之景，下句结观图之人，真是找截干净，滴水不漏。从这些地方，我们可以看出，苏轼诗歌既豪迈奔放，但同时于豪放中又不乏精密细致之处，这两者的结合，才形成了他的特殊的艺术风格，两者是缺一不可的。

应该顺便一提的是，王诜的这幅长卷水墨画《烟江叠嶂图》以及苏轼、王诜的唱和诗题跋手迹，宋代、明代均有著录，清初高氏用整座庄园换得此画，以后三百余年无消息。1957年，著名书画鉴定家谢稚柳看到这件作品，认定是真迹，于是卖掉了自己收藏的一些明清字画，将此件买下。其后书画鉴定专家钟银兰经过数年研究辨析，以无可辩驳的证据断定此卷书画确是真迹。1979年，谢稚柳及其夫人陈佩秋将书画捐献给上海博物馆。此画被评为一级品，成为上海博物馆的镇馆之宝。现在已经影印出版，可供书画爱好者收藏鉴赏。（管遗瑞）

与莫同年雨中饮湖上

到处相逢是偶然，梦中相对各华颠。

还来一醉西湖雨，不见跳珠十五年。

【赏析】

苏轼一生曾经两次在杭州任职，这首诗是第二次亦即宋哲宗元祐四年（1089）以龙图阁学士身份离开京城汴梁（今开封），出任杭州太守以后写的，这时他已经54岁了。这次，他是和他的"同年"也就是同榜进士莫君陈一起游览西湖并一起喝酒的。莫君陈字和中，吴兴人，这时任两浙提刑。这首诗的前两句就是慨叹他们二人的这次相逢，很是偶然，有如梦中一样，看看对方的头发都已经花白了，不禁相对嘘唏，感叹时光的易逝！

后面两句，写这次游湖也正值下雨之时，不觉想起了十五年前（实际应该是十七年，恐系苏轼误记，本文以下按"十五年"之说）雨中游览西湖的往事。那是宋神宗熙宁五年（1072），苏轼才37岁，他正在杭州通判的任上，六月二十七日在西湖昭庆寺前的望湖楼上喝酒，忽然下起大雨来，不觉诗兴勃发，写下了著名的《六月二十七日望湖楼醉书五首》，其中第一首就是："黑云翻墨未遮山，白雨跳珠乱入船。卷地风来忽吹散，望湖楼下水如天。"想不到十五年以后，又来西湖雨中饮酒，欣赏那"白雨跳珠乱入船"的景象了。诗句中透露出惊喜的心情，隐含着对往昔的追怀和忆念之意。不过，这追忆的"跳珠"，这风雨，可不是自然景象，而是惊心动魄的政治风雨。此时他一定会想到，他当年是因为不赞成王安石变法中的某些过于激进的做法，才不得不从朝中来到杭州做通判的，以后，他又从杭州到山东密州、江苏徐州、浙江湖州任太守。就在湖州任上，神宗元丰二年（1079）七月，御史台以苏轼诗文中的有关词句，构陷他讪谤朝廷，八月被押赴御史台狱，酿成了历史上著名的"乌台诗案"，差一点丢了脑袋。后经多人共同营救，才于这年底贬谪湖北黄州充团练副使，本州安置，不得签书公事，实际就是被管制，度过了五年多的贬谪生活。以后，由于政治形势的变化，他又被启用为山东登州太守，不久回朝任中书舍人、翰林学士知制诰。此时，司马光执政尽废新法，苏轼又为新法中某些可行的措施而辩护，得罪司马光，屡遭群小的攻击，于是他又出为杭州太守。这十五年时间，真是风云变幻，个人经受了不知多少磨难，如今，没有想到还能有机会和莫同年一起，在雨中的西湖对饮，来回忆当初的情景，也真有些"相对如梦寐"的感觉了，自然也有庆幸的意思。

全诗从前两句看来，颇有些世事无常、人生若梦的消极情绪。但是转到后两句，从雨中醉酒、喜看跳珠的心情中可以看出作者又从消极中振拔出来，表现出了对现实人生的肯定、赞赏的态度，所以整首诗读起来仍然给人以积极向上的精神，使人感奋。这也是苏轼诗文的一个特点。（管遗瑞）

赠刘景文

荷尽已无擎雨盖，菊残犹有傲霜枝。

一年好景君须记，正是橙黄橘绿时。

【赏析】

此诗作于哲宗元祐五年（1090），苏轼时任杭州知州。诗中关键词是"一年好景"。如果搞一个问卷调查："你认为'一年好景'何在？a. 春，b. 夏，c. 秋，d. 冬"，统计结果不会出人意料：春季得票第一，秋季第二——"春秋多佳日"这个命题，自陶渊明以来，在世间已成定论。苏东坡这首诗却说一年好景正在初冬，令人耳目一新。

"荷尽已无擎雨盖，菊残犹有傲霜枝。"这两句用对仗的方式，写物候的变迁——荷、菊这两种在夏秋间最美的景物，入冬早已过气，而呈现出一派残败衰飒的景象，不免有煞风景。不过，诗人从中却领略到一种特殊的美感——通过"已无——犹有"的勾勒暗示出来。不仅"菊残"一句如此，就连"荷尽"一句，也能使人联想到李商隐的"留得枯荷听雨声"（《宿骆氏亭寄怀崔雍崔衮》），而别饶意味。"傲霜枝"对"擎雨盖"，不但形象生动，对仗工稳，而且包含着对人格（坚韧独立）的标榜。对于"一年好景"，这是必不可少的铺垫和陪衬，能引起读者对下文的期待。好比打排球的一传。

"一年好景君须记，正是橙黄橘绿时。"这两句用唱答的方式，写初冬之好景。"一年"句是提唱，作用在于引起注意，用祈使的语气（"君须记"），表明作者将自道所得，读者须洗耳恭听。好比打排球的二传，将球高高托起（钟振振之喻）。"正是"句是结穴，好比叩球得分，是曲径通到的幽处，是渐入之后的佳境——初冬有一段气温回升的小阳春天气，"橙黄橘绿"，正在其时。"青黄杂糅，文章烂兮"（《橘颂》）是其色彩美，硕果累累是其外在美（让人感到收获的喜悦），饱经风霜性格成熟是其内在美（人格美的象征），秀色可餐是其通感美（通感于味觉），可谓美不胜收。于是，你不得不佩服诗人对"一年美景"的这个发明，不得不承认这个案翻得有理。

这首诗在写作上是受到一首唐诗影响的，就是韩愈的《早春寄张水部》："天街小雨润如酥，草色遥看近却无。最是一年春好处，绝胜烟柳满皇都。"诗中说一春好景乃在早春，同样是自道所得，同样是美的发明。"寄张水部"还是寄李水部，同样无关紧要。而"最是一年春好处"，与"一年好景君须记"，连口吻都是一致的。

不过，苏诗之美又并不为韩诗所掩。"橙黄橘绿"所含的秀色可餐之意，就为韩诗所无，而这一点恰恰是苏诗写景的特色——"长江绕郭知鱼美，好竹连山觉笋香"（《初到黄州》）、"日啖荔支三百颗，不辞长作岭南人"（《食荔支》）、"蒌蒿满地芦芽短，正是河豚欲上时"（《惠崇春江晚景》）等，和"橙黄橘绿"的写景一样津津有味，句句不离美食家本色，饶有生活情趣。

予去杭十六年而复来，留二年而去。平日自觉出处老少，粗似乐天。虽才名相远，而安分寡求，亦庶几焉。三月六日，来别南北山诸道人，而下天竺惠净师以丑石赠行，作三绝句（录一）

在郡依前六百日，山中不记几回来。
还将天竺一峰去，欲把云根到处栽。

【赏析】

这首诗作于哲宗元祐六年（1091）三月苏轼赴京任翰林承旨离杭时。"六百日"即两年，其间诗人常来天竺山，与山中道人相遇甚善。临别，惠净大师赠诗人一块石料作案头清供。古人爱石，讲皱、透、瘦，是以丑为美的典型实例。丑石，即美石也。

诗妙在末二句造句造意之奇。不言留恋其地之意，而只言携石而去；又不径言携石而去，而言携"一峰"而去，借代字妙。前句已经几多曲折，末句更属闻所未闻：可栽者，木也；未闻石（云根）可栽，峰可栽。此必由"云根"的"根"字定向联想而得。有根者，必可栽，可栽者，必可生长，则此石必为灵物可知矣。诗中无一丝凡俗气，不知此老胸中藏几天竺也。

淮上早发

澹月倾云晓角哀，小风吹水碧鳞开。
此生定向江湖老，默数淮中十往来。

【赏析】

这首诗于哲宗元祐七年（1092）三月，苏轼自颖州改知扬州，道经淮河而作。从神宗熙宁四年自京赴杭州通判任，至此次，苏轼共十次经过淮河。十往来：指苏轼于神宗熙宁四年自京赴杭州通判任；七年由杭州移知密州；神宗元丰二年三月，自徐州赴知湖州；同年八月由湖州逮赴御史台狱；七年因乞常州居住由泗州至南都候旨；八年四月，自南都归常州；同年九月，由常州赴知登州；哲宗元祐四年，自京知杭州；六年，自杭召还汴京，加上此次知扬州，共十次。

八月七日初入赣过惶恐滩

七千里外二毛人，十八滩头一叶身。

山忆喜欢劳远梦，地名惶恐泣孤臣。

长风送客添帆腹，积雨浮舟减石鳞。

便合与官充水手，此生何止略知津。

自注：蜀道有错喜欢铺，在大散关上。

【赏析】

这首诗作于哲宗绍圣元年（1094），其时"新党"再度执政，朝廷中掀起了一股打击"哲宗元祐党人"的恶浪，株连很广。苏轼被指责起草制诰、诏令中"语涉讥讪""讥斥先朝"，结果由定州知州调任英州知州，降一级。未到任所，再贬为宁远军节度副使，惠州安置。此诗是诗人赴惠州（今广东惠州）贬所路经惶恐滩时所作。诗题标明了写作的时间、地点。据江西《万安县志》载："赣州二百里至峡县，又一百里至万安，其间有滩十八……滩水湍急，惟黄公为最甚。"南方人读"黄公"如"惶恐"，因被称"惶恐滩"，或以为自苏轼改名。此诗写出了作者遭贬谪时的状况及心境，其情感真挚，率直坦荡，章法自然而不羁，故是为宋诗名作。

荔支叹

十里一置飞尘灰，五里一堠兵火催。颠坑仆谷相枕藉，知是荔支龙眼来。飞车跨山鹘横海，风枝露叶如新采。宫中美人一破颜，惊尘溅血流千载。永元荔支来交州，天宝岁贡取之涪。至今欲食林甫肉，无人举觞酹伯游。我愿天公怜赤子，莫生尤物为疮痏。雨顺风调百谷登，民不饥寒为上瑞。君不见武夷溪边粟粒芽，前丁后蔡相笼加。争新买宠各出意，今年斗品充官茶。吾君所乏岂此物，致养口体何陋耶。洛阳相君忠孝家，可怜亦进姚黄花。

【赏析】

这首诗作于哲宗绍圣二年（1095），时作者贬谪广东惠州，惠州盛产荔枝，此诗具有新乐府的性质。"十里一置飞尘灰"八句写古时进贡荔枝事。前四句写汉和帝永元年间，朝廷令交州进献荔枝，在短途内置驿站以便飞快地运送，使送荔枝的人累死摔死在路上的不计其数。继四句写唐玄宗时四川进献荔枝，派飞骑快递，为了博杨贵妃开口一笑，不知坏了多少性命。

"永元荔支来交州"八句转入议论感慨。诗人以无比愤慨的心情，批判统治者的荒淫无耻，诛伐李林甫流，斥其媚上取宠，百姓恨之入骨，愿生吃其肉；感叹朝廷中少了像唐羌（字伯游）那样敢于直谏的名臣。"我愿"二句为过情语，接下语意即宁肯不要生出这类好东西，使得百姓不堪负担，只要风调雨顺，百姓能吃饱穿暖就行。

"君不见武夷溪边粟粒芽"八句由古代奸臣联想到当代，"前丁"指丁谓，997年左右任福建漕使，曾督造贡茶；蔡襄是苏轼同时代人，大书法家，曾研制小龙团茶，他们将茶叶进献给皇上，以得到宠信。又联想到了近时戕害百姓的各种贡品。诗便进一步引申上述的感叹，举现实来证明，先说了武夷茶，又说了洛阳牡丹花。这段对统治者的鞭挞与第一、二段意旨相同，但由于说的是眼前事，所以批判得很有分寸。全诗纵横掉阖，夹叙夹议，张弛有度，沉郁顿挫，深得杜诗神髓。

食荔支二首（录一）

惠州太守东堂，祠故相陈文惠公，堂下有公手植荔支一株，郡人谓之将军树。今岁大熟，尝啖之余，下逮吏卒。其高不可致者，纵猿取之。

罗浮山下四时春，卢橘杨梅次第新。
日啖荔支三百颗，不辞长作岭南人。

【赏析】

这首诗作于哲宗绍圣三年（1096）。诗题下小序中讲到的陈惠文公，指宋仁宗朝的参知政事（副宰相）陈尧佐，卒谥文惠。据有的书籍记载他曾经权知惠州，州人为了纪念他，给他修了祠堂，还很好地保护了他亲手种植的一棵荔枝树，苏轼吃的就是这棵大树结的荔枝。

罗浮山在广东省东江北岸，增城、博罗、河源等县之间，绵亘百余公里，风景秀丽，为粤中名山。相传罗山之西有浮山，为蓬莱之一阜，浮海而至，与罗山并体，故称罗浮。惠州即在罗浮山下，这里地处南方，气候温暖，所以诗歌一开头就说，"罗浮山下四时春"，气候很是宜人。不仅气候好，物产也很丰富，卢橘成熟了，跟着杨梅也上市了，一年四季都有很富于地方特色的好水果，可以大饱口福。可见诗人觉得这个地方似乎还是不坏。在前两句的铺垫下，后两句专说东堂下那棵陈惠文公种植的荔枝，由于今年大熟，荔枝丰收，官员们享用之余，一般的吏卒和自己这个接受"安置"的人员也可以分到一些，尝尝鲜，倒还是很不错的哩！所以，他发出感慨："日啖（dàn）荔支三百颗，不辞长作岭南人。"这里的"三百颗"不是实数，只是言其多。《集注分类东坡先生诗》引赵次公谓："王子敬帖有'黄柑三百颗'之语，而韦苏州云'书后欲题三百颗，洞庭须待满林霜'，今借用耳。"诗人想，要是每天都能吃到这么多、这么好的荔枝，那我就绝不会不愿做"岭南人"了。两广在"五岭"以南，故称岭南。看来，诗人倒是愿意在这里终老其身的了。

但是，只要我们细加品味，就不难发现诗中传达出的这种情绪，是很复杂的。一方面，诗人尽量从这荒远之地发现它的好处，来安慰和宽慰自己，使自己不至过分感伤自己的处境。另一方面，曾经身居高位的诗人，现在毕竟已经是61岁的老人了，竟然弄到和吏卒一样的地位，内心的酸楚也是可以想见的。"不辞长作岭南人"的"不辞"，大可玩味，并不是心甘情愿地来作"岭南人"，而是由于政治迫害的缘故，迫不得已来到了这个地方。由于年龄的原因，苏轼在这次贬谪岭南以后，已经和先前有些不同，他内心的悲愤和伤感，已经逐渐在增多，诗歌表面写得轻松旷达，而内在的伤感表现得非常深沉，是需要我们去细心体会的。（管遗瑞）

纵笔

白头萧散满霜风，小阁藤床寄病容。
报道先生春睡美，道人轻打五更钟。

【赏析】

这首诗作于哲宗绍圣四年（1097）。曾季貍《艇斋诗话》载："东坡海外口号三四云云，章子厚见之，遂再贬儋耳，以为安稳故再迁也。"作者《仆年三十九在润州道上过除夜作此诗，又二十年在惠州追录之以付过二首》其一："寺官官小未朝参，红日半窗春睡酣。为报邻鸡莫惊觉，更容残梦到江南。"与此诗同一构思。纪昀曰："此诗无所讥讽，竟亦贾祸，

盖失意之人作旷达语，正是极牢骚耳。"（纪批《苏文忠公诗集》）

纵笔三首（录一）

寂寂东坡一病翁，白须萧散满霜风。

小儿误喜朱颜在，一笑那知是酒红。

【赏析】

这首诗作于哲宗元符二年（1099），作者时在儋州（今属海南）。作者自嘲衰老，一句写处境寂寞，衰病成翁；次句以风吹"萧散"的白须描述其衰老。三四句借酒后脸上暂现红色一事，表现轻快的情绪，诗境转为绚烂。化用白居易《醉中对红叶》诗："醉貌如霜叶，虽红不是春。"用误会法，生出喜感。与陆游《久雨小饮》诗："樽前枯面暂生红"构思相近，而用笔曲折，则有过之——先写旁观的肯定，再写自己的否定，一呼一吸，一反一正，深得绝句作法。

被酒独行，遍至子云、威、徽、先觉四黎之舍，三首（录一）

半醒半醉问诸黎，竹刺藤梢步步迷。

但寻牛矢觅归路，家在牛栏西复西。

【赏析】

这首诗作于哲宗元符二年（1099）。作者谪居海南，和当地人民建立了深厚感情。诗中的子云、威、徽、先觉四个姓黎的，就是他在当地的要好的友人。诗中记叙某一天带着酒后的醉意，遍访"四黎"之家，归途天色已暗，酒意未醒；并且地面上草木丛生，路径不明。他走入"竹刺藤梢"围绕的迷途中，要回家认不了路，只好沿着有牛粪的路径走，因为晓得自己的家就在牛栏之西。这首诗的最大亮点，就在于作者敢于把一路的牛粪写进诗里，成为导向，而大放异彩。这与韩愈《进学解》所谓"牛溲马勃，败鼓之皮……待用无遗者，医师之良也"，是一个道理。

汲江煎茶

活水还须活火烹，自临钓石取深清。
大瓢贮月归春瓮，小杓分江入夜瓶。
雪乳已翻煎处脚，松风忽作泻时声。
枯肠未易禁三碗，坐听荒城长短更。

【赏析】

这首诗是苏轼于宋哲宗元符三年（1100）在海南岛的儋州写的。此时他已经65岁，被贬谪到荒远的海南岛已经三年。他的生活过得很苦闷，经常以读书、写诗、饮酒、喝茶来打发时光，排遣心中的抑郁。这首诗歌，就是在这种情况下写作的。

这首诗主要是写茶叶的烹煮方法。第一句是关键，"活水还须活火烹"，这是苏轼烹茶的经验总结，也贯穿了全篇。"活水"是指流动的水，"活火"是指有炭焰的猛火，他的经验是烹茶要用活水加猛火来煮，烹出来的茶汤才特别鲜美。所以，他就在月明之夜亲自到临江钓鱼的大石上汲取江心的活水，然后把水取回来用猛火煎煮。果然，猛火一煮，锅里的白色蒸汽就袅袅升起,等到沸腾的时候锅里茶汤脚也随之翻滚浮动,那声音真像是松风呼啸,非常动听。他连续喝了三碗还觉得余兴未尽,坐着一边喝茶一边听这荒城打更报时的声音:这声音在荒城的静夜里单调而沉闷地响着,一声声敲击在诗人的心上,让他觉得这荒城的暗夜是那样的旷远无际,个人的境遇也更加孤独而凄凉!"枯肠未易禁三碗",是用了唐代卢仝的诗歌《走笔谢孟谏议大夫寄新茶》中"三碗搜枯肠"的句意,但是苏轼这里是反用其意,说喝了三碗还不够,言下之意是自己用"活水还须活火烹"的办法煎煮的茶,真是美不可言,喝不够的。这就和篇首的意思紧密呼应,章法上显得结构非常完美。

这里特别值得称道的是第二联,"大瓢贮月归春瓮,小杓分江入夜瓶"。这本来是很简单的事情,无非是说用大瓢把活水舀到瓮里,拿回家又用小杓从瓮里把水舀到煎茶的锅里,如此而已。如果我们这样平板写来,那就毫无诗意可言了。但是苏轼在这里作了高度的艺术处理,他把江水、明月和舀水动作紧密地联系在一起,不仅写出了月夜江边的自然景色,还写出了诗人特别的感觉:明月映在江里,用瓢舀水,仿佛舀起了月亮;回家用小勺把水舀到煎茶的锅里,又好像在为江水分流,把月亮也分到了锅里。这样,茶叶和江水、和明月一起煮来,那味道自然就格外不同,分外香美了。这样写来,运用丰富的艺术联想,就把简单的舀水,写得情趣盎然,具有丰富的诗意了。(管遗瑞)

澄迈驿通潮阁二首(录一)

余生欲老海南村,帝遣巫阳招我魂。
杳杳天低鹘没处,青山一发是中原。

【赏析】

这首诗作于哲宗元符三年（1100），苏轼时在海南，并作好终老于此的准备。澄迈乃县名，今属海南。通潮阁一名通明阁，为澄迈驿站中楼阁。苏轼自贬出京师六七年来一直漂泊在惠州、海南等地，此诗抒发其思乡盼归的心情。

首句以叹息开篇：看来只得在这天涯海角之地度过残生了。次句写内心深处所存有朝一日遇赦北还的企盼——大概这时苏轼已听到了一些风声，或者预感到了什么。这里的"帝"指上帝，"巫阳"为古代女巫名，见《楚辞·招魂》。不说"招我"而说"招我魂"，是一种推到极致的写法，表达死了也想回去的心情。

三四句怀着强烈的思乡之情。诗人翘首北望——虽然只看得到对面地平线上那一点影子。"鹘"是一种鹰隼，青黑色，较易辨认，"没处"指灭点，就是看到看不见了。"青山一发"指大陆，也是隐隐约约的感觉，却牵动了诗人浓浓的乡情。这两句不但状难写之景如在目前，而且传递出一种张望着、望穿秋水的感觉。

全诗笔墨洒脱飘逸，情感炽热绵长，具有清雄的特色。据南宋著名文学家胡仔《苕溪渔隐丛话》载：苏轼《伏波将军庙碑》有云："南望连山，若有若无，杳杳一发耳。""杳杳""一发"两用之，其语倔奇，盖得意也。施补华《岘佣说诗》评："东坡七绝亦可爱，然趣多致多，而神韵却少。'水枕能令山俯仰，风船解与月徘徊'，致也。'小儿误喜朱颜在，一笑那知是酒红'，趣也。独'余生欲老海南村，帝谴巫阳招我魂。杳杳天低鹘没处，青山一发是中原'，则气韵两到，语带沉雄，不可及也。"

六月二十日夜渡海

参横斗转欲三更，苦雨终风也解晴。

云散月明谁点缀，天容海色本澄清。

空余鲁叟乘桴意，粗识轩辕奏乐声。

九死南荒吾不恨，兹游奇绝冠平生。

【赏析】

这首诗作于哲宗元符三年（1100）。由于政局的变化，苏轼被允许返回大陆，安置在广西的廉州。这首诗，就是他从海南岛渡海回往廉州的时候所作，时间在这年的六月二十日之夜。

苏轼到达儋州的时候，曾抱定终老海南的决心，想不到现在65岁了，还能够活着回去，心情自然是很高兴的。

这首诗的前四句，都是写景，就是表现这种心情。"参横斗转欲三更"，先点明渡海的时间。参、斗都是天上星宿名，它们此时位置的移动，表明已经进入夜深时分。看见晴朗夜空中的星斗，他不禁庆幸久下的淫雨和终日吹个不停的风（"终风"，用《诗经·邶风·终风》语）终于停止，现在天气放晴了，正是渡海的好时候。诗人在茫茫无际的大海中放眼望去，天上的云已经散去，月亮也出来了，海面风平浪静，上下澄清，真是"素月分辉，明河共影，表里俱澄澈"（张孝祥《念奴娇·过洞庭》）。这两句诗是用了《世说新语·言语》中的典故：晋会稽王司马道子与客夜坐，"于时天月明净，都无纤翳"，道子叹以为佳。座中谢重却说："意谓乃不如微云点缀。"道子因戏谢重说："卿居心不净，乃复强欲滓秽太清邪！"前面这四句，既是写景，但在写景之外，又别有暗寓和寄托。"参横斗转"，比喻时局的转变。"苦雨终风"，比喻险恶的政治风雨。"云散月明"，比喻情况的好转。"谁点缀"，是指章惇、蔡京等小人掌权，排挤正直之士，"滓秽太清"，扰乱朝政。"本澄清"的"天色海容"，则是暗喻自己居心清净，心地光明无瑕，过去强加于自己的污蔑不实之词得到改正，恢复了"澄清"的本来面目。由于诗中用典贴切，亦彼亦此，大大丰富了内涵，使得诗意更加深厚。此外，这四句诗的写法，在七律中很少见。一是连用四句排比写景，二是每句前四字都用两两对偶的形式。这两点，都很容易造成诗句的呆滞板重，缺少灵动感，但是，由于苏轼本人的内在气质特点，以其浑然厚重的笔力，还有充沛如泉涌的激情，克服了形式上的弱点，避免了呆笨的毛病，这是很多人做不到的。这正如清代查慎行所说："前半四句，俱用四字作叠而不觉其板滞，由于气充力厚，足以陶铸熔冶故也。"这是很精到的评论。

诗歌表现了作者回归的喜悦，但是他毕竟一生艰难坎坷，尤其在海南岛"九死一生"，留下了巨大而又永远的伤痛，是无法消除的。因此在他的表现喜悦的诗歌中，也混合着无尽的悲愤与苍凉。后面四句，就是这种感情的交织。五六句用了两个典故。"鲁叟"，犹言鲁国的老头儿，指孔子。"桴"，这里是指木筏子。孔子曾说："道不行，乘桴浮于海。"意思是说，孔子在内地行道不成，想到海外去，但没有去成；我去了，但一个罪人，又怎么能行道呢？只不过被折磨几年罢了。而"乘桴"一词，又准确地表现了正在"渡海"的情景，一语双关。又，"轩辕"，指黄帝。《庄子·天运》："北门成问于黄帝曰：帝张（演奏）咸池之乐于洞庭之野，吾始闻之惧，复闻之怠，卒闻之而惑，荡荡默默，乃不自得。"这是用黄帝奏咸池之乐形容大海波涛之声，与"乘桴"渡海的情景相合拍。他这里不说"如听轩辕奏乐声"，而说"粗识轩辕奏乐声"，就使人联想起他的种种遭遇和由此引起的复杂心理活动，对于那"始闻之惧，复闻之怠，卒闻之而惑"的"奏乐声"，他是亲身经历过了，而且是领会得非常深刻的，但这里只说"粗识"，不过是避重就轻的诙谐的说法而已。最后两句是宕开一笔，结束全诗。"兹游"是照应题目，指"六月二十日夜渡海"，但是从"九死南荒"来看，又不仅指到海南岛的那四年，还包含着从京城贬惠州，又从惠州贬儋州的整个过程。这个艰难的过程，饱含着他的人生血泪，不知有多少愁恨。但是，他偏偏不说愁、不说恨，而说"九死南荒吾不恨，兹游奇绝冠平生"。不仅不恨，还把贬谪南荒说成是游历，而游历的奇情美景又是一生中最难得的，这样豪迈的情绪，对政敌的调侃与蔑视，简直达到了极点。元人方回在《瀛奎律髓》卷四十三中说："当此老境，无怨无怒，以为兹游奇绝，真了生死、轻得丧，天人也。"是的，这样的天人，面对常人难以忍受的艰难困苦，却能够坦然以对，泰然而处，这正是苏轼高尚磊落人格的最形象而又真实的写照。（管遗瑞）

自题金山画像

心似已灰之木，身如不系之舟。
问汝平生功业，黄州惠州儋州。

【赏析】

这首诗作于徽宗建中靖国元年（1101）六月。苏轼三月由虔州（今江西赣州）出发，经南昌、当涂、金陵，五月抵达真州（今江苏仪征）。同月经润州（镇江）拟到常州居住。诗是在真州游金山龙游寺时作。周必大《周益国文忠公集·奏事录》纪云："登妙高台，烹茶。壁间有坡公画像。初公族成都中和院僧表祥画公像求赞，公题云：'目若新生之犊，心如不系之舟。要问平生功业，黄州惠州崖州。'集中不载，蜀人传之，今见于此。"杨万里《诚斋诗话》云："予过金山，见妙高台上挂东坡像，有坡亲笔自赞云……今集中无之。”两人所记文字与《苏轼诗集·补编》略有不同。这诗以自嘲的口吻，抒写平生足迹到处漂泊，功业只是连续遭贬。黄州、惠州、儋州是作者平生谪居之地，故可以用作标识。岳希仁《宋诗绝句精华》曰：“一代文豪，英才天纵，回首往事，唯存贬谪，其遭际之坎坷遂成千古伤心事。”不仅如此，全诗还以幽默的笔调，寄寓感慨的襟怀，个性魅力十足。

词选

CI

XUAN

少年游　润州作

去年相送，余杭门外，飞雪似杨花。今年春尽，杨花似雪，犹不见还家。　　对酒卷帘邀明月，风露透窗纱。恰似姮娥怜双燕，分明照，画梁斜。

【赏析】

这首词作于神宗熙宁七年（1074）。润州即今江苏镇江。王文诰《苏诗总案》卷十一说："甲寅（神宗熙宁七年）四月，有感雪中行役作。公（苏轼）以去年十一月发临平（镇名，在今杭州东北），及是春尽，犹行役未归，故托为此词。"此词虽是有感于行役之苦而怀恋杭州及其家小而作，却以"代人寄远"的形式，作了变形处理。

上片用女主人公的口吻，诉说所欢不当别而别，当归而未归。在句调上借鉴了《诗经·小雅·采薇》"昔我往矣，杨柳依依；今我来思，雨雪霏霏"，而又有变化。诗经中，春是春景，冬是冬景，杨柳与雨雪，各了各；而苏词中，杨花似飞雪，飞雪似杨花，令人眼花缭乱，目迷心醉。诗经里的四句是以乐景写哀，此外却以哀景写乐，一倍增其哀乐（王夫之语）。而"去年相送"五句，则以相似之景，一倍增其感伤。语属原创，令人过目不忘，又非常适合演唱，所以为佳。

过片说女主人公卷起帘子，本欲举杯邀月（据沈雄《古今词话》，这句本作"卷帘对酒邀明月"，刻误。这个说法是对的），可是风露又乘隙而入。而邀来的月亮，偏只怜爱双栖的燕子，言外之意，就是置自己于不顾了。将孤独难耐之意曲曲道出，措语含蓄有味。

虞美人

《本事集》云：陈述古守杭，已及瓜代。未交前数日，宴僚佐于有美堂，因请贰车苏子瞻赋词，子瞻即席而就，寄《摊破虞美人》①

湖山信是东南美，一望弥千里。使君能得几回来。便使尊前醉倒、更徘徊。　　沙河塘里灯初上，水调谁家唱。夜阑风静欲归时，惟有一江明月、碧琉璃。

【赏析】

这首词作于神宗熙宁七年（1074）通判杭州时，时杭州太守陈襄（字述古）被调往南都（宋之南京，今河南商丘）新任，于有美堂宴会僚佐，苏轼作此词赠别。

哲宗元祐初学士梅挚任杭州太守，宋仁宗曾作诗送行曰："地有湖山美，东南第一州。"（《赐梅挚知杭州》）为首句所本。梅挚到任后筑有美堂于吴山。三句中"使君"指陈襄，据《宋史·陈襄传》载，他是因批评新法，被贬知杭州的；作者亦因同样的原因离开朝廷到杭州，二人共事的两年多时间里，协调一致组织治蝗，赈济饥民，浚治钱塘六井，奖掖文学后进，等等，在力所能及的范围内，做了不少好事。今当远别，心情焉能平静？

过片描写华灯初上时杭州的繁华景象，由江上传来的流行曲调，而生联想。杜牧《扬州》诗中写道："谁家唱水调，明月满扬州。"而"水

---

① 傅本词题作《为杭守陈述古作》。

调"是隋炀帝开汴河时所制，令人听了感情复杂。结尾两句以"碧琉璃"生动形象地形容了有美堂前水月交辉、碧光如镜的夜景。此词以美的意象，给人以充分的艺术享受。

南乡子　送述古

回首乱山横。不见居人只见城。谁似临平山上塔，亭亭。迎客西来送客行。　　归路晚风清。一枕初寒梦不成。今夜残灯斜照处，荧荧。秋雨晴时泪不晴。

【赏析】

这首词作于神宗熙宁七年（1074）苏轼通判杭州时。在写前词不久后，陈襄（即述古）离杭，苏轼追送至临平，作此词。

上片从杭州城写起，含蓄地反映了陈述古在杭任上的爱民措施，以及离去时对"居人"的关注、眷顾之情。接着客舟渐行渐远，只有临平山上的塔，立在高处依依目送。追送的人呢，原来已经和塔融为一体，在词中隐形了。

下片送别者的形象出现了。友人既已离去，作者只得返程，然惜别的情思绵绵不绝。结句说雨晴而泪不晴，写出作者内心的孤寂，及思念友人那一往的深情。将"泪"比"秋雨"，极言其多；"晴"字双关"情"字，也耐人寻味。

江神子　乙卯正月二十日夜记梦 ①

十年生死两茫茫。不思量。自难忘。千里孤坟，无处话凄凉。纵使相逢应不识，尘满面，鬓如霜。　夜来幽梦忽还乡，小轩窗，正梳妆。相顾无言，惟有泪千行。料得年年断肠处，明月夜，短松冈。

【赏析】

这是一首悼亡词，作于神宗熙宁八年（1075）。作者发妻王弗于治平二年（1065）死于京师，次年迁葬眉州之东北彭山县安镇乡可龙里，至作此词时正好十年。全词通过记梦，暗用白居易《长恨歌》中"悠悠生死别经年""两处茫茫皆不见""一别音容两渺茫""此恨绵绵无绝期"等语意，深刻地表现了人生长恨的主题。

一说没法忘记——谁说时间可以抹去一切？有些人是一辈子也不会忘记的，有些爱是再痛苦也不忍心忘记的。如一句话剧台词所说，"爱她，是我做过的最好的事"（《恋爱的犀牛》）。有一句歌词说："从来不需要想起，永远也不会忘记"——这就是"不思量，自难忘"的意思了。真正深入你骨髓、血液中的爱又怎么会因为这个人不在你身边就忘记了呢？无论这个人在何处，十年相隔也好，千里相隔也好，生死相隔也好，一切早刻在你的心里。只要心还在，就没法忘记。

二说无能为力——人生最痛苦的事莫过于在两个人热恋时被迫生生分离，眼看着你爱的人远去、死去、消失，却无能为力。"千里孤坟，无处话凄凉"，死去的人再也不会活过来，离去的人再也不会回来，甚至连可以凭吊的东西也找不到。除了从心里寻找痕迹，就是找不到一点

---

① 《全宋词》无词题，据曹树铭《苏东坡词》补。另，此篇通行本词牌名为《江城子》。

确实的凭据，证明这个人真的存在过。一切就像一场大梦，再也看不到她的笑容，再也听不到她的声音，写出的信再也不被回复，找不到一点和她联系的方式。人在凄凉的处境中，渴望倾诉，却再也无法与她倾诉衷肠。唯一表示她存在过的竟是坟墓，可连坟墓也在千里之外。

三说不堪回首——就算真的再相逢，两人也成了陌生人了吧？岁月在每个人身上都刻下痕迹。"纵使相逢应不识，尘满面，鬓如霜"，青春已逝，光阴的故事改变了两个人，站在她面前的好像已经不再是那个她曾爱的人，好像不是她日夜思念的那个人。由于不在身边，关照不到，他改变得太厉害，几乎认不出来。字里行间，暗示着妻子生前对他在生活上的关照，以及心灵上的抚慰、排遣。纵使痛心，也无法挽回，无法弥补。"夜来幽梦忽还乡"，遥接"不思量。自难忘"。"小轩窗，正梳妆"，对于新婚的男人，乃是一种视觉享受。然而在梦中，却产生了距离感。梦里相逢，是莫名其妙地久久地失语，不停流泪。

四说人生之谜——命运为什么如此冷酷？为什么越是追求越是事与愿违？为什么人们那么渴望爱，渴望天长地久，渴望幸福，可是很少有人能得到？"料得年年断肠处，明月夜，短松冈。"牢记只能换来年年断肠之痛，为什么还是舍不得遗忘？为什么几天的幸福要付出几个月、几年甚至一生的痛苦作代价？为什么有的人是这么不可替代，这个人究竟有什么魔力？为什么越珍贵的东西越要失去？为什么失去了就再也找不回来？这些追问，有谁能够回答？

王国维说："词以境界为最上。有境界则自成高格，自有名句。五代、北宋之词所以独绝者在此。"（《人间词话》）感伤诗词的创作和欣赏，都是对积郁的一种释放，其结果必然是获得轻松，获得审美的享受。晚唐到北宋词多立足女性本位，多绮艳之作。此词将悼亡引入词体创作，而且出以白描手法，也可以说是"一洗绮罗香泽之态"了。

江神子　猎词 ①

老夫聊发少年狂。左牵黄。右擎苍。锦帽貂裘，千骑卷平冈。
为报倾城随太守，亲射虎，看孙郎。　　酒酣胸胆尚开张。鬓微霜。
又何妨。持节云中，何日遣冯唐。会挽雕弓如满月，西北望，射天狼。

【赏析】

此词为神宗熙宁八年（1075）冬，作者祭常山回，与同官习射放鹰
之作。写"出猎"的题材，且出之以粗豪的笔墨，从内容到手法对传统
词风有更大的突破。

上片写习射放鹰的具体情事。《汉书·张充传》载，充少时出猎，
"左手臂鹰，右手牵狗"，作者暗用这个典故，并以"苍""黄"两个
形容词代替鹰、犬以协韵，好比射猎的特写镜头。作者系文士，年近不惑，
年龄和呼鹰嗾犬的举止不大相当，故在"老夫"与"少年狂"中系一"聊"
字。"锦帽貂裘"二句写从猎人员众多，声势浩大。"为报倾城"三句，
写观猎者之众，和抒情主人公当众一试身手。"亲射虎"用孙权事，见《三
国志·吴志·吴主传》，直启下片以身许国之情。

过片以酒兴再抒豪情，"鬓微霜"二句与首句"老夫"云云相呼应，
略寓老当益壮之志。《史记·冯唐传》载汉文帝时，魏尚为云中（今山
西大同）太守，抵御匈奴有功，以小故获罪去职，经冯唐劝谏，文帝始
命冯持节起复之。

按神宗熙宁三年（1070）西夏大举进攻环、庆二州，四年陷抚、宁诸城，
八年宋廷并割地于辽。所谓"西北望，射天狼"，主要指抗御西夏的侵略，

① 按，此篇，通行本词牌名为《江城子》，词题为《密州出猎》。

也兼关消除来自东北（辽）的威胁。作者因五年前与王安石政见相左，乞外任避之，自出任杭州通判后，在仕途上一直失意。故希望朝廷给他落实政策，委以重任，以为国效力。

本篇不仅将"出猎"这一非传统题材引入词体创作，而且涉及抵抗辽夏侵略的重大主题，将民族感情和爱国题材引入词作；词中抒发的不只是一般的豪气，同时表现了一种英雄气概，从内容到写法都可以说是是南宋爱国词的滥觞。

蝶恋花　密州上元

灯火钱塘三五夜，明月如霜，照见人如画。帐底吹笙香吐麝。此般风味应无价[①]。　　寂寞山城人老也。击鼓吹箫，乍入农桑社。火冷灯稀霜露下。昏昏雪意云垂野。

【赏析】

上元就是正月十五，亦叫元宵节，从古到今都很热闹。苏轼这首词，作于神宗熙宁八年（1075）的元宵节。苏轼从神宗熙宁四年（1071）十一月到杭州任通判以来，在杭州度过了四个年头，神宗熙宁七年（1074）九月被罢去杭州通判，十一月到密州（今山东诸城）任代理知州（即"权知密州"）。到任以后两个多月，就是神宗熙宁八年的上元节了，这首《蝶恋花·密州上元》就作于此时。

苏轼的这首词很特别，题目是密州上元，他却先从杭州落笔，整个上半阕都是写杭州上元节的热闹景象的。而下半阕才写密州的上元，一

---

① 傅本此句作"更无一点尘随马"。

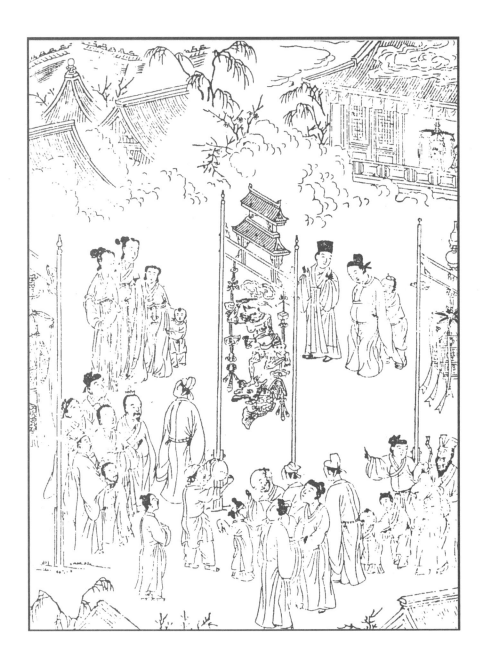

切都是冷冷清清的。这就造成了非常强烈的对比。词作从三个方面进行了对比：一是明月、灯火，杭州是火树银花不夜天，明月高悬，照见熙熙攘攘的赏灯人群，如在画中，好不热闹；而密州，却是"火冷灯稀"，而且夜色昏昏，霜露正下，多么萧条。二是音乐，杭州是"帐底吹笙"，弥漫着浓郁的麝香的香味，把音乐烘托得格外高雅；而密州，却是只有农家社祭的"击鼓吹箫"，处处是一片村野之气。三是环境，杭州是整洁干净的街市，"此般风味应无价"，非常清爽宜人；而密州，在简陋的"农桑社"里，却是"昏昏雪意云垂野"，这样的氛围叫人怎不郁闷！

所以，在下半阕的开头，他就长叹一声："寂寞山城人老也。"表达了前后截然不同的两种心情。

到底是什么心情呢？联系苏轼的政治态度来看，他多年来反对当时新法的一些弊端，在朝廷受到当权派的一再排斥，先是到了杭州，然后再到荒远的密州。不久，他又被改任徐州，紧接着到湖州就发生了"乌台诗案"，被当权派以反对新法为由，将他逮捕到汴京，投进大狱，差一点丢了脑袋。因此我们不难看出，在这首词中，通过前后情绪的跌落，造成巨大的反差，也正是对当时政治的不满，不过他表现得非常含蓄，我们只能味而得之了。（管遗瑞）

望江南　暮春[①]

春未老，风细柳斜斜。试上超然台上看，半壕春水一城花。烟雨暗千家。　　寒食后，酒醒却咨嗟。休对故人思故国，且将新火试新茶。诗酒趁年华。

---

① 傅本词题作《超然台作》。

【赏析】

这首词作于神宗熙宁九年（1076）暮春，密州（今山东诸城）任上。作者到密州后，八年底动工修葺园北旧台，苏辙命名曰"超然台"（据《超然台记》）。作者登超然台，眺望满城烟雨，触动乡思，而赋此词。

上片写登台时所见城中景象，先写春柳以见季节特征；次写登临远眺，"半壕春水一城花"以句中对的方式，作空间显现；然后以"烟雨暗千家"作结。

下片触景生情，与上片所写之景，关系紧密。"寒食后，酒醒却咨嗟"。咨嗟的内容，当与寒食后的清明节攸关，因为家乡道里遥阔，不能为亲人扫墓，只好自我安慰，"休对故人思故国，且将新火试新茶"。末句"诗酒趁年华"，是词中金句，后世广为传诵。含义是人生苦短，须抓紧时机，借诗酒自娱。"年华"指好时光，照应篇首的"春未老"。照应着题面，这应该是"超然"的最高境界吧。

水调歌头

公旧序云：丙辰中秋，欢饮达旦，大醉。作此篇，兼怀子由。

明月几时有，把酒问青天。不知天上宫阙，今夕是何年。我欲乘风归去，又恐琼楼玉宇，高处不胜寒。起舞弄清影，何似在人间。　转朱阁，低绮户，照无眠。不应有恨，何事长向别时圆。人有悲欢离合，月有阴晴圆缺，此事古难全。但愿人长久，千里共婵娟。

【赏析】

本篇是最负盛誉的一首中秋词，《水浒传》中"血溅鸳鸯楼"一回歌妓中秋侑酒即唱此词，作于神宗熙宁九年即丙辰（1076）中秋。时苏轼因不合于新政，第一次出任地方官知密州，时苏辙在济南，兄弟已有六、七年未能见面。故小序云"兼怀子由"。

上片写中秋欢饮达旦。首二句从太白《把酒问月》开篇"青天有月来几时，我今停杯一问之"化出。一起即入醉语，颇有谪仙风度，从这个意义上讲，紧接"不知天上宫阙，今夕是何年"一问，便自有一为谪仙、恍如隔世之感。从另一角度讲，"今夕何夕"语出《诗经·唐风·绸缪》，是新婚诗，意为今晚之美无法形容，句即有此意（唐传奇《周秦行记》载牛僧孺诗"香风此到大罗天，月地云阶拜洞仙；共道人间惆怅事，不知今夕是何年"，则可能是此句直接出处）。月朦胧，醉朦胧，便有飘飘欲仙之感；既自拟谪仙，则自有"归去"一说；"琼楼玉宇"语出《大业拾遗记》瞿乾佑玩月事、"高处不胜寒"则暗用唐郑处海《明皇杂录》叶静能邀帝游月宫事，盖月中有"广寒宫"也。飘飘欲仙，只是一种感觉，并不能实现，词人却把原因归为"又恐琼楼玉宇，高处不胜寒"，便有味。

关于此数语有无恋阙忠君之寄托，今人聚讼纷纭。不能排斥寄托的可能性。据说神宗皇帝读此词就说过"苏轼终是爱君"。只是不能坐实，也不必坐实。苏子于兴会到处、有意无意间发之，读者当以兴会于有意无意间求之。"起舞弄清影"云云，亦暗用太白《月下独酌》语："我歌月徘徊，我舞影零乱。醒时同交欢，醉后各分散。永结无情游，相期邈云汉。""何似在人间"有两解，一解承上"又恐"云云，谓何如在人间也，则是议论，或解为入世胜似出世（袁行霈），或解为在野胜似在朝（施蛰存）；一解承上"我欲"云云，谓哪像在人间也，则是撼感，有不胜飘飘欲仙之致（缪钺）。正是佛以一义演说法，众生各各得所解也。

下片兼怀子由。过片数语，"转""低"云云，写出月夜时间的

推移。"照无眠"即有"达旦"未睡意，但亦不局限作者一人，或亦悬想子由亦当如此，天下离人亦尽当如此，遂逼下问。本来月的圆缺和人的离合并无必然联系，奈何月圆之夕，特易启人离思。"不应有恨"二语，无理而妙。据司马光《续温公诗放》说，李贺"天若有情天亦老"，人以为奇绝无对，而石曼卿对"月如无恨月长圆"，人以为劲敌。石曼卿年辈甚先于苏轼，此或借石句而变化出之。"人有悲欢离合"三句纯入议论，脱口而出，自来未经人道，故为名言。最后的祝愿语出谢庄《月赋》"隔千里兮共明月"，直接是对子由而发的，也是代天下的所有的牛郎织女立言的。它表现了一种通达的人生观：现实人生尽管有缺憾，却依然使人留恋，让我们以对亲爱者的良好祝愿来弥补这一缺憾吧。

《苕溪渔隐丛话》说"中秋词自东坡《水调歌头》一出，余词尽废"。此词以咏月贯穿始终，然写景的句子只"转朱阁，低绮户"，并不重要，而词上片抒情中带议论，下片议论中有抒情，表现出词人富于憧憬而又直面现实、由把握现实而超越现实的自然观、人生观及人格美，给人以充分的审美享受和积极的思想影响。至于君国之思，尚可存而不论。此词行文明白家常，清空一气，读之无任何语障，然措语多有出处，大觉有书卷气即文化氛围在焉，只是作者信手拈来，得之不觉耳。

阳关曲

中秋作 本名小秦王，入腔即阳关曲。

暮云收尽溢清寒，银汉无声转玉盘。
此生此夜不长好，明月明年何处看。

【赏析】

神宗熙宁九年（1076）冬，苏轼得到移知河中府的命令，离密州南下。次年春，苏辙自京师往迎，兄弟同赴京师。抵陈桥驿，苏轼奉命改知徐州。四月，苏辙又随兄来徐州任所，住到中秋以后方离去。七年来，兄弟第一次同赏月华，而不再是"千里共婵娟"。苏辙有《水调歌头·徐州中秋》记其事，苏轼则写下这首小词，题为"中秋月"，自然也写"人月圆"的喜悦；调寄《阳关曲》，则又涉及别情。

月到中秋分外明，是"中秋月"的特点。首句便及此意。但作者并不直接从月光下笔，而从"暮云"说起，用笔富于波折。盖明月先被云遮，一旦"暮云收尽"，转觉清光更多。句中并无"月光""如水"等字面，而"溢"字、"清寒"二字，都深得月光如水的神趣，全是积水空明的感觉。月明星稀，银河也显得非常淡远。"银汉无声"并不只是简单的写实，它似乎说银河本来应该有声（李贺《天上谣》中就有"银浦流云学水声"的诗句）的，但由于遥远，也就"无声"了，天宇空阔的感觉便由此传出。江天一色，月轮显得格外圆，恰如一面"玉盘"似的。李白《古朗月行》："小时不识月，呼作白玉盘。"这比喻写出月儿冰清玉洁的美感，而"转"字不但赋予它神奇的动感，而且暗示它的圆。两句并没有写赏月的人，但有赏心悦目之意，而人自在其中。没有游赏情事的具体描写，词境转觉清新空灵。

明月团圞（luán），诚然可爱，更值兄弟团聚，共度良宵，这不能不令词人赞叹"此生此夜"之"好"了。从这层意思说，"此生此夜不长好"大有佳会难得，当尽情游乐，不负今宵之意。不过，恰如明月是暂满还亏一样，人生也是会难别易的。兄弟分离在即，又不能不令词人慨叹"此生此夜"之短。从这层意思说，"此生此夜不长好"又直接引出末句的别情。但这里并未像苏辙"今夜清尊对客，明夜孤帆水驿，依旧照离忧"（《水调歌头·徐州中秋》）那样挑明此意，结果其意味反而更加深远。说"明月明年何处看"，当然含有"未必明年此会同"（《元夜》）的意思，即有"离忧"在焉。同时，"何处看"不仅就对方发问，也是对自己发问。作者长期外放，屡经迁徙，"明年何处"，实寓行踪萍寄之感。这比子由词的内涵也更多一重。末二句意思衔接，对仗天成。"此生此夜"与"明月明年"作对，字面工整，假借巧妙。"明月"之"明"与"明年"之"明"义异而字同，借来与二"此"字对仗，实是妙手偶得。叠字唱答，再加上"不长好""何处看"一否定一疑问作唱答，便产生出悠悠不尽的情韵。

词避开情事的实写，只在"中秋月"上着笔。从月色的美好写到"人月圆"的愉快，又从今年此夜推想明年中秋，归结到别情。语言清丽，意味深长。除文辞外，作者在声律上也有特色。作者后来有《书彭城观月诗》一文，引录原诗后说："余十八年前中秋夜与子由观月彭城作此诗，以《阳关》歌之。"《阳关曲》原以王维《送元二使安西》诗为歌词，苏轼此词与王维诗平仄四声，大体相合，等于词家之依谱填词，故此词也反映了苏轼"通词乐，知音律"的一面。

浣溪沙五首　徐州石潭谢雨，道上作五首

其一

照日深红暖见鱼。连溪绿暗晚藏乌。黄童白叟聚睢盱。　　麋鹿逢人虽未惯，猿猱闻鼓不须呼。归家说与采桑姑。

【赏析】

神宗元丰元年（1078）徐州发生严重春旱，作者有诗云："东方久旱千里赤，三月行人口生土。"（《起伏龙行》）作为一州的长官，苏轼曾往石潭求雨，得雨后，又往石潭谢雨，沿途经过农村。这组《浣溪沙》

词即记途中观感，共五首，这里是前三首。

第一首写以石潭为中心的村野风光，及聚观谢雨仪式的民众的欢乐。《起伏龙行》序云："父老云，（石潭）与泗水通，增损清浊，相应不差。时有河鱼出焉。"故首句写到潭鱼。西沉的太阳，染红了潭水。由于刚下过雨，潭水增多，涌进了不少河鱼，它们似乎贪恋着夕照的温暖，纷纷游到水面。鱼儿可见，也写出了潭水的清澈。与大旱时水浊无鱼应成一番对照。从石潭四望，村复一村，佳木葱茏，只听得栖鸦的啼噪，而不见其影。两句一写见，一写闻。不易见的潭鱼见了，易见的昏鸦反不见了，写出了农村得雨后风光为之一新，也流露出作者喜悦的心情。三句撇景而写人。儿童黄发，老人白首，故称"黄童白叟"，这是聚观谢雨的人群中的一部分。"睢盱"二字俱从"目"，形容张目仰视貌，兼有喜悦之意。唐孔颖达于《易经·豫卦·六三》疏"盱豫"为："盱谓睢盱。睢盱者，喜悦之貌。"这里还暗用韩愈《元和圣德诗》"黄童白叟，踊跃欢呀"句意。只及童叟之乐，则一般村人之乐，及作者乐人之乐可知。是举一反三的手法。

谢雨的盛会，打破了林潭的寂静，常到潭边饮水的"麋鹿"突然逢人，惊恐地逃避了。而喜庆的鼓声却招来了顽皮的"猿猱"。"虽未惯"与"不须呼"相映成趣，两种情态，各各逼真。颇有助于表现和平熙乐的气氛。细细品味，似觉其中含有借以比拟人物的意趣。山村的老人纯朴木讷，初见知州不免有几分"未惯"，孩童则活泼好动，听到祭神仪式开始的鼓声，已争先前来，恐落人后了。他们回家必得要兴奋地追说一天的见闻，说给谁呢？当然是未能目睹盛况的"采桑姑"们了。"归家说与采桑姑"，这节外生枝一笔，妙趣横生，丰富了词的内涵。

词中始终没有正面写谢雨之事，只从写到鼓声间接透露了一点消息。却写到日、村、潭、树等自然景物，鱼、鸟、猿、鹿等各类动物，黄童、白叟、采桑姑等各色人物及其活动，织成一幅有声有色的画图。上片竟连用"深红""绿暗""黄""白"等色彩字，细辨则前二属实色（真色），后二属虚色（假色），交错使用，画面生动悦目。下片则赋而兼比。全词无往而非喜雨、谢雨的情事，表现出作者取舍经营的匠心。前五句是实写，实写易板滞，末一句以虚相救，始觉词意玩味不尽。

其二

旋抹红妆看使君。三三五五棘篱门。相挨踏破茜罗裙。　　老幼扶携收麦社，乌鸢翔舞赛神村。道逢醉叟卧黄昏。

【赏析】

第二首写谢雨途中见闻。情形与前者又不一样。作者在上片着重写村姑形象，似乎就是顺着前一首写下去的。村姑不像朱门少女深锁闺中，但仍不能和男子们一样随便远足去瞧热闹，所以只能在门首聚观，这是很富于特征的情态。久旱得雨是喜事，"使君"（州郡长官的敬称，这里是作者自谓）路过是大事，不免打扮一下才出来看。劳动人民的女子打扮方式，绝不会是"弄妆梳洗迟"的，"旋抹红妆"四字足以为之传神。匆匆打扮一下，是长期生活养成的习惯，同时也表现出心情的急切。选择一件茜草红汁染就的罗裙（"茜罗裙"）穿上，又自含爱美的心理。"看使君"同时也有观看热闹的意味在内。"三三五五"总起来说人不少，分散着便不能说太多，但"棘篱门"毕竟小了一些，都争着向外探望，你推我挤（"相挨"），便有人尖叫裙子被踏破了。短短数语就刻画出一幅极风趣生动的农村风俗画。作者下笔十分自然，似是实写生活中事，以至使人觉得它同杜牧《村行》诗的"篱窥茜裙女"一句只是暗中相合而已。

下片写到田野、祠堂，又是一番光景：村民们老幼相扶相携，来到打麦子的土地祠；为感谢上天降雨，备酒食以酬神，剩余的祭品引来馋嘴的乌鸢，在村头盘旋不去。两个细节都表现出喜雨带来的欢欣。结句则是一个特写，黄昏时分，有个老头儿醉倒在道边。这与前两句形成忙与闲，众与寡，远景与特写的对比。但它同样富于典型性，形同王驾"桑拓影斜春社散，家家扶得醉人归"（《社日》）——酩酊大醉是欢饮的结果，它反映出一种普遍的喜悦心情。

如果说全词就像几个电影镜头组成，那么，上片是个连续的长镜头；下片却像两个切割镜头，老幼收麦、乌鸢翔舞是远景，老叟醉卧道旁是特写。通过一系列画面表现出农村得雨后的气象。"使君"虽只是个陪衬角色，但其与民同乐的心情也洋溢纸上。

其三

麻叶层层苘叶光。谁家煮茧一村香。隔篱娇语络丝娘。　　垂白杖藜抬醉眼，捋青捣麨软饥肠。问言豆叶几时黄。

【赏析】

第三首写村中见闻。上片写农事活动。首句写地头的作物。"苘"是麻的一种。"麻叶层层"是写作物茂盛，"苘叶光"是说叶片滋润有光泽，二语互文见义，是雨后庄稼实况。从具体经济作物又见出时值初夏，正是春蚕已老，茧子丰收的时节。于是村中有煮茧事。煮茧的气味很大，只有怀着丰收喜悦的人嗅来才全然是一股清香。未到农舍，在村头先嗅茧香，"谁家煮茧"云云，传达出一种新鲜好奇的感觉，实际上煮茧络丝何止一家。"一村香"之语倍有情味。走进村来，隔着篱墙，就可以听到缫丝女郎娇媚悦耳的谈笑声了。"络丝娘"本俗语中的虫名，即络纬，又名纺织娘，其声如织布，颇动听。这里转用来指蚕妇，便觉诗意盎然，味甚隽永。然俞平伯有另一种别具会心的解释说："从前江南养蚕的人家禁忌迷信很多，如蚕时不得到别家串门。这里言女郎隔着篱笆说话，殆此风宋时已然。"（《唐宋词选释》）则此句还反映了当时的民俗。

下片写作者对农民生活的采访，须发将白的老翁拄着藜杖，老眼迷离似醉，捋下新麦（"捋青"）炒干后捣成粉末以果腹，故云"软饥肠"。这里的"软"，有"送食"之义，见《广韵》。两句可见村中生活仍有困难，流露出作者的关切之情。于是更询问：豆类作物几时成熟？粮食能否接上？简单的一问，含蕴不尽。

要之，作者并没有把雨后的农村理想化，他不停留在隔篱的观察上，而是较深入地接触到农民生活的实际情况，所以具有相当浓郁的生活气息。作者把词的题材扩大到农村，写农民的劳动生活，对于词境开拓有积极的影响。

其四

簌簌衣巾落枣花。村南村北响缲车。牛衣古柳卖黄瓜。　　酒困路长惟欲睡，日高人渴漫思茶。敲门试问野人家。

【赏析】

第四首首句即奇：花落衣上，簌簌有声。此簌簌之枣花声，旋即为另一之妙音——缲车的声音所掩盖。枣花洒落之时，正缲丝忙迫之际，家家户户，响彻村周。行人至此，不禁驻足，却见古柳荫下，早有着牛衣之卖瓜人占尽清凉福地，直把黄瓜当水果卖矣。

过片笔端一换，专属行人。农家缲丝，时在初夏，天热渴甚，而黄瓜之解渴，又不如老茶水也。却又无老茶水卖，经行之处，路过农野人家，何妨叩其门而求焉——古所谓"乞浆"是也。

全词弥漫着泥土的气息，夏季乡村风光，读之如身历其境，所以成为绝唱。

其五

软草平莎过雨新。轻沙走马路无尘。何时收拾耦耕身。　　日暖桑麻光似泼，风来蒿艾气如薰。使君元是此中人。

【赏析】

这首词写徐州农村久旱逢雨之后所呈现的一派欣欣向荣、丰收在望景象，流露出作者归耕田园的愿望。

上片"软草平莎过雨新"二句写雨后村野空气清新的景象，三句"耦耕"（二人并耜而耕）语出《论语·微子》："长沮、桀溺耦而耕。"长沮、桀溺是春秋末年的两个隐者，二人因见世道衰微，遂隐居不仕。作者在政治上不得意时，不免有身退之想。

下片"日暖桑麻光似泼"二句，写田野里的蓬勃景象，有色有香，妙趣横生。"使君元是此中人"一句，照应上片结句，表现出对田园生活的热爱，作者对农夫有平等的心情，可圈可点。正如他在《题渊明诗》中所说："非世之老农，亦不能识此语之妙也。"

永遇乐

公旧注云：夜宿燕子楼，梦盼盼，因作此词。一云：徐州梦觉此，登燕子楼作。

明月如霜，好风如水，清景无限。曲港跳鱼，圆荷泻露，寂寞无人见。紞如三鼓，铿然一叶，黯黯梦云惊断。夜茫茫，重寻无处，觉来小园行遍。　　天涯倦客，山中归路，望断故园心眼。燕子楼空，佳人何在，空锁楼中燕。古今如梦，何曾梦觉，但有旧欢新怨。异时对，黄楼夜景，为余浩叹。

【赏析】

这首词作于神宗元丰元年（1078）知徐州任上。"燕子楼"是江苏徐州五大名楼之一，因飞檐翘角形如飞燕得名。此楼本为唐德宗贞元年间（785—805），武宁节度使张愔为其爱妾关盼盼所建的一座小楼。张愔去世后，盼盼矢志不嫁，独居小楼十余年。此易传之事也。唐代诗人白居易、张仲素等皆有诗题咏。

上片从燕子楼夜景写起，"明月如霜"三句写夜色令人沉醉。"曲港跳鱼"三句，写听到鱼儿蹦水、荷叶滴露的声音，突出听觉，正是夜晚实际的感觉。"统（dǎn）如三鼓"三句，仍然从听觉着笔，点出梦盼盼事，却不说具体内容。"夜茫茫"三句写醒来，徘徊于小园，人还沉浸在梦境留下的感伤之中。

过片"天涯倦客"三句承上启下，写倦宦思归的情绪。"燕子楼空"三句，抚今追昔，抒发对盼盼的追慕之情。"古今如梦"三句，说古往今来，人生如梦，重复演出旧欢新怨的缠绵故事。"异时对"三句，是说来日视今，亦如今日视昔，总有一天，后人对着徐州的黄楼夜景，也会为我感伤长叹。

郑文焯手批《东坡乐府》置疑旧题，认为"燕子楼未必可宿，盼盼何必入梦？东坡居士断不作此痴人说梦之题"。这个说法太武断了，须知这是作词，即使作者未宿楼未做梦，他仍然可以托为此题。而词中情事暗合，与题相侔，不容置疑。

西江月　平山堂

三过平山堂下，半生弹指声中。十年不见老仙翁。壁上龙蛇飞动。　　欲吊文章太守，仍歌杨柳春风。休言万事转头空。未转头时皆梦。

【赏析】

这首词作于神宗元丰二年（1079）四月，作者从徐州移知湖州（今浙江吴兴）经过扬州。一说元丰七年（1084）十月，由黄州赴汝州时经过扬州时。欧阳修于庆历八年（1048）知扬州时建平山堂。

前此作者曾经两过扬州平山堂，一次是熙宁四年（1071）由京赴杭任通判，南下经扬州；二次是熙宁七年（1074）由杭州移知密州，北上途经扬州。所以这是第三次到扬州平山堂。恩师欧阳修早已仙逝，而堂上仍留有他遒劲的手迹。上片就写瞻仰欧词手迹而生的感慨。

下片写听唱欧词而生感慨，道出缅怀之情。上下片措语，均与欧阳修《朝中措·送刘仲原甫出守维扬》攸关，欧词云："平山阑槛倚晴空，山色有无中。手种堂前垂柳，别来几度春风。文章太守，挥毫万字，一饮千钟。行乐直须年少，尊前看取衰翁。""欲吊""仍歌"二句用欧词原句，既重现当日欧公风流自赏之态，又有欧公手植杨柳、所题诗词仍留存世间，可堪告慰之意。

"休言万事转头空"二句是词中金句，出自白居易："百年随手过，万事转头空。"（《自咏》）出人意表的是末句："未转头时皆梦"，词人就着白居易的话头，生造"未转头时"一语，来指活着的时候，非常幽默，也非常豁达。

南乡子　集句

怅望送春杯。渐老逢春能几回。花满楚城愁远别，伤怀。何况清丝急管催。　　吟断望乡台。万里归心独上来。景物登临闲始见，徘徊。一寸相思一寸灰。

【赏析】

这首词作神宗元丰二年（1079）。选取前人成句合为一篇叫集句，始见于西晋傅咸《七经诗》。宋代自石延年、王安石到文天祥，都喜为集句诗。文天祥《集杜诗》200篇最为著名。王安石又以集句为词，开词中集句一体。苏轼《南乡子·集句》共三首，此词原列第二，词中所集皆唐人诗句。当作于贬谪黄州时期。

"怅望送春杯"取自杜牧《惜春》，"渐老逢春能几回"取自杜甫《绝句漫兴九首》，"花满楚城愁远别"取自许浑《竹林寺别友人》，"何况清丝急管催"取自刘禹锡《洛中送韩七中丞之吴兴》，"吟断望乡台"取自李商隐《晋昌晚归马上赠》，"万里归心独上来"取自许浑《冬日登越王台怀归》，"景物登临闲始见"取自杜牧《八月十二日得替后移居霅溪馆因题长句四韵》，"一寸相思一寸灰"取自李商隐《无题·飒飒东风细雨来》。《南乡子》词牌有两个二言句，这个没法集，这个只是点缀，等于和声，是必须自铸的。此外，句与句之意照应、衔接，无不关合自然，为我所用，故是佳作。

当代最佳集句，要数1972年中日恢复邦交，田中角荣从东京飞北京，许绍棣集唐句《乡情》五首，其中一首是："不知何日东瀛变（刘禹锡《汉寿城春望》），京兆田郎早见招（杜甫《赠田九判官》）。秦楚眼看成绝国（钱起《七盘岭阻寇闻李端公先到南楚》），天涯行客思迢迢（李频《鄂州头陀寺上方》）。"其中"东瀛""京兆田郎"等语，凑泊绝妙。但不排除集句者根据知识和记忆，同时使用《佩文韵府》检索得句。而这样工具书，在苏轼那时是无从梦见，全凭烂熟于胸，浮想联翩。故此作因为难度很大，所以水平很高。

浣溪沙　送梅庭老赴潞州学官

门外东风雪洒裾。山头回首望三吴。不应弹铗为无鱼。　　上党从来天下脊，先生元是古之儒。时平不用鲁连书。

【赏析】

此词所作年代不详。这是一首送友赴任之作。梅庭老生平未详，从词里可知他是三吴地区（浙东、苏南一带）人。"上党"，一本作"潞州"，治所在今山西长治，北宋时与辽邦接近，地属边鄙。"学官"掌地方文教，职位不显，可谓"食之无味，弃之可惜"。在昔韩愈身为国子博士，尚不免"冬暖而儿号寒，年丰而妻啼饥，头童齿豁，竟死何裨"（《进学解》）之讥。梅庭老赴任，想必不太情愿，而又不得已而为之，苏轼便针对他这种心情写了这首词送他。

"门外东风雪洒裾"，是写送别的时间与景象。尽管春已来临，但因下雪，而气候尚很寒冷。而"飞雪似杨花"的情景，隐含无限惜别之意。彼此握别，意见言外，言"雪洒裾（衣襟）"而不言"泪沾衣"，颇具豪爽气概。次句即有一较大跳跃，由眼前写到别后，想象梅庭老别去途中，于"山头回首望三吴"，对故园依依不舍。这里作者不是强调三吴可恋，而是写一种人之常情。第三句便针对这种心情进一言："不应弹铗为无鱼。"这句用战国齐人冯谖事，冯谖为孟尝君食客，初不受重视，弹铗作歌道："长铗归来乎，食无鱼"（《战国策·齐策》）。此句意谓梅庭老做了学官，总算是"食有鱼"，不必唱归来。同时又似乎是说，尽管上党地方艰苦，亦不必计较个人待遇，弹铗使气。两可之间，语尤忠厚。

过片音调转高亢："上党从来天下脊。"意谓勿嫌上党边远，其地势实险要。盖秦曾置上党郡，因其地势高，故有"与天为党"之说。杜牧《贺中书门下平泽潞启》云："上党之地，肘京洛而履蒲津，倚太原而跨河朔，战国时，张仪以为天下之脊。"作者《雪浪石》诗亦云："太行西来万马屯，势与岱岳争雄尊。飞狐上党天下脊，半掩落日先黄昏。"可以参读。"先生元是古之儒"，此称许梅庭老有如古之大儒，以天下为己任，意谓勿以学官而自卑。此联笔力豪迈，高唱惊挺，可以壮友人行色。然而不免还有一个问题，上党诚为要地，学官毕竟冷闲，既有大志大才，何以不当大任呢？这就补出末句："时平不用鲁连书。"鲁连，即鲁仲连，事迹参见李白《古风》诗解。因上党是赵地，当时宋辽早已议和，故云时代承平，梅庭老即有鲁连奇策，亦无所用之，只能作一介学官，即如古之醇儒，终不免像韩愈所说那样"冗不见治"。这里既有劝勉其安心本职工作之意，又含有对其生未逢辰不得重用之遭际的同情。

词仅六句，却委曲周详，既同情于友人不得志的遭遇，又复风义相期，开导他努力于公事。作者是用自己乐观旷达的人生态度去影响朋友，出语洒脱却发自肺腑，故能动人。《浣溪沙》词调，在作者以前如晏殊、欧阳修等名家手里，大抵只用于写景抒怀，而此词却以之写临别赠言，致力于用意，开拓了小词的题材内容。下片的联语对仗自然工稳，音情高古；两片结语均用战国故事，为全词增添了色泽和韵味。

满江红

江汉西来，高楼下、蒲萄深碧。犹自带、岷峨雪浪，锦江春色。君是南山遗爱守，我为剑外思归客。对此间、风物岂无情，殷勤说。　　《江表传》，君休读。狂处士，真堪惜。空洲对鹦鹉，苇花萧瑟。不独笑书生争底事，曹公黄祖俱飘忽。愿使君、还赋谪仙诗，追黄鹤。

【赏析】

这首词作于神宗元丰四年（1081）苏轼谪居黄州时，是他写给友人朱寿昌的，当时朱寿昌知鄂州（今湖北武昌）。

上片由写景引入。"江汉西来"二句，描绘了著名的黄鹤楼下，江水奔腾的胜景。"蒲萄"即葡萄，以深碧的酒色形容水色，语本李白《襄阳歌》"恰似葡萄初泼醅醅"。"犹自带"三字振起，化用李白"江带峨嵋雪"（《经乱离后天恩流夜郎忆旧游书怀赠江夏韦太守良宰》）、杜甫"锦江春色来天地"（《登楼》），笔饱墨浓，引人入胜。接下来"君是南山遗爱守"二句对仗，一句写对方，一句写自己。《宋史》本传载朱寿昌除暴安良，"郡称为神，蜀人至今传之"即"南山遗爱守"所指。"对此间"三句，说此情此景，彼此有共同语言（即"殷勤说"）。

过片"江表传"二句，以愤激语调唤起，恰说明西晋虞溥所著记述三国史事的《江表传》感人很深，话题转向三国人物。"狂处士"四句承上，对恃才傲物、招致杀身之祸的祢衡，表示悼惜。祢衡击鼓骂曹，曹遂假手刘表属将黄祖将其杀害，葬于武昌鹦鹉洲。"还独笑书生争底事"二句，有弦外之音的，矛头隐隐指向诬陷他的李定之流。作者说，祢衡的孤傲、曹操的专横、黄祖的鲁莽，俱往矣，都显得可笑。"愿使君"三句，翻用李白故事，说不要辍笔，反而应该挑战崔颢《黄鹤楼》名篇。翻得好，翻出了自信。

全词笔力横放，指点江山，激扬文字，涉及五个历史人物，虽为酬答之作，却没有套话，充分体现了苏词豪放的风格。

水龙吟　次韵章质夫杨花词

　　似花还似非花，也无人惜从教坠。抛家傍路，思量却是，无情有思。萦损柔肠，困酣娇眼，欲开还闭。梦随风万里，寻郎去处，又还被、莺呼起。　　　　不恨此花飞尽，恨西园、落红难缀。晓来雨过，遗踪何在，一池萍碎。春色三分，二分尘土，一分流水。细看来，不是杨花，点点是离人泪。

【赏析】

这首词作于神宗元丰四年（1081），是一首唱和词，题为《杨花》实写闺怨，是苏轼极具代表性的"婉约"一派佳作。苏轼与章质夫在汴梁同朝做官。所谓次韵，比和韵更难，不仅步原作韵，且次序相同，因而写作难度极大，少有人为之。然而，也是如此，《水龙吟》充分展示了苏轼作为一代巨擘的卓越才华。

在古代诗词中，杨花即柳絮，乃杨柳之果实，因呈絮状，随风飞舞，古人误以为花。苏轼抓住柳絮这一独有的特性说杨花"似花还似非花"，故而不被人怜惜、重视，任其飘落，坠落路旁，像一位身世飘零、抛家别妇的游子。杨花牵人情怀，杜甫有"落絮游丝亦有情"（《白丝行》）之说，因而苏轼曰"无情有思"。然而，杨花懂得"思量"么？其实，无情也好，有思也罢，都是人赋予杨花的，这个人就是"思妇"，即下片中的"离人"。思妇由纷飞的杨花想到春尽，想到不知在何处漂泊的情郎；又由春尽，想到青春将逝、情郎不归，不禁"萦损柔肠，困酣娇眼，欲开还闭"。思量得倦了，想郎想得伤心了，迷惘中思妇恍惚入梦，"随风万里，寻郎去处"。然而可气的是，一阵莺啼搅了梦境，令人懊恼。此处，显然是化用金昌绪《春怨》"打起黄莺儿，莫教枝上啼。啼时惊妾梦，不得到辽西"诗意。至此，"闺怨"的主题已再明白不过了。同时，也为下片情感的进一步展开、递进做了铺垫。

杨花与春花同妍谢。春花烂漫时，它粉妆玉琢一般；落红满地时候，它却漫如飞絮。然而，杨花似花非花，没有人在乎它"飞尽"，因而不起眼，也不招人恨，转而去"恨西园，落红难缀"。其实，说不恨是怨词，解得杨花的人，不正在为杨花的"无情有思"而伤怀吗？此处苏轼有一小注："杨花落水为浮萍，验之信然。"一阵新雨过后，杨花化为一池碎萍，人们已经见不到杨花的身影了，只能寻觅它的遗踪，离奇的想象也算是一种交代和安慰。

张炎评曰："后段愈出愈奇。"细细品味，尤数结尾处收束绝妙。章质夫词描写柳絮的形态栩栩如生，如："傍珠帘散漫，垂垂欲下，依前被风扶起。"（《水龙吟·燕忙莺懒芳残》）等句堪称高妙。为避其锋芒，作为大手笔的苏轼在词作中并没有对杨花展开过多的描绘。然而，不写则已，一写遂名垂千古，无人企及。"春色三分，二分尘土，一分流水。"苏轼以数字入词，独具才情。如果杨花占有三分春色，此时春残，便有二分随落絮飘向大地，变作尘土，还有一分飞入流水，化为飘萍。特别是煞拍："细看来，不是杨花，点点是离人泪。"令人叫绝。还有比这样的比拟更熨帖、更精当的吗？究竟是杨花融化成离人的眼泪，还是离人的眼泪化为飞絮随风而去？一切已经浑然莫辨。所以苏轼肯定地说："不是杨花。"

整首词正如沈谦所评说："幽怨缠绵，直是言情，非复赋物。"（《填词杂说》）无怪乎唐圭璋在《唐宋词简释》中对《杨花词》推崇备至，称赞曰："遗貌取神，压倒古今。"（秦岭梅）

卜算子

黄鲁直跋云："东坡道人在黄州时作。语意高妙，似非吃烟火食人语。非胸中有万卷书，笔下无一点尘俗气，孰能至是！"

缺月挂疏桐，漏断人初静。时见幽人独往来，缥缈孤鸿影。惊起却回头，有恨无人省。拣尽寒枝不肯栖，枫落吴江冷。

【赏析】

这首词作于神宗元丰五年（1082）十二月黄州贬所。定慧院在黄州东南。

全词章法奇特。上片叙写定慧院的寂静。院中夜深人静，月挂疏桐之时，天空掠过一只离群的"孤鸿"，地下正好有个"幽人"独自往来，一如"孤鸿"之影。这个如同"孤鸿"的"幽人"，便是作者的化身。下片专写"孤鸿"，说这个孤鸿惊恐不安，心怀幽恨，拣尽寒枝，都不肯栖息，只得归宿于荒冷的沙洲。这正是苏轼贬居黄州时心情与处境的写照，用比兴之法，借孤鸿衬托，正足以表达其幽约怨悱不能自言之情。

南宋胡仔说："此词本咏夜景，至换头但只说鸿。正如《贺新郎》词'乳燕飞华屋'，本咏夏景，至换头但只说榴花。盖其文章之妙，语意到处即为之，不可限以绳墨也。"（《苕溪渔隐丛话前集》）黄庭坚评："语意高妙，似非吃烟火食人语，非胸中有万卷书，笔下无一点尘俗气，孰能至此！"（《豫章黄先生文集》卷二十六《跋东坡乐府》）陈廷焯评："寓意高远，运笔空灵，措语忠厚，是坡仙独至处，美成、白石亦不能到也。"（《词则·大雅集》）

水龙吟

公旧注云：闾丘大夫孝直公显尝守黄州，作栖霞楼，为郡中胜绝。元丰五年，余谪居于黄。正月十七日，梦扁舟渡江，中流回望，楼中歌乐杂作。舟中人言：公显方会客也。觉而异之，乃作此词。公显时已致仕在苏州。

小舟横截春江，卧看翠壁红楼起。云间笑语，使君高会，佳人半醉。危柱哀弦，艳歌余响，绕云萦水。念故人老大，风流未减，独回首、烟波里。　　推枕惘然不见，但空江、月明千里。五湖闻道，扁舟归去，仍携西子。云梦南州，武昌南岸，昔游应记。料多情梦里，端来见我，也参差是。

【赏析】

这首词作于神宗元丰五年（1082）正月，是一首记梦词。闾丘孝终曾在苏轼之前任黄州知州，期间曾建栖霞楼，为郡中胜景。苏轼谪居黄州时，闾丘孝终已退休，居住在苏州。全词以记梦的形式，回忆二人在黄州的旧游。

上片写梦境，"横截春江"即序中说的"扁舟渡江"。"横截"二字夸张舟行速度，如刀断水似的。"卧看"二字则表现出闲逸的意态。"云间笑语"六句，写闾丘孝终在栖霞楼宴会宾客，歌声半入江风半入云。"念故人老大，风流未减"的"故人"指闾丘孝终。"独回首、烟波里"，乃写作者在舟中闻歌声而神往。

过片"推枕惘然不见"三句十三个字，写出了由梦到醒的过程，乃至心情与境界的变化。醒后周围景色空旷与梦中繁华对照，加重了惘然失落之感。"五湖闻道"三句是想象中闾丘孝终退休后，像范蠡一样，携同佳人游览五湖。"云梦南州"三句追思曾在云梦之南、武昌之东的黄州一带游览，难以忘怀。"料多情梦里"三句对上片的梦境，意即推断是故人思念，投梦于我，差不多是这样吧。

结尾处不说自己梦故人，而想象故人梦来见自己，正是所谓己思人而道人思己，类乎《诗经·魏风·陟岵》。这种手法，唐诗中也很常见。

定风波

公旧序云：三月七日，沙湖道中遇雨。雨具先去，同行皆狼狈，余独不觉。已而遂晴，故作此词。

莫听穿林打叶声。何妨吟啸且徐行。竹杖芒鞋轻胜马。谁怕。一蓑烟雨任平生。　　料峭春风吹酒醒。微冷。山头斜照却相迎。回首向来潇洒处[①]。归去。也无风雨也无晴。

【赏析】

这首词作于神宗元丰五年（1082）三月七日，贬谪黄州时。词借途中遇雨的生活小事，抒写作者人生情怀。"莫听穿林打叶声"，"穿林打叶"就是突然下雨，对待突如其来的风雨有两种态度：一是快跑，找个地方躲雨，但必须有躲雨的地方；二是"何妨吟啸且徐行"，即继续吟诗慢慢走，恰如一个笑话所说——"前边也在下雨"，这话歪打正着——苏东坡正是这个心态。"竹杖芒鞋"，不怕滑。"谁怕"，就是这个意思。"一蓑烟雨任平生"，更将对待风雨的这个态度，推广到人生态度，这是词意的升华。

这难道仅仅是一次生活纪实吗？是，又不是。只要知道东坡一生出处大略，知道其乐观的禀性，知道其所受禅宗思想的影响，才能充分玩味其诗词中表现的那一分性情与学养，才能从词的无字处看到"任凭风浪起，稳坐钓鱼台"，"风雨即将过去，阳光就在前头"，"走自己的路，让人家去说吧"等等意味，从而受到一种情操的陶冶。

---

① 潇洒：元本作"潇瑟"。

"料峭（凉的）春风吹酒醒"，春风带来阵阵凉意，凉意无多，"微冷"而已，这时酒也醒了。"山头斜照却相迎"，雨后的太阳送来一点暖意。一个"却"字，找回了微妙的平衡。"回首向来潇洒处"——回看刚才遇雨的地方，可以譬喻人生遭遇挫折的时候。当风雨过去之后，当挫折过去之后，遭遇逆境的经历，反而会成为一种人生财富。人永远要相信，没有过不去的坎，时间会解决一切的问题。

"归去"，相当于陶渊明的"归去来"，人要找到家，更要找到精神家园。"也无风雨也无晴"，这句就像天气预报，难道是说"阴"吗——诗词不是这个读法。这是说，既不以风雨为意，自然也不会以晴为意。一句话，不在乎。既无大喜，也无大悲，有的是从容，是淡定，是平和，是愉悦。这是苏轼的境界，也是陶渊明的境界。

浣溪沙　游蕲水清泉寺。寺临兰溪，溪水西流

山下兰芽短浸溪。松间沙路净无泥。萧萧暮雨子规啼。　　谁道人生无再少，门前流水尚能西。休将白发唱黄鸡。

【赏析】

这首词作于神宗元丰五年（1082），三月游蕲水清泉寺时。蕲水（今湖北浠水县）距黄州不远。《东坡志林》卷一载："黄州东南三十里为沙湖，亦螺师店，予买田其间，因往相田得疾。闻麻桥人庞安常善医而聋，遂往求疗。……疾愈，与之同游清泉寺。寺在蕲水郭门外二里许，有王逸少洗笔泉，水极甘，下临兰溪，溪水西流。余作歌云。"第五句"门前"作"君看"。

上片写清泉寺幽雅的风光和环境。山下小溪潺湲，岸边的兰草刚刚

萌生娇嫩的幼芽。松林间的沙路,仿佛经过清泉冲刷,一尘不染,异常洁净。傍晚细雨潇潇,寺外传来了杜鹃的啼声。这一派画意的光景,诱发诗人爱悦自然、执着人生的情怀。

下片发议论。"谁道"两句,以反诘唤起,以借喻回答。兰溪"溪水西流",本来是大自然的偶然现象,作者却用来作为时光倒流的隐喻。"白发""黄鸡"则比喻世事匆促,出自白居易《醉歌》:"谁道使君不解歌,听唱黄鸡与白日。黄鸡催晓丑时鸣,白日催年酉前没。腰间红绶系未稳,镜里朱颜看已失。"此处反其意而用之,是作者不服老的宣言。充分体现了作者执着生活、旷达乐观的性格。

西江月

公自序云:春夜蕲水中过酒家饮。酒醉,乘月至一溪桥上,解鞍曲肱少休。及觉,已晓。乱山葱茏,不谓尘世也。书此词桥柱。

照野弥弥浅浪,横空隐隐微霄。障泥未解玉骢骄。我欲醉眠芳草。　　可惜一溪风月,莫教踏碎琼瑶。解鞍欹枕绿杨桥。杜宇一声春晓。

【赏析】

这首词作于神宗元丰五年(1082)贬谪黄州时,是一首寄情山水的词。作者在词中描绘出一个物我两忘、超然物外的境界,把自然风光和自己的感受融为一体,表现了作者乐观、豁达、以顺处逆的襟怀。

上片"照野弥弥浅浪"两句写归途所见。用"弥弥"形容"浅浪",形象地再现了春水涨满、溪流汩汩的景象。下句写天空云层,"横空"

以见天宇之广。说云层隐隐约约在若有若无之间，更映衬了月色之皎洁。此两句暗写月光。"障泥(垂于马腹两侧用于遮挡尘土的东西)未解玉骢骄"句奇警，是说那白色的骏马忽然活跃起来，提醒他的主人：要渡水了！暗用《晋书·王济传》："济善解马性，尝乘一马，著连乾障泥，前有水，终不肯渡。济曰：'此必是惜障泥。'使人解去，便渡。"读书受用，所以有味。"我欲醉眠芳草"，既写出主人公的醉态，又写了月下诱人的芳草之美。

过片"可惜一溪风月"二句，明写月色，同时写出了微醺时晕乎乎的感觉。"溪"作一个量词，把风、月融为一体，径以"琼瑶"目之，词中人如行踏在童话世界。虽然是醉人痴语，却表现出作者已远离世俗，忘怀得失了。"解鞍欹枕绿杨桥"这句又回到写马，词中人用马鞍作枕，斜靠在绿杨桥上小憩。这一觉睡得太香，及至醒来，听闻"杜宇一声"，春天的黎明又是一番景色了。效果如空谷传声，余音不绝。

这首词的词境属于有我之境。作者把自己的身心完全融化到大自然中，表现了拥抱自然的怡然自得，趣味盎然，令读者回味无穷。

洞仙歌

公自序云：仆七岁时见眉山老尼，姓朱，忘其名，年九十余，自言：尝随其师入蜀主孟昶宫中。一日大热，蜀主与花蕊夫人夜起避暑摩诃池上，作一词。朱具能记之。今四十年，朱已死，人无知此词者。但记其首两句，暇日寻味，岂《洞仙歌令》乎？乃为足之。

冰肌玉骨，自清凉无汗。水殿风来暗香满。绣帘开、一点明月窥人，人未寝、欹枕钗横鬓乱。　　起来携素手，庭户无声，时见疏星渡河汉。试问夜如何，夜已三更，金波淡、玉绳低转。但屈指、西风几时来，又不道、流年暗中偷换。

【赏析】

这首词作神宗元丰五年（1082），描写了后蜀国君孟昶与宠妃花蕊夫人夏夜在摩诃池边纳凉的情景，刻画了花蕊夫人姿质与心灵的美好、高洁，表达了词人对时光流逝的深深惋惜和感叹。

"冰肌玉骨，自清凉无汗"，拥有这种姿质的女子是多么曼妙。而这样的曼妙女子并非杜撰，历史上确有其人，她就是后蜀孟昶皇帝的宠妃花蕊夫人。这是一位才、色、艺俱佳的妃子，有《宫词百首》传世。虽然她的结局悲惨，后蜀灭亡后，她被俘入宋朝，不从而被赵匡胤射杀。但是作为一个女人，她在蜀宫中得到了孟昶真挚的爱情，也是不幸之中一大幸矣。

上片写花蕊夫人帘内敧枕。首二句写她风姿绰约：有冰之肌，玉之骨，本自清凉无汗。接下来，词人用水、风、香、月等清澈的环境要素烘托女主人公的冰清玉润，创造出境佳人美、人境双绝的意境。其中"窥"字用得好——中国四大美女之一的貂蝉有"闭月"之姿，词人写花蕊之美，用其意而翻出新巧。用拟人手法，以月"窥"人，偷偷地打量美人，仿佛在暗暗与她相比，来衬托花蕊夫人的美丽。其后，词人借月之眼窥美人敧枕的情景。以美人不加修饰的残妆——钗横鬓乱，反衬她姿质的美好。这种装束，既适合当时夜深人静、将要休息时的场景；也更体现出花蕊夫人神情闲适、不假修饰的天生丽质，姿态妩媚而动人。上片所写，是从旁观者的角度对女主人公所作出的观察。

下片直接描写人物自身。通过女主人公与爱侣偕行的活动，展示她美好、高洁的内心世界。"起来携素手"写女主人公已由室内独自己倚枕，起来与爱侣户外携手纳凉闲行。"庭户无声"，制造出一个夜深人静的

氛围，暗寓时光在不知不觉中流逝。"时见疏星渡河汉"，写二人静夜
望星。以下四句写月下徘徊的情境，为纳凉人的细语温存进行气氛上的
渲染。作者通过写环境之静谧和斗转星移之运动，表现时光的推移变化，
为写女主人公的思想活动作好铺垫。结尾三句是全词点睛之笔，传神地
揭示时光变化之速，表现女主人公对时光流逝的深深惋惜。如果结合这
一对神仙眷侣最后的悲惨结局，便可知这感叹包含了多少人世沧桑。

这首词的作者苏轼，不仅仕途坎坷，情感生活也多波折。与他情
投意合的王夫人早逝，他写下了著名的《江城子》"十年生死两茫茫"
来纪念。此词写古代帝王后妃的生活，赞美艳羡中附着作者自身深刻的
人生感慨。（梅红）

念奴娇　赤壁怀古

大江东去，浪淘尽、千古风流人物。故垒西边人道是，三
国周郎赤壁。乱石穿空①，惊涛拍岸②，卷起千堆雪。江山如画，
一时多少豪杰。　　遥想公瑾当年，小乔初嫁了，雄姿英发。羽
扇纶巾谈笑间，强虏灰飞烟灭③。故国神游，多情应笑，我早生
华发。人生如梦，一尊还酹江月。

【赏析】

本篇题为"赤壁怀古"，作于神宗元丰五年（1082）谪居黄州时，
苏轼时年46岁。同期所作大都摆脱切近的功利目的，显示出对人生透彻

---

① 穿空：一本作"崩云"。
② 拍：一本作"裂"。
③ 强虏：一本作"樯橹"。

的静观姿态，达到了很高的境界。此词所以越过荆公"金陵怀古"之作。

上片由身游而入神游。开篇就有大江奔流气势。刘禹锡曾在《浪淘沙》中写道："君看渡头淘沙处，渡却人间多少人"，妙在语带双关，但在气势上远不敌"大江东去，浪淘尽、千古风流人物"。"风流人物"是要害。此语在晋本指英俊风雅之士，今与"大江东去"联属，平添多少阳刚辞采！以下从容转入怀古。黄州赤壁本非三国赤壁，但词人感兴所至，亦何须出处！"人道是"三字下得言宜。周瑜乃一代人物之选，以少年得志，吴中皆呼周郎。此一昵称，适足传"风流人物"之神韵。以下写赤壁景色，其实无非渲染烘托人物。那"乱石穿空，惊涛拍岸，卷起千堆雪"，不正是因为说到英雄鏖战，感应于自然，而导致的风起水涌么？谓予不信，请看同样是大胡子兼豪放派的陈维崧"话到英雄失路，忽凉风索索"（《好事近·分手柳花天》）之句，可悟情以景染之奥妙。于是煞拍就势以"江山如画，一时多少豪杰"挽住。

下片由神游回到身游。既然"一时多少豪杰"，值得怀念的就不只周郎一个。《赤壁赋》不就偏重一世之雄曹孟德么？为何到词中就反复说周郎呢？个中奥窍就在体裁不同——"赋者，古诗之流也"（班固），而"词之为体，要眇宜修"（王国维），诗庄而词媚呀。专说周郎，不仅因为他是胜利的英雄，更因为他是个少年英雄。由这个少年英雄更引出个绝代佳人。史载建安三年，孙策亲迎不过24岁的周瑜，授以建威中郎将之职，并与他攻下皖城，分娶二乔，成为连襟。而赤壁大战，乃在十年后。然而人生快意之事，莫过于"洞房花烛夜，金榜题名时"，那么词人把周郎的爱情得意与军事成功扯到一处来写，又有何妨？同时，以小乔衬托周郎，还使人联想到铜雀春梦的破灭，尤多一重意味。词中羽扇纶巾，谈笑破敌的周郎，儒雅之至，潇洒之至；而初嫁佳婿的小乔，则漂亮之至。于豪放词中著如许风流妍媚的人物，谁能说东坡此词以豪放胜，就不当行本色呢？

"月明星稀，乌鹊南飞，此非赋孟德之诗乎？西望夏口，东望武昌，山川相缪，郁乎苍苍，此非孟德之困于周郎者乎？方其破荆州，下江陵，顺流而东也，舳舻千里，旌旗蔽空，酾酒临江，横槊赋诗，固一世之雄也，而今安在哉？"（《赤壁赋》）本篇中，不仅对于"强虏灰飞烟灭"的曹公有这样的感慨，对于周郎也有同样的感慨。然而词人神游故迹，并不完全是替古人感伤，"早生华发""人生如梦"等语隐有抚今追昔，不胜空度年华之慨。这一点读者是不可忽略的。

本篇是词史上划时代的杰作。从温韦到花间，从晏欧诸公到柳耆卿，词中曾有过这样的壮采么？没有，从来没有。这首百字令览胜怀古，大笔驰骛，从题材到手法上对传统都有突破。在词史上影响之深远，辛派词人固不必说，元曲大家关汉卿《单刀会》关羽唱词云："大江东去浪千叠，驾着这小舟一叶。又不比九重龙凤阙，可正是千丈虎狼穴。大丈夫心烈。我觑这单刀会如赛村社。水涌山叠，年少周郎何处也？不觉的灰飞烟灭，可怜黄盖转伤嗟，破曹的强虏一时绝，鏖兵的江水犹然热。好教我情惨切。这也不是江水。二十年流不尽的英雄血。"即得力于本篇。词在豪放中寓风流妩媚之姿，最是当行本色，后辛弃疾《摸鱼儿》亦得个中深致。毛泽东《沁园春》亦豪放，于过片和煞拍著丽句云"须晴日，看红装素裹，分外妖娆"、"江山如此多娇，引无数英雄竞折腰"、"俱往矣，数风流人物，还看今朝"，风格措语，皆有此词影响。

临江仙

夜饮东坡醒复醉，归来仿佛三更。家童鼻息已雷鸣。敲门都不应，倚杖听江声。　　长恨此身非我有，何时忘却营营。夜阑风静縠纹平。小舟从此逝，江海寄余生。

【赏析】

这首词作于神宗元丰五年（1082）九月。王文诰《苏诗总案》曰："壬戌九月，雪堂夜饮，醉归临皋作。"一说作于元丰六年（1083）。

词中记叙深秋之夜词人在东坡雪堂开怀畅饮，醉后返归临皋的情景。上片"夜饮东坡醒复醉"点明了夜饮地点和人物状态。喝了便睡，醒了再喝，回临皋寓所时，时间很晚了。"归来仿佛三更"，"仿佛"二字好，传神地表现出词中人醉眼朦胧的情态。"家童鼻息已雷鸣"三句，很夸张地写词中人抵达寓所，却进不了家门的情况。"鼻息已雷鸣"，不但写出家童睡眠之沉，也再现了深夜之静。词中人并不性急，干脆立在门外，听江流有声。鼻息、江声的描写，完全诉诸听觉，更突出了环境的寂静，一个风神萧散的主人公形象，也跃然纸上。

过片"长恨此身非我有"二句，以突兀的一叹，反映出人物的心境并不平静。措语则化用自庄子之"汝生非汝有也"（《庄子·知北游》），"全汝形，抱汝生，无使汝思虑营营"（《庄子·庚桑楚》），是读书受用。"夜阑风静縠纹平"写词中人顾盼眼前江上景致，心与景会，神与物游，被大自然的景象深深陶醉。于是，他情不自禁地产生了潇洒出尘之想。"小舟从此逝"二句，表明词人要趁此良辰美景，驾着一叶扁舟，将有限的小我，融入无限的大自然之中。

这首词表现了作者的真性情，诚如元好问所说："自东坡一出，情性之外，不知有文字，真有'一洗万古凡马空'气象。"此词就是最佳范例。

满庭芳

公旧序云：有王长官者，弃官三十三年，黄人谓之王先生。因送陈慥来过余，因赋此。

三十三年，今谁存者，算只君与长江。凛然苍桧，霜干苦难双。闻道司州古县，云溪上、竹坞松窗。江南岸，不因送子，宁肯过吾邦。　　拟拟。疏雨过，风林舞破，烟盖云幢。愿持此邀君，一饮空缸。居士先生老矣，真梦里、相对残釭。歌声断，行人未起，船鼓已逢逢。

【 赏析 】

神宗元丰六年（1083）五月，苏轼在黄州，其友人陈慥报荆南庄田，时"有王长官者，弃官黄州三十三年"，因送陈慥去江南，过黄州访东坡，东坡故有此作。

陈慥字季常，"少时慕朱家、郭解为人，稍壮，折节读书，晚乃遁于光、黄间。东坡至黄，季常数从之游"（《施注苏诗》）。而作者对王长官，则是素闻其名，可谓神交已久，以前却无缘得见。因而此词虽涉三人交游，较多的篇幅却是写作者与这位王先生倾盖如故之情怀的。

上片全就王长官其人而发，描绘了一个饱经沧桑令人神往的高士的形象。首三句即发语惊人，盖"三十三年"于人生固然是一个不小的数目，但对于长江大河却不算什么。而词人竟说："三十三年，今谁存者，算只君与长江。"这里隐含有作者对仕途风波的感喟：大浪淘沙，消磨了多少人物，唯有不恋宦情如王先生者得以长存，岂不可慨！措语之妙，与作者《木兰花令·次欧公西湖韵》"与余同是识翁人，唯有西湖波底月"二句同味。王长官弃官不做达三十余年之久，其事虽不可得而详，但可见是不慕荣利之辈。从黄州人尊称之为"王先生"看，他在为官期间也是为人爱戴的。"凛然苍桧，霜干苦难双"二句即喻其人品格之高，通过"苍桧"的形象比喻，其人傲干奇节、风骨凛然如见。王长官当时居住黄陂，唐代武德初以黄陂置南司州。"云溪""竹坞""松窗"，描绘其居处极幽，颇具隐逸情趣。"闻道"二字则见慕名之久，与相见恨晚之意。"江南岸"三句是说倘非王先生送陈慥来黄州，恐终不得见面也。语中既含幸会之意，又因王先生而归美陈季常。

过片到"相对残釭"句为第二层，写三人会饮。"拟拟"二字拟雨声，其韵铿然，有风雨骤至之感。"疏雨过，风林舞破，烟盖云幢"几句，承上片歌拍。王、陈来访，却转入景语。既见当日气候景色，又照应前文"云溪上、竹坞松窗"的写照，暗示出这次遇合不同于俗人聚首。自然意象与人的气质搭成一种象征关系。造访者固属奇杰，而主人也非俗士，酒逢知己千杯少，故云"愿持此邀君，一饮空缸"。"一饮空缸"也就是干杯，但含有多少豪情！兴酣之际，也不免回顾人生遭际，抚事生哀。"居士先生老矣"，这是作者自叹。虽叹老，却无嗟卑之意。"真梦里"二句翻用杜诗《羌村三首》"夜阑更秉烛，相对如梦寐"，言外见三人相饮谈笑至夜深，彼此相契之深。

末三句为最后一层，写天明分手，船鼓催发，主客双方相见得迟，归去何疾。既幸有此遇，又不免杂着爽然若失之感。

词将叙事、写人、写景、抒情打成一片，景为人设。所叙乃会友之快事，所写乃一方之奇人，所抒乃旷达之情感。与一般的描写离合情怀不同。在用笔上较恣肆，往往几句叙一意，而语具多义，故又耐人咀含。所用韵部，亦属洪亮，与词情悉称。故郑文焯于手批《东坡乐府》中谓其"健句入词，更奇峰特出"，"不事雕凿，字字苍寒，如空岩霜干，天风吹堕颇黎地上，铿然作碎玉声"。

水调歌头　快哉亭作

落日绣帘卷，亭下水连空。知君为我，新作窗户湿青红。长记平山堂上，欹枕江南烟雨，渺渺没孤鸿。认得醉翁语，山色有无中。　一千顷，都镜净，倒碧峰。忽然浪起，掀舞一叶白头翁。堪笑兰台公子，未解庄生天籁，刚道有雌雄。一点浩然气，千里快哉风。

【赏析】

这首词作于神宗元丰六年（1083年），时张怀民（字偓佺）也贬在黄州，与苏轼结识后因气味相投而成为好友，交往密切，曾同夜游承天寺（详见《夜游承天寺》一文）。十一月，怀民在其新居西南筑亭，以览大江胜景，作者为其题名曰"快哉亭"，同时写下这首《水调歌头》，题一作《黄州快哉亭赠张偓佺》。

上片描绘快哉亭壮阔的山光水色，"落日绣帘卷"四句，描绘亭下江水与碧空相接，远处夕阳与亭台相映，一片空阔无际的景象。"湿青红"指亭因"新作"，所涂青油朱漆未干。"长记平山堂上"五句，写览景引起对扬州平山堂昔游的回忆。平山堂是欧阳修所建，景色"壮丽为淮南第一"（《避暑录话》）于是作者借用欧阳修写平山堂的词句"山色有无中"（《朝中措·平山堂》），形容眼前看到的远景。

过片"一千顷"五句，写辽阔的江面上景色倏忽变化，涛澜汹涌、风云开阖，令人心摇意动。前三句写广阔明净的江面，是静态的景物。"忽然"两句写一阵狂风，江面忽然浪涛汹涌，一个白发渔翁（白头翁）驾着一叶小舟，在狂风巨浪中上下起伏。这是词中的一个兴奋点。作者联想到宋玉的《风赋》，赋中将风强分为"大王之雄风"与"庶人之雌风"（"刚道有雌雄"），不如庄子所言，天籁本身绝无贵贱之分，只有精神境界高下之分。因为宋玉曾为兰台令，所以作者用"兰台公子"呼之，不以为然。"一点浩然气"二句，是说一个人只要具备孟子标榜的浩然之气，就不难呼来快哉之雄风，以一日千里的速度前进。"快哉此风"，语出宋玉赋，"千里"句意出李白《朝发白帝城》，其诗是对速度的审美。

全词无论描写，还是议论，皆豪纵酣畅，若有神助，皆因读书破万卷，构思措词，左右逢源，充分体现了词人身处逆境却泰然处之、大气凛然的精神风貌，具有雄奇奔放的特色，是苏词的代表作之一。

鹧鸪天　东坡谪黄州时作此词，真本藏林子敬家

林断山明竹隐墙，乱蝉衰草小池塘。翻空白鸟时时见，照水红蕖细细香。　　村舍外，古城旁。杖藜徐步转斜阳。殷勤昨夜三更雨，又得浮生一日凉。

【赏析】

这首词作于神宗元丰六年（1083年）。苏轼《与子由书》有言："任性逍遥，随缘放旷。"轼乃性情中人，而又极具理智，所以豁达。豁达是对人生的热爱和对生命的珍视，这在他的作品中随处可见。本词作于苏轼谪居黄州时期。上片四句，写出幽静与明丽的山水田园景物，都饶有趣味，见出作者的赏爱之心。其中"乱蝉衰草小池塘"，乃当日所见的秋天实景，读者不必以衰飒凄凉之意目之。它与"翻空白鸟时时见，照水红蕖细细香"是处于同一时间、空间里的不同物种的生命之一段过程。"翻空"一联对偶句写景，十分生动，一写空中飞禽，一写水上植物。布局、景物略同唐代朱庆馀诗："青蒲映水疏还密，白鸟翻空去复回。尽日与君同看望，了然胜见画屏开。"（《与庞复言携酒望洞庭》），但朱诗只写了视觉形象，而苏词不仅写了视觉，还写了嗅觉。"细细"形容香味，从杜诗化来——杜甫《严郑公宅同咏竹得香字》有"雨洗娟娟净，风吹细细香"句。苏词之"时时""细细"语，既写自在之物，

又传品玩之情。下片换头三句，见出词人杖藜徐行、流连光景的闲情逸致。结尾"殷勤"二句，表现了欣然领受大自然对生命之惠施的旷达之怀。郑文焯《大鹤山人词话》说："渊明诗：'啸傲东轩下，聊复得此生。'此词从陶诗中得来，逾觉清异。"俞陛云《唐五代两宋词选释》赞其"情真景真，随手写来，盎然天趣"，深得其味。（李亮伟）

满庭芳

公旧序云：元丰七年四月一日，余将去黄移汝，留别雪堂邻里二三君子。会李仲览自江东来别，遂书以遗之。

归去来兮，吾归何处，万里家在岷峨。百年强半，来日苦无多。坐见黄州再闰，儿童尽、楚语吴歌。山中友，鸡豚社酒，相劝老东坡。

云何。当此去，人生底事，来往如梭。待闲看，秋风洛水清波。好在堂前细柳，应念我、莫翦柔柯。仍传语，江南父老，时与晒渔蓑。

【赏析】

这首词作于神宗元丰七年（1084），作者接到量移汝州（今河南临汝）安置的命令。虽非平反复官，但移近处安置，也是一种从宽处理。雪堂邻里友人纷纷相送，李翔（字仲览）专从江东赶来送别，此词即话别之作。

上片以"归去来兮"开篇，这是直接将陶渊明《归去来兮辞》的开头拿来就是。接下来就说自己有还乡的打算，"万里家在岷峨"。"岷峨"二字虽然都从"山"旁，有一个字却是指江。苏轼故里眉山，靠近峨眉山，又是岷江流经的地方，所以"岷峨"组词，十分新警。

作者当年48岁，是望五的人，故称"百年强半"，"来日苦无多"

是"去日苦多"的一转语。接下来说自己谪居黄州时间不短，"再闰"是个时间概念，农历三年一闰，再闰为六年，作者自元丰二年（1079）贬黄州，三年闰九月，六年闰六月，故云"再闰"。"儿童尽楚语吴歌"主要说自己的孩子（苏过当年 12 岁），已经会操当地口音，这引起了作者的一些沧桑感。"山中友"三句，说到与当地朋友话别之事。

过片"云何"三句，向父老申说自己行将量移汝州，感叹人生无常，时光如梭，不能自己左右命运。"待闲看秋风"二句，宕开一笔，说到即将到达之地，表现出随缘自适的思想。"好在堂前细柳"至篇末，一是请雪堂邻里替自己看管好堂前细柳，二是托李翔转告江南（即江东）父老替作者时时晾晒穿过的蓑衣，表示自己还会再来。

刘永济评此词："全首词气和平，情致温厚，如见此老当日情事。盖东坡被罪谪黄，人皆知其冤，黄州父老皆敬爱之，故临去有此依依之情也。"（《唐五代两宋词简释》）

定风波　南海归，赠王定国侍人寓娘

王定国歌儿曰柔奴，姓宇文氏，眉目娟丽，善应对，家世住京师。定国南迁归，余问柔："广南风土，应是不好？"柔对曰："此心安处，便是吾乡。"因为缀词云。

常羡人间琢玉郎。天应乞与点酥娘。自作清歌传皓齿。风起。雪飞炎海变清凉。　　万里归来颜愈少。微笑。笑时犹带岭梅香。试问岭南应不好。却道。此心安处是吾乡。

【赏析】

这首词作于神宗元丰七年（1084）左右。神宗元丰二年（1079）六月，作者因"乌台诗案"被捕入狱，后贬黄州团练副使。王定国（名巩）从苏轼学为文，因遭牵连，被贬宾州（治所在今广西宾阳）监盐酒税。王巩赴岭南时，歌女柔奴同行。三年后王巩北归，出歌女柔奴侑酒，于是有序中描写的一幕。

全词为柔奴传神写照。上片先用"琢玉郎"一词形容王巩，语出卢仝《与马异结交诗》"白玉璞里琢出相思心，黄金矿里铸出相思泪"，指多情种子。再用"点酥娘"称柔奴，语出梅尧臣诗题："余之亲家有女子能点酥为诗，并花果麟凤等物，一皆妙绝，其家持以为岁日辛盘之助。余丧偶，儿女服未除，不作岁，因转赠通判。通判有诗见答，故走笔酬之。"用来夸赞柔奴的聪明及才情，而属对甚工。"自作清歌传皓齿"三句，写柔奴的歌声美妙，有神奇的效果。

下片写柔奴的北归，重点叙其黠慧的答话。关键是她说出的那个金句，即"此心安处是吾乡"，此语犹陶渊明之"心远地自偏"，极富人生哲理。陆九渊说"心外无物"，就是这个道理。此词之传世不衰，也是因为这一句词。原创是柔奴的，著作权则是作者的。在日常生活中，有些要言妙句，往往出自民间的创造，如不加以记录，便与时消没，不闻于世。唯大作家，能睁开眼看，张着耳听。一旦听到这样的妙语，马上触电，立刻记下，并融入创作。所以，此词对读者的启迪，既在词中，又在词外。

浣溪沙

元丰七年十二月二十四日，从泗州刘倩叔游南山。

细雨斜风作晓寒。淡烟疏柳媚晴滩。入淮清洛渐漫漫。　　雪沫乳花浮午盏，蓼茸蒿笋试春盘。人间有味是清欢。

【赏析】

这首词作于神宗元丰七年（1085）三月，苏轼时被命迁汝州（治所在今河南临汝）团练副使。这种量移虽然不是升迁，却是一个转机。据《宋史》本传载，神宗所批手札有"人材实难，不弃"之语。此间作者心境比较轻松，一路上颇事游访。

上片写沿途景观。第一句写清晨，虽然"细雨斜风"，但"作晓寒"，就预告着天晴。所以第二句写时近中午看到的景物，已是"淡烟疏柳媚晴滩"，一个"媚"字妙在拟人。"入淮"句从眼前的淮水联想到上游的清碧的洛涧，当它汇入浊淮以后，就变得混混沌沌一片浩茫。

下片前两句写春盘初试，一盏香茶、一盘春蔬。蔡襄《茶录》云："凡欲点茶，先须熁盏令热，冷则茶不浮。"又云："钞茶先注汤，调令极匀，又添注入，环回击拂，汤上盏可四分则止。视面色鲜白，著盏无水痕，为绝佳。""蓼茸蒿笋"是立春的应时节物。《风土记》载："元旦以葱、蒜、韭、蓼、蒿芥杂和而食之，名五辛盘，取迎新之意。"末句是词中金句，"人间有味是清欢"，这里的"清欢"指不需要特别奢侈，只需要一点点情调和品位的那种欢。拿吃来说，不是吃价位最高，而是吃十分受用。虽然不是什么华堂宴席与金碧楼台，却是摆脱羁绊回归自然。

作者在《赤壁赋》中，提出了一个"无尽藏"的命题，说江上之清风与山间之明月，就是造物赐予人类的无尽宝藏；"人间有味是清欢"

是与之等价的、富于哲理性的命题，用在结尾，却照亮全篇。诚所谓"意到语工，不期高远而自高远"（《藏一活腴》）也。

贺新郎　夏景

　　乳燕飞华屋。悄无人、桐阴转午，晚凉新浴。手弄生绡白团扇，扇手一时似玉。渐困倚、孤眠清熟。帘外谁来推绣户，枉教人、梦断瑶台曲。又却是，风敲竹。　　石榴半吐红巾蹙，待浮花、浪蕊都尽，伴君幽独。秾艳一枝细看取，芳心千重似束。又恐被、西风惊绿。若待得君来向此，花前对酒不忍触。共粉泪，两簌簌。

【赏析】

　　这首词写作年代不详。上片开头安排人物出场别具匠心，用一只小燕子引路，把读者的视线引向一座梧桐深院的华屋。"华屋"暗示这里非寻常人家。傍晚清凉，在"悄无人"的桐荫下，女主人公出场，乃是一位出浴美人。"手弄生绡白团扇"二句工笔似描绘美人。自汉代班婕好作《怨歌行》以来，白团扇常常是红颜薄命、佳人失时的象征——秋扇见捐即象征被遗弃。接下来美人做了一个梦，当是欢会的好梦吧？惊醒后只闻风吹翠竹的萧萧声，等待她的仍旧是一片寂寞。

　　下片用艳独芳的榴花为美人写照。白居易《题孤山寺山石榴花示诸僧众》"山榴花似结红巾"为东坡所本。"蹙"字得自榴花的外貌特征，双关美人含颦的风韵。"待浮花、浪蕊都尽"二句是美人观花的感触。此时春花凋尽，所以榴花幽独！女主人公似乎又收回思绪，把花仔细端详，"芳心千重似束"依然捕捉住榴花外形特征，用以喻美人的坚贞不渝。"又恐被、西风惊绿"，是韶华易逝之叹。"若待得君来向此"到篇末，此词前人多以为是为某歌妓而发，胡仔说："东坡此词，冠绝今古，托意高远，宁为一娼而发耶！"（《苕溪渔隐丛话》）其说甚是。词中"瑶台梦"隐含着"君臣遇合"和超然物外两种理想境界，应是借佳人失时之态，寓托政治失意之慨。

如梦令　有寄

为向东坡传语。人在玉堂深处。别后有谁来，雪压小桥无路。归去。归去。江上一犁春雨。

【赏析】

这首词作于哲宗元祐元年（1086）九月以后，作者为翰林学士期间。当时作者与司马光等在一些政治措施上议论不合，又遭程颐等竭力排挤，心情并不舒畅，因此一再表示厌倦京官生涯，不时浮起归耕念头。

"为向东坡传语"二句，以明快的语言，交代他在"玉堂（翰林院）深处"，思念黄州东坡之情。"别后有谁来？"二句是"传语"的内容，是作者对别后黄州东坡的冷清荒凉景象的揣想。"归去""归去"，是"传语"的内容，表达归耕东坡的意愿。"江上一犁春雨"是说春雨喜降，恰宜犁地春耕。妙在捕捉住了雨后春耕的特殊景象，表达了作者愉快的心情。

周济《介存斋论词杂著》说："人赏东坡粗豪，吾赏东坡韶秀。韶秀是东坡佳处，粗豪则病也。"这阕《如梦令》，便是韶秀之作。

八声甘州　寄参寥子

有情风、万里卷潮来，无情送潮归。问钱塘江上，西兴浦口，几度斜晖。不用思量今古，俯仰昔人非。谁似东坡老，白首忘机。

记取西湖西畔，正暮山好处，空翠烟霏。算诗人相得，如我与君稀。约他年、东还海道，愿谢公，雅志莫相违。西州路，不应回首，为我沾衣。

【赏析】

这首词作于哲宗元祐六年（1091），时苏轼由杭州知州召为翰林学士承旨，将离杭州赴汴京，南宋胡仔《苕溪渔隐丛话·后集》卷三十九说：“其词（即本篇）石刻后东坡自题云：‘哲宗元祐六年三月六日。’余以《东坡先生年谱》考之，哲宗元祐四年知杭州，六年召为翰林学士承旨，则长短句盖此时作也。”参寥即僧道潜，於潜人（今属浙江临安），是当时一位著名的诗僧，与苏轼交往密切。

上片“有情风”两句写景，劈头突兀而起，开笔不凡，句调从李白《将进酒》“黄河之水天上来，奔流到海不复回”化出。“问钱塘江上”三句以“问”字领起，旨在说明作者回想与参寥多次同观潮景，颇堪纪念。“不用”以下皆为议论，言对于古今变迁，人事代谢，皆应一概置之度外，泰然处之。“谁似”两句，是忘怀得失的自我表扬，颇为自信。

过片开头“记取”三句回到写景：从上片写钱塘江景，到下片写西湖湖景，南江北湖，都是记述作者与参寥在杭的游赏活动，特别叮咛“记取”当时春景，留作别后的追思，于是从江山美景中直接引入归隐的主旨了。“算诗人”两句，说像彼此这样亲密无间、荣辱不渝的诗友至交，世上并不多见，正是归隐佳侣。结尾几句用晋典：谢安怀归隐之志而不得，死后其外甥羊昙一次醉中过西州门，回忆往事，"悲感不已，以马策扣扇，诵曹子建诗曰：'生存华屋处，零落归山丘。'（《箜篌引》）恸哭而去"。这里以谢安自喻，以羊昙喻参寥，意思说，日后像谢安那样归隐的"雅志"盼能实现，免得老友像羊昙那样为我抱憾。

此词为东坡词代表作之一，郑文焯手批《东坡乐府》评："突兀雪山，卷地而来，真似钱塘江上看潮时，添得此老胸中数万甲兵，是何气象雄且杰！妙在无一字豪宕，无一语险怪，又出以闲逸感喟之情，所谓骨重神寒，不食人间烟火气者。词境至此，观止矣。"

木兰花令

霜余已失长淮阔，空听潺潺清颍咽。佳人犹唱醉翁词，四十三年如电抹。　　草头秋露流珠滑。三五盈盈还二八。与余同是识翁人，惟有西湖波底月。

【赏析】

这首词作于哲宗元祐六年（1091）八月苏轼出守颍州时。欧阳修于皇祐元年（1049）曾守颍州；熙宁四年（1071）又退居于此，翌年即卒焉。二十年过去，作者知颍州时，想起往日恩师所作《木兰花令·西湖南北烟波阔》，遂步韵作此。

上片写泛舟颍河触景生情。"霜余已失长淮阔"是说深秋时节，淮河枯水期到了。作者到颍州在当年八月下旬，时属深秋，故称"霜余"。"空听潺潺清颍咽"，一"咽"字写水流有声，而水浅声低，如哭声幽咽，这是拟人，反映的是作者的心情。"佳人犹唱醉翁词"，是说数十年之后，歌女们仍在唱欧阳修写的歌词，不但是因为歌词好，而且是因为这位旧日太守遗爱在民。欧阳修为兴利除弊，务农节用，曾奏免黄河夫役万人，用以疏浚颍州境内河道和西湖，使"焦陂下与长淮通"，西湖遂"擅东颍之佳名"，当地人曾立祠祭祀。屈指一算，欧阳修知颍州，迄今整整四十三年，"四十三年如电抹"极言时间过得之快，一眨眼间欧阳修已作古人，而作者自己也老了。

下片写月出时引发的人生感慨和思念之情。过片"草头秋露流珠滑"二句，承上言人生苦短，直如"草头秋露"。下句化用谢灵运《怨晓月赋》："昨三五兮既满，今二八兮将缺"，用月之圆缺变化状时间之流逝。"与余同是识翁人"，是说世上新人换旧人，认识前太守欧阳修的人不多了，极而言之，眼下只有作者本人和倒映在"西湖波底"的那轮月影还惦记着欧阳公。这种感喟，如同今人在网上发老照片，常常附言道："能认识其中两人以上，说明你已经老了。"李白《把酒问月》说："古人不见今时月，今月曾经照古人。"倒影在西湖波底的那轮月亮就是"今月"，它当然认识欧阳修，曾照着他游西湖来，然而"四十三年如电抹"，一切都成为过去了。

宋傅幹《注坡词》卷十一引《本事曲集》载："汝阴西湖胜绝名天下，盖欧阳永叔始。往岁子瞻自禁林出守，赏咏尤多，而去欧阳公时已久，故其继和《木兰花》，有'四十三年如电抹'之句。二词俱奇峭雅丽，如出一人，此所以中间歌咏寂寥无闻也。"

蝶恋花　春景

花褪残红青杏小。燕子飞时，绿水人家绕。枝上柳绵吹又少。天涯何处无芳草。　墙里秋千墙外道。墙外行人，墙里佳人笑。笑渐不闻声渐悄。多情却被无情恼。

【赏析】

这首词的写作年代不详，相传东坡谪惠州时，曾命朝云唱此词，朝云为之下泪，答道："奴所不能歌者，是'枝上柳绵吹又少，天涯何处无芳草'也。"东坡大笑道："是吾正悲秋，而汝又伤春矣。"（《词林纪事》引《林下偶谈》）从词情看，应该是苏轼中年以后的作品。

词题为"春景"，景中包含有深沉的人生感悟，就像读者在《定风波》中看到的那样，这是东坡词的特色之一。这个"春景"或是作者春游所见，像沙湖道中遇雨一样，但没有日记式的题目，故不排除所谓"春景"特别是下片所写，是生活经验的形象概括。

上片正写春景，交织着伤春与旷达两种情绪。首句就定下基调。"花褪残红"——在生活中一些美好的事物正在消逝，同时，"青杏小"——一些美好的事物却正悄然诞生。这一句顶晏殊两句："无可奈何花落去，似曾相识燕归来。"接下词中出现了燕子："燕子飞时，绿水人家绕。"表现出愉悦乐观的心情。下句又转折到伤春："枝上柳绵吹又少"，注意"又"字，就是说，柳绵本来就少了，现在是越来越少。煞拍又兜回来："天涯何处无芳草"，正是草长的季节。此句出处为《离骚》："何所独无芳草，尔何怀乎故宇。"比较符合贬谪中人故作旷达的情形。

下片则专写春游中一段奇遇，有点类似小说细节，又是一个典型环境。"墙里秋千墙外道"，本来两不相干——你走你的阳关道，我过我的独木桥。"墙外行人，墙里佳人笑"，行人被佳人吸引的同时，是佳人对行人浑然不知。刘三姐就曾唱道："鸟儿早知鱼在水，鱼儿不知鸟在林。"这就是所谓典型环境，可以推广到别的人事，不仅限于单相思。举例说，"居庙堂之高，则忧其民"，民知道吗？"处江湖之远，则忧其君"，君知道吗？"痴心父母古来多"，孝顺子孙呢？"笑渐不闻声渐悄"，是佳人的自来自去。"多情却被无情恼"，则是行人的惘然若失。"多情"指行人，"无情"指佳人，其实是"无知"。多情的行人，与其说是被"无情"的佳人所恼，不如说是自寻烦恼。人生苦恋，大抵如此。

临江仙

一别都门三改火，天涯踏尽红尘。依然一笑作春温。无波真古井，有节是秋筠。　　惆怅孤帆连夜发，送行淡月微云。尊前不用翠眉颦。人生如逆旅，我亦是行人。

【赏析】

这首词作于哲宗元祐六年（1091），为苏轼送别同朝为官的友人钱穆父之作。钱穆父名勰，东坡好友。哲宗元祐初二人同在京城为官，皆以好议政事，遭人攻击。穆父于哲宗元祐三年（1088）出知越州，东坡于哲宗元祐四年出知杭州。穆父于哲宗元祐五年十月得命移知瀛州（治所在今河北河间），东坡去信希望穆父经过杭州时相晤。翌年正月初七穆父过杭，二人相见复别，东坡作本词及《西江月·莫叹平原》以送。

本词上片叙穆父出知越州、今又将移瀛州的经历，赞扬其处变不惊的操守。首二句说，穆父一别都门，已有三个年头，其间经历了多少世事。"改火"，古人钻木取火，不同时节采用不同木材，故名，后喻时节更易。唐及宋朝，清明日赐近臣新火，每年一次，故"改火"又指一年。"依然"一句，说穆父经历很多风风雨雨，却能处之泰然，今天老朋友相见，依然笑颜灿烂，有如和煦之春，给人暖意融融之感。这样的品质，正是东坡亦有，并一生所推崇的。二人友谊，也是建立在这种互相欣赏、推崇基础上的。"无波真古井，有节是秋筠"二句，进一步赞扬穆父，化用白居易《赠元稹》"无波古井水，有节秋竹竿"诗句，不仅具有引元白友情之作来相比喻之恰切，而且加用"真""是"二字，犹直下断言。

古井平静无波，静中有天，穆父内心真实如此；秋筠任寒风萧瑟，而直节不变，穆父德操就是这样。古井、秋筠富于形象之美，其比德的意蕴隽永，耐人寻味。读者得其意者，可与东坡此时所作《西江月》中的"我已为君德醉"同情焉。

下片写送行。首二句言穆父此去之急，友情未得畅叙，孤帆连夜出发，令人无限惆怅；那一夜的天空，淡月微云，似都染着了作者的情感，为穆父送行。离别总是痛苦的，这是真情；但"尊前"句荡开去，转为达观语，说不须用歌女唱离曲、佐离觞——那样更会增加离别的忧愁，我们坦然、旷达地告别吧。此句既为对方着想，也是缓解自己的离愁，以免带给朋友更多的忧伤，可见东坡之苦心和深情关怀；同时，也非常符合二人的豪爽性格和能超脱开来的精神境界。此句可与《西江月》之"白发千茎相送，深杯百罚休辞。拍浮何用酒为池"对读，则对别时的情景更加明了，如在目前。末二句"人生如逆旅，我亦是行人"顺势写去，说人生如寄，不必在乎身着何处，君今漂泊，而我也是一个"行人"呢。"逆旅"，客舍，引申指旅居、寄居，可与《西江月》"与君各记少年时，须信人生如寄"互参。"我亦是行人"，此前东坡长期四处奔波，说是"行人"，一点不夸张。他自己不会长期在杭州，这也是意料中的事情。而与穆父此别后不足二十日，东坡即接到别任之命，亦将离杭，则又应了此言。

全词情、景、理融合，表现了一对在人品、性格、处世态度、思想和精神境界多方面都相近、并相互理解的老朋友的送别情怀，真挚动人。（李亮伟）

青玉案　和贺方回韵，送伯固归吴中故居

三年枕上吴中路。遣黄耳、随君去。若到松江呼小渡。莫惊　　177

鸥鹭，四桥尽是，老子经行处。　　辋川图上看春暮。常记高人右丞句。作个归期天已许。春衫犹是，小蛮针线，曾湿西湖雨。①

【赏析】

这首词作于哲宗元祐七年（1092）八月，苏轼时在扬州。前此作者知杭州，苏坚（字伯固）是其属官，二人交往甚密。此时因作者被召还京，苏坚亦告别扬州回吴中故居，作者为送行而作此词。

上片抒写作者对伯固归吴的羡慕和自己对吴中旧游的思念。"三年枕上吴中路"是说三年未归，而三年思归，枕上有"路"，铸语甚奇。接着用典，《晋书·陆机传》载："（机）蓄一犬，曰黄耳。机官京师，久无家音，疑有不测。一日，戏语犬曰：'汝能携书驰取消息否？'犬喜，摇尾。机遂作书，盛以竹筒，系犬颈。犬经驿路，昼夜亟驰。家人见书，又反书陆机。犬即就路，越岭翻山，驰往京师。其间千里之遥，人行往返五旬，而犬才二旬余。后犬死，机葬之，名之曰'黄耳冢'。"苏轼用此典表达了他盼伯固回吴后及时来信的心情。"若到松江呼小渡"四句，想象伯固途中呼渡的情境，还特别拜托他"莫惊鸥鹭"，因为那一带是自己（老子即老夫）常去的地方，和那些鸥鹭关系都不错。联想有趣，且富于人情味。

过片因伯固之归，引起词人思归之心。"辋川图上看春暮"二句，从对王维《辋川图》的仰慕说起，说自己记得王维的诗句，却没说是哪一句，大概是"每逢佳节倍思亲""遍插茱萸少一人"（《九月九日忆山东兄弟》）之类的诗句吧。"右丞"是王维官职，直许王维为"高人"，表达了作者对他的崇敬。"作个归期天已许"一句，奇境别开，说自己

---

① 按，此首别作蒋璨词，见《乐府雅词拾遗》卷上。《苕溪渔隐丛话前集》卷五十九引《桐江诗话》谓姚进道作，《阳春白雪》卷五作姚志道词。

还家有希望了。"春衫犹是"三句，是说自己穿着的春衫，是爱人亲手缝制，陪我经历了风风雨雨（包含"西湖雨"），表现了作者对爱人深深的眷念。"小蛮"本是白居易家妓名，这里用来指词人的侍妾朝云（一说指伯固的侍妾）。

清代况周颐《蕙风词话》卷二评："'作个归期天已许。春衫犹是，小蛮针线，曾湿西湖雨。'上三句未为甚艳，'曾湿西湖雨'是清语非艳语；与上三句相连属，遂成奇艳，绝艳，令人爱不忍释。"陈廷焯《云韶集》卷五评："风流自赏，气骨高绝。"

减字木兰花　立春①

春牛春杖。无限春风来海上。便与春工。染得桃红似肉红。
春幡春胜。一阵春风吹酒醒。不似天涯。卷起杨花似雪花。

【赏析】

这首词作于哲宗元符二年（1099）苏轼贬谪海南岛儋耳（今海南儋州市）时。别本题作"己卯儋耳春词"。在词史中，这是对海南之春的第一首热情赞歌。

此词为双调不换头，上下片首句，都从立春的习俗发端。古时立春日，"立青幡，施土牛耕人于门外，以示兆民（兆民，即百姓）"（《后汉书·志·礼仪上》）。春牛即泥牛。春杖指耕夫持犁仗侍立；后亦有"打春"之俗，由人扮"勾芒神"，鞭打泥牛。春幡，即"青幡"。春胜，一种剪纸，剪成图案或文字，又称剪胜、彩胜，也是表示迎春之意。接下来都写景：

① 傅本词题作《己卯儋耳春词》。

上片写桃花，下片写杨花，红白相衬，分外妖娆。写桃花句，"似肉红"出人意表，就是粉红。写杨花句，是全词点睛之笔，形容杨花似雪，是作者喜欢的譬喻。

总之，全词礼赞海南之春，同时表达作者旷达之怀，其中"春"字反复出现，不但使音调美听，"立春"的主旨也得到加强。

文选

黠鼠赋

苏子夜坐，有鼠方啮。拊床而止之，既止复作。使童子烛之，有橐中空[1]。嘐嘐聱聱[2]，声在橐中。曰："嘻，此鼠之见闭而不得去者也。"发而视之，寂无所有。举烛而索，中有死鼠。童子惊曰："是方啮也，而遽死耶？向为何声，岂其鬼耶？"覆而出之，堕地乃走。虽有敏者，莫措其手。苏子叹曰："异哉，是鼠之黠也。闭于橐中，橐坚而不可穴也。故不啮而啮，以声致人；不死而死，以形求脱也。吾闻有生，莫智于人。扰龙、伐蛟，登龟、狩麟[3]。役万物而君之，卒见使于一鼠。堕此虫之计中，惊脱兔于处女[4]。乌在其为智也？"坐而假寐，私念其故。若有告余者曰："汝惟多学而识之，望道而未见也。不一于汝，而二于物[5]。故一鼠之啮而为之变也。人能碎千金之璧，不能无失声于破釜；能搏猛虎，不能无变色于蜂虿[6]。此不一之患也。言出于汝，而忘之耶？"余俯而笑，仰而觉。使童子执笔，记余之作。

【注释】

1 橐（tuó）：袋子。

2 嘐（jiāo）嘐聱（áo）聱：老鼠咬物的声音。

3 扰龙、伐蛟二句：意即驯服神龙、刺杀蛟龙、捉取神龟、狩猎麒麟，役使万物而主宰之。

4 脱兔于处女：指突然由静转动。脱兔，形容快速；处女：形容静态。

5 不一于汝，而二于物：意不专一，而受到外界事物的干扰左右。

6 虿（chài）：蝎子。

【赏析】

本篇录自《苏东坡全集3》文集卷一，是一篇游戏文字。一只小老鼠，本来已经自陷绝境，却在人的面前略施小计，绝处逢生，成功脱逃。它何以能成功脱逃呢？只为出其不意。能够出其不意，根子在当事人掉以轻心，为鼠所乘。当事人因此而懊恼不已。如果换成老年的东坡，不会如此懊恼，反省半天。他会这样想：人为什么一定要弄这只鼠呢？它不过闯入了人的居室。既然它逃回老家去了，捡一条命，那也是它的运气。躲脱不是祸，是祸躲不脱。屋主放它一命，有何不可？惜乎作者当年气盛，非要深刻检讨，讲出一番道理，使得此文后半部分，写得很不好玩。而全文引人入胜之处，倒是第一段对黠鼠脱险的细致描写，颠覆了普通人的认知。小老鼠装死脱险，或是出于本能而并非出于算计，也未可知。人为什么非要役使一切不可？万物有灵，均须尊重。

省试刑赏忠厚之至论

尧、舜、禹、汤、文、武、成、康之际，何其爱民之深，忧民之切，而待天下之以君子长者之道也！有一善，从而赏之，又从而咏歌嗟叹之，所以乐其始而勉其终。有一不善，从而罚之，又从而哀矜惩创之，所以弃其旧而开其新。故其吁俞之声[1]，欢休惨戚，见于虞、夏、商、周之书。成、康既没，穆王立，而周道始衰。然犹命其臣吕侯，而告之以祥刑。其言忧而不伤，威而不怒，慈爱而能断，恻然有哀怜无辜之心，故孔子犹取焉[2]。

《传》曰："赏疑从与，所以广恩也；罚疑从去，所以慎刑也。"当尧之时，皋陶为士[3]，将杀人，皋陶曰"杀之"三，尧曰"宥之"

三，故天下畏皋陶执法之坚，而乐尧用刑之宽。四岳曰[4]"鲧可用[5]"，尧曰："不可，鲧方命圮族[6]"，既而曰"试之"。何尧之不听皋陶之杀人，而从四岳之用鲧也？然则圣人之意，盖亦可见矣。

《书》曰："罪疑惟轻，功疑惟重，与其杀不辜，宁失不经[7]。"

呜呼！尽之矣。可以赏，可以无赏，赏之过乎仁；可以罚，可以无罚，罚之过乎义。过乎仁，不失为君子；过乎义，则流而入于忍人。故仁可过也，义不可过也。古者赏不以爵禄，刑不以刀锯。赏以爵禄，是赏之道，行于爵禄之所加，而不行于爵禄之所不加也。刑之以刀锯，是刑之威，施于刀锯之所及，而不施于刀锯之所不及也。先王知天下之善不胜赏，而爵禄不足以劝也，知天下之恶不胜刑，而刀锯不足以裁也，是故疑则举而归之于仁。以君子长者之道待天下，使天下相率而归于君子长者之道，故曰：忠厚之至也。

《诗》曰："君子如祉[8]，乱庶遄已。君子如怒，乱庶遄沮。"夫君子之已乱，岂有异术哉？制其喜怒，而无失乎仁而已矣。《春秋》之义，立法贵严，而责人贵宽。因其褒贬之义以制赏罚，亦忠厚之至也。

【注释】

1 吁（xū）俞：语出《尚书·尧典》："帝曰'吁！咈哉！'"吁，表示不以为然的叹息声。又："帝曰'俞'。"俞，表示赞许应允的叹息声。

2 故孔子犹取焉：相传《尚书》由孔子编选而成。《吕刑》被收入，故云："孔子犹取焉。"

3 皋陶（yáo）：亦作咎繇，舜时掌管刑法之官，作者误记为尧臣。

4 四岳：四方诸侯之长，主四方名山大岳，可以参议政事。

5 鲧（gǔn）：尧的臣子，传说乃大禹的父亲，被四岳推举，奉尧命治水，未成，被舜杀死于羽山。

6 方命：违命。圮（pǐ）族：残害同类。见《尚书·尧典》。

7 宁失不经：意为宁愿承担失刑的罪责。不经，谓非常之罪。见《尚书·大禹谟》。

8 祉（zhǐ）：喜。遄（chuán）：迅速。沮（jǔ）：止。此四句出自《诗经·小雅·巧言》。

【赏析】

本篇录自《苏东坡全集5》文集卷九十七，苏轼于仁宗嘉祐二年（1057）作。这是一篇应试文章，而且是征服了试官欧阳修、梅尧臣的文章，当时及后世传为佳话。

苏辙《东坡先生墓志铭》载："嘉祐二年，欧阳文忠公考试礼部进士，疾时文之诡异，思有以救之。梅圣俞时与其事，得公《论刑赏》，以示文忠。文忠惊喜，以为异人。欲以冠多士，疑曾子固所为。子固，文忠门下士也，乃置公第二。复以'春秋对义'居第一，殿试中乙科。以书谢诸公。文忠见之，以书语圣俞曰：'老夫当避此人，放出一头地。'士闻者始哗不厌，久乃信伏。"陆游《老学庵笔记》卷八载："东坡先生省试《刑赏忠厚之至论》有云：'皋陶为士，将杀人，皋陶曰杀之三，尧曰宥之三。'梅圣俞为小试官，得之以示欧阳公。公曰：'此出何书？'圣俞曰：'何须出处！'公以皆偶忘之，然亦大称叹。初欲以为魁，终以此不果。及揭牓，见东坡姓名，始谓圣俞曰：'此郎必有所据，更恨吾辈不能记耳。'及谒谢，首问之，东坡亦对曰：'何须出处。'乃与圣俞语合。公赏其豪迈，太息不已。"

作应试之文，敢于想当然制造论据，不仅是因为作者才华横溢，想象力丰富，识见超人。而且也是读古人书受到启发所致。诚如南宋龚颐正《芥隐笔记·杀之三宥之三》云："此语苏盖宗曹孟德问孔北海：'武王伐纣，以妲己赐周公，出何典？'答曰：'以今准古，想当然耳。'一时猝应，亦有据依。"（据《后汉书·孔融传》：融与操书，称武王伐纣，以妲己赐周公。操不悟，后问出何经典？对曰："以今度之，想当然耳。"）

南宋杨万里《诚斋诗话》进而补充："（欧问）'皋陶曰杀之三，尧曰宥之三，此见何书？'坡曰：'事在《三国志·孔融传》注。'欧退而阅之无有。他日再问坡，坡云：'曹操灭袁绍，以袁熙妻赐其子丕，孔融曰：昔武王伐纣，以妲己赐周公。操惊问何经见？融曰：以今日之事观之，意其如此。尧、皋陶之事，某亦意其如此。'欧退而大惊曰：'此人可谓善读书，善用书，他日文章必独步天下。'然予尝思之：《礼记》云：'狱成，有司告于王，王曰宥之；有司曰在辟，王又曰宥之；有司又曰在辟，三宥不对，走出，致刑于甸人。'坡虽用孔融意，然亦用《礼记》故事，其称王、谓王三皆然，安知此典故不出尧？"

对于苏东坡在一篇论文中，编造"何须出处""想当然耳"的论据，欧阳修不但没有否定，反而肯定他"善读书，善用书"，并断言"他日文章必独步天下"，这不是一般的开明。像苏东坡这样的天才，也必须遇到像欧阳修这样的伯乐，方能及时出人头地。欧阳修的确是苏东坡一生的贵人。

这篇文章还表明，疑罪从无这样开明的司法理念，在儒家典籍中是已有萌芽的，作者引《书》曰："罪疑惟轻，功疑惟重。与其杀不辜，宁失不经。"如果不是博闻强记，在试场上何能如此信手拈来，如有神助，令试官为之叹服。

总之，苏东坡这篇文章的价值，是需要用破格的眼光，换言之，即另眼相看的。

上梅直讲书

某官执事：某每读《诗》至《鸱鸮》[1]，读《书》至《君奭》[2]，常窃悲周公之不遇。及观《史》[3]，见孔子厄于陈、蔡之间，而弦歌之声不绝，颜渊、仲由之徒相与问答。夫子曰："匪兕匪虎，率彼旷野[4]。吾道非邪，吾何为于此？"颜渊曰："夫子之道至大，故天下莫能容。虽然，不容何病，不容然后见君子。"夫子油然而笑曰："回，使尔多财，吾为尔宰。"夫天下虽不能容，而其徒自足以相乐如此。乃今知周公之富贵，有不如夫子之贫贱。夫以召公之贤，以管、蔡之亲而不知其[5]，则周公谁与乐其富贵？而夫子之所与共贫贱者，皆天下之贤才，则亦足与乐乎此矣。

轼七八岁时，始知读书。闻今天下有欧阳公者，其为人如古孟轲、韩愈之徒。而又有梅公者从之游，而与之上下其议论[6]。其后益壮，始能读其文词，想见其为人，意其飘然脱去世俗之乐，而自乐其乐也。方学对偶声律之文，求斗升之禄，自度无以进见于诸公之间。来京师逾年，未尝窥其门。今年春，天下之士群至于礼部，执事与欧阳公实亲试之。诚不自意，获在第二。既而闻之人，执事爱其文，以为有孟轲之风，而欧阳公亦以其能不为世俗之文也而取焉。是以在此。非左右为之先容[7]，非亲旧为之请属，而向之十余年间，闻其名而不得见者，一朝知己。

退而思之，人不可以苟富贵，亦不可以徒贫贱。有大贤焉而为其徒，则亦足恃矣。苟其侥一时之幸，从车骑数十人，使闾巷小民聚观而赞叹之，亦何以易此乐也。《传》曰："不怨天，不尤人。"[8]盖优哉游哉，可以卒岁[9]。执事名满天下，而位不过五品。其容色温然而不怒，其文章宽厚敦朴而无怨言，此必有所乐乎斯道也。轼愿与闻焉。

【注释】

1《鸱鸮》：《诗经·豳风》篇名。旧说周公所作，托鸟言志，向成王诉说处境之难。

2《君奭》：《书》篇名。据《书·君奭》序，召公奭误信周公篡位之流言，周公作此文以自辩，兼以互勉。

3《史》：指《史记·孔子世家》。

4 匪兕二句：见《诗经·小雅·何草不黄》，言身非野兽却行于旷野。

5 管、蔡：周公之弟管叔、蔡叔，他们散布流言，说周公将要篡位。

6 上下：这里指互相讨论，商榷。

7 左右：指欧、梅身边亲近之人。先容，先推荐。

8《传》曰数句：见《论语·宪问》："子曰：'不怨天，不尤人。'"

9 优哉游哉二句：语出《左传·襄公二十一年》引"《诗经》曰：'优哉游哉，聊以卒岁！'"（按，今《诗经·小雅·采菽》仅"优哉游哉"一句）

【赏析】

本篇录自《苏东坡全集4》文集卷四十二，是仁宗嘉祐二年（1057）苏轼中进士后，致试官梅尧臣的一封信。梅时任国子监直讲，为此次考试之编排评定官。

有人说，在书信中，人的灵魂是赤裸着的。因为是私下的谈心。此文既感知遇之恩，又以不卑不亢的语气，向恩师之一的梅尧臣倾诉衷曲，以期增进相互的了解。态度颇为放松，没有相当底气是做不到的。金圣叹评曰："空中忽然纵臆而谈，劣周公，优孔子，岂不大奇？"（《天下才子必读书》）吴楚材亦评：文中"双收周公、孔子，暗以孔子比欧梅，以其徒自比，意最高而自处亦高"。（《古文观止》）

关于本篇的艺术特色，袁宏道参阅《三苏文范》卷十三评曰："此书本叙遇知已之乐，末复以乐乎斯道为梅公颂，通篇不脱一乐字贯串，意高词健。"储欣《唐宋八大家类选》卷九评："先将圣贤师友相乐立案，因说已遇知梅公之乐，且欲闻梅公之所以乐乎斯道者，最占地步，最有文情。"沈德潜《唐宋八家文读本》卷二十三评："见富贵不足重，而师友以道相乐，乃人间之至乐也。周公孔颜，凭空发论；以下层次照应，空灵飘洒。东坡文之以韵胜者。"均可参考。

南行前集叙

夫昔之为文者，非能为之为工，乃不能不为之为工也。山川之有云雾，草木之有华实，充满勃郁，而见于外。夫虽欲无有，其可得耶！自少闻家君之论文，以为古之圣人有所不能自已而作者。故轼与弟辙为文至多，而未尝敢有作文之意。己亥之岁[1]，侍行适楚，舟中无事，博弈饮酒，非所以为闺门之欢。而山川之秀美，风俗之朴陋，贤人君子之遗迹，与凡耳目之所接者，杂然有触于中，而发为咏叹。盖家君之作与弟辙之文皆在[2]，凡一百篇，谓之《南行集》。将以识一时之事，为他日之所寻绎，且以为得于谈笑之间，而非勉强所为之文也。时十二月八日，江陵驿书。

【注释】

1 己亥之岁：指宋仁宗嘉祐四年（1059）。

2 家君：父亲，此处指苏洵。

【赏析】

本篇录自《苏东坡全集5》文集卷八十四，作于仁宗嘉祐四年（1059）。

写这篇文章时，已考取进士的苏轼兄弟，随同父亲一起赴京受职。他们出眉山，经嘉州，江行"适楚"（江陵），有机会饱览了沿途江山的秀奇清美之景。舟行闲暇，"博弈饮酒"，父子唱和，留下了近百篇诗作——这就是苏轼在江陵驿站编成的《南行集》之由来。在总结此行收获时，苏轼提出了有关艺术创作的一个重要论断，那就是作文的好坏取决于写作状态，而自古以来为文有两种状态，一种是"勉强所为之文"，一种是"乃不能不为之"文。勉强为文，必须搜索枯肠，写的人不在状态，写成的诗文哪来的阅读快感。不能不为，乃是因为"耳目之所接""杂然有触于中"，所谓在心为志，发言为诗，写作在状态，写成的诗文自然有阅读快感。就像苏辙说孟子、司马迁那样："此二子者，岂尝执笔学为如此之文哉？其气充乎其中，而溢乎其貌，动乎其言，而见乎其文，而不自知也。"（《上枢密韩太尉书》）一句话，有得于内，不吐不快，写作在状态也。

留侯论[1]

古之所谓豪杰之士者，必有过人之节。人情有所不能忍者，匹夫见辱，拔剑而起，挺身而斗，此不足勇也。天下有大勇者，卒然临之而不惊，无故加之而不怒，此其所挟持者甚大，而其志甚远也。

夫子房受书于圯上之老人也[2]，其事甚怪，然亦安知其非秦之世有隐居子者出而试之？观其所以微见其意者，皆圣贤相与警戒之义。而世不察，以为鬼物[3]，亦已过矣。且其意不在书。当韩之亡，秦之方盛也，以刀锯鼎镬待天下之士，其平居无罪夷灭者，不可胜数，虽有贲、育，无所复施。夫持法太急者，其锋不可犯，而其势未可乘[4]。子房不忍忿忿之心，以匹夫之力，而逞于一击之间。当此之时，子房之不死者，其间不能容发，盖亦已危矣[5]。千金之子，不死于盗贼。何者？其身之可爱，而盗贼之不足以死也。子房以盖世之才，不为伊尹、太公之谋[6]，而特出于荆轲、聂政之计，以侥幸于不死，此固圯上之老人所为深惜者也。是故倨傲鲜腆而深折之[7]。彼其能有所忍也，然后可以就大事。故曰：孺子可教也。

楚庄王伐郑，郑伯肉袒牵羊以逆。庄王曰："其君能下人，必能信用其民矣。"遂舍之[8]。勾践之困于会稽而归，臣妾于吴者，三年而不倦[9]。且夫有报人之志，而不能下人者，是匹夫之刚也。夫老人者，以为子房才有余，而忧其度量之不足，故深折其少年刚锐之气，使之忍小忿而就大谋。何则？非有平生之素，卒然相遇于草野之间，而命以仆妾之役，油然而不怪者，此固秦皇之所不能惊，而项籍之所不能怒也。观夫高祖之所以胜，而项籍之所以败者，在能忍与不能忍之间而已矣。项籍唯不能忍，是以百战百胜而轻用其锋。高祖忍之，养其全锋而待其弊，此子房教之也。当淮阴破齐而欲自王，高祖发怒，见于词色。由此观之，犹有刚强不忍之气，非子房，其谁全之[10]？太史公疑子房以为魁梧奇伟，而其状貌乃如妇人女子，不称其志气[11]。呜呼，此其所以为子房欤！

【注释】

1 留侯：张良（？—前186），字子房，辅助刘邦建汉，封于留。见《史记·留侯世家》。

2 圯上之老人：指黄石公。

3 以为鬼物：王充《论衡·自然》："张良游泗水之上，遇黄石公，授太公书。盖天佐汉诛秦，故命令神石鬼书授人。"又曰："黄石授书，亦汉且兴之象也。妖气为鬼，鬼象人形，自然之道，非或为之也。"

圯上受書
丙寅冬仲朔日
邛池漁父可東寫

4 而其势未可乘：一作"而其未可乘"。

5 子房不忍数句：见《史记·留侯世家》：张良原系韩国贵族，韩亡后，"悉以家财求客刺秦王，为韩报仇，以大父、父五世相韩故。……得力士，铁椎重百二十斤。秦皇帝东游，良与客狙击秦皇帝博浪沙中（今河南原阳东南），误中副车。秦皇帝大怒，大索天下，求贼甚急，为张良故也。良乃更名姓，亡匿下邳"。

6 伊尹：名伊，一说名挚，尹是官名，商朝开国功臣。太公：吕尚，周朝开国功臣。

7 鲜腆（tiǎn）：无礼、厚颜。

8 楚庄王伐郑等句：见《左传·宣公十二年》载：楚庄王攻郑，"克之，入自皇门，至于逵路。郑伯肉袒牵羊以逆，曰：'孤不天，不能事君，使君怀怒，以及敝邑，孤之罪也，敢不唯命是听！……'王曰：'其君能下人，必能信用其民矣，庸可几乎？'退三十里，而许之平"。又见《史记·楚世家》。三十里为一舍。

9 勾践三句：见《左传·哀公元年》：吴王夫差攻入越国，"越子（勾践）以甲楯五千，保于会稽，使大夫种因吴大宰嚭以行成。……越及吴平。"《国语·越语下》记越与吴议和后，"令大夫种守于国，与范蠡入宦于吴，三年而吴人遣之。"臣妾：这里是臣服、投降的意思。

10 当淮阴破齐等句：见《史记·淮阴侯列传》：汉四年，韩信破齐，向刘邦请封"假王"，"当是时，楚方急围汉王于荥阳，韩信使者至，发书，汉王大怒，曰：'吾困于此，且暮望若来佐我，乃欲自立王'"。张良等蹑刘邦足，并耳语提醒他不能得罪韩信，"汉王亦悟，因复曰：'大丈夫定诸侯，即为真王耳，何以假！'乃遣张良往立信为齐王，征其兵击楚"。

11 太史公疑子房三句：见《史记·留侯世家》："太史公曰：'……余以为其人计魁梧奇伟，至见其图，状貌如妇人好女。盖孔子曰："以貌取人，失之子羽。"留侯亦云。'"

【赏析】

本篇录自《苏东坡全集5》文集卷一百一。作于嘉祐六年（1061），为苏轼应"制科"时所上《进论》之一。

俗话说：忍字头上一把刀。这篇文章论张良之所以成就大业，以其精通黄老之道，一篇纲目端在一个"忍"字。南宋吕祖谦于《古文关键》卷二议曰："先说忍与不忍之规模，方说子房受书之事，其意在不忍，此老人所以深惜，命以仆妾之役，使之忍不（小）耻就大谋，故其后辅佐高祖，亦使忍之有成。"又说："一授书、桥下取履一节说入，乃是无中生有之法，其大旨则本于《老子》柔胜刚、弱胜强意思，非圣贤正经道理。但古来英雄才略之士，多用此术以制人。"

日本学者石村贞一在其编注的《纂评唐宋八大家文读本》卷六中引汪武曹语，曰：全文"一意反复，说者须晓得逆顺法，又须晓得虚实法。'子房以盖世之才'一段，从子房说到老人，'夫老人者'一段，从老人说到子房，此顺逆法也。虚实法者，即《高帝篇》荆川所谓藏露也。得此二法，便能一意翻为两层。又须晓得急脉缓受法。前'千金之子'云，此以譬喻为缓受法也；后引郑伯、勾践事，是引古为缓受法也。且一路皆说子房不能忍，而譬喻及引古，皆是能忍者，乃反正相间法也。又须晓得信手拈来、头头是道理。后幅项籍之不能忍，观起高帝之能忍，而以为子房教之，又言高帝犹有忿不能忍，而非子房不能全之，如此方滚滚不穷。"

喜雨亭记[1]

亭以雨名，志喜也。古者有喜，则以名物，示不忘也。周公得禾，以名其书[2]；汉武得鼎，以名其年[3]；叔孙胜狄，以名其子[4]。其喜之大小不齐，其示不忘一也。余至扶风之明年[5]，始治官舍，为亭于堂之北，而凿池其南，引流种树，以为休息之所。是岁之春，雨麦于岐山之阳[6]，其占为有年。既而弥月不雨，民方以为忧。越三月乙卯[7]，乃雨，甲子又雨，民以为未足。丁卯，大雨，三日乃止。官吏相与庆于庭，商贾相与歌于市，农夫相与忭于野，忧者以乐，病者以愈，而吾亭适成。于是举酒于亭上以属客[8]，而告之曰："五日不雨，可乎？"曰："五日不雨，则无麦。""十日不雨，可乎？"曰："十日不雨，则无禾。"无麦无禾，岁且荐饥[9]，狱讼繁兴，而盗贼滋炽，则吾与二三子，虽欲优游以乐于此亭，其可得耶？今天不遗斯民，始旱而赐之以雨，使吾与二三子得相与优游而乐于此亭者，皆雨之赐也。其又可忘耶？既以名亭，又从而歌之曰：

使天而雨珠，寒者不得以为襦；使天而雨玉，饥者不得以为粟。一雨三日，繄谁之力。民曰太守，太守不有[10]。归之天子，天子曰不然。归之造物，造物不自以为功。归之太空。太空冥冥。不可得而名，吾以名吾亭。

【注释】

1 喜雨亭：在凤翔府城东北。

2 周公得禾二句：语出《尚书·微子之命》："唐叔得禾，异亩同颖，献诸天子。王命唐叔，归周公于东，作《归禾》。周公既得命禾，旅（宣扬）天子之命，作《嘉禾》。"

3 汉武得鼎二句：语出《史记·孝武本纪》载汉武帝元狩七年夏六月，汾阴巫锦得宝鼎，奏闻，"迎鼎至甘泉"。改年号为元鼎。

4 叔孙胜狄二句：语出《左传·文公十一年》载狄人侵鲁，鲁文公使叔孙得臣击败狄军，获侨如，因"以命（名）宣伯（叔孙得臣之子）"。杜预

注："因名宣伯曰侨如，以旌其功。"

5 扶风：旧郡名，即指凤翔府。

6 雨麦：天上落下麦子。

7 乙卯：三月八日。甲子：三月十七日。丁卯：三月二十日。

8 属（zhǔ）客：向客人敬酒。

9 荐饥：语出《左传·僖公十三年》："冬，晋荐饥。"孔颖达疏引李巡曰："连岁不熟曰荐。"

10 太守：指宋选。王文诰《苏诗总案》卷四，谓嘉祐八年正月"宋选罢凤翔任，陈希亮自京东转运使来代"。

【赏析】

本篇录自《苏东坡全集6》文集卷一百一十九，当作于仁宗嘉祐七年（1062）。

在百姓靠天吃饭的古代，下雨对于民生尤其对农民来说，是天大的事。此文抛开亭记文的套路，没有对喜雨亭作任何具体的描绘，对亭子周围的景色，也未著只字，通篇都是扣住喜雨亭的命名，抒写喜雨之情。

全文共三段。第一段提纲挈领："亭以雨名，志喜也。"这两句揭出全篇题旨，通篇文字都是对它的发挥。文中引周公、汉武帝、叔孙得臣为证，不仅是在说明他以雨名亭的依据，主要还在借"古者有喜，则以名物"的事例，着力烘托、渲染喜雨之情。

第二段从屡降春雨写官吏、商贾、农夫的喜雨心情。"而吾亭适成"一句点出亭和雨的关系，是此段也是全篇的关键。有了这一句，喜雨亭的命名就顺理成章，极为自然；没有这一句，就显得牵强硬凑。以上两段写命名的理由。

第三段是借亭上宴饮，从国计民生方面抒写喜雨之情，最后归结到"使吾与二三子得相与优游而乐于此亭者，皆雨之赐也"，用"其又可忘耶"一句，点出之所以要以雨名亭的缘故。第四段用"一雨三日，繄（yī）谁之力"，太守、天子、造物都不愿居功，太空高远无边，找不到一个确切的名称称呼它，于是"吾以名吾亭"。这段文字闲中生色，仍是写喜雨之情。

总之，各段都紧扣着亭的命名，从不同方面、不同角度，反复抒写喜雨之情，读来回环往复，一唱三叹，把喜雨的感情写得深浓之极，仿佛奏出了一首沁人心脾的"喜雨咏叹调"。杨慎编注的《三苏文范》卷十四引元代虞集语称此文"题小而语大，议论干涉国政民生大体"，明代著名文学家王世贞把此文同范仲淹的《岳阳楼记》并提，说它"笔力有千钧重"，代表了历代评价的高度。

凌虚台记

国于南山之下[1]，宜若起居饮食与山接也。四方之山，莫高于终南。而都邑之丽山者，莫近于扶风。以至近求最高，其势必得。而太守之居，未尝知有山焉。虽非事之所以损益，而物理有不当然者，此凌虚之所筑也。方其未筑也，太守陈公杖履逍遥于其下[2]，见山之出于林木之上者，累累如人之旅行于墙外而见其髻也。曰，是必有异。使工凿其前为方池，以其土筑台，高出于屋之危而止。然后人之至于其上者，恍然不知台之高，而以为山之踊跃奋迅而出也。公曰："是宜名凌虚。"以告其从事苏轼，而求文以为记。

轼复于公曰："物之废兴成毁，不可得而知也。昔者荒草野田，霜露之所蒙翳，狐虺之所窜伏，方是时，岂知有凌虚台耶？废兴成毁相寻于无穷[3]，则台之复为荒草野田，皆不可知也。尝试与公登台而望，其东则秦穆之祈年、橐泉也[4]，其南则汉武之长杨、五

柞⁵，而其北则隋之仁寿⁶、唐之九成也⁷。计其一时之盛，宏杰诡丽，坚固而不可动者，岂特百倍于台而已哉！然而数世之后，欲求其仿佛，而破瓦颓垣无复存者，既已化为禾黍荆棘丘墟陇亩矣，而况于此台欤？夫台犹不足恃以长久，而况于人事之得丧，忽往而忽来者欤？而或者欲以夸世而自足，则过矣。盖世有足恃者，而不在乎台之存亡也。"既已言于公，退而为之记。

【注释】

1 国：指州地或府地。南山：即终南山，其主峰在今陕西西安市南。

2 太守陈公：指陈希亮。

3 相寻于无穷：谓兴废交互回环，永无穷尽。

4 祈年、橐（tuó）泉：见《汉书·地理志上》云："橐泉宫，孝公起；祈年宫，惠公起。"秦穆公墓在此。

5 长杨、五柞：汉宫名，皆在今陕西西安周至县，长杨宫为校猎处，五柞宫为祀神处。

6 仁寿：宫名，杨素为隋文帝建，见《隋书·杨素传》。

7 九成：宫名，《新唐书·地理志》载："西五里有九成宫，本隋仁寿宫。"

【赏析】

本篇录自《苏东坡全集6》文集卷一百一十九。《苏诗总案》卷四载：嘉祐八年（1063）"陈希亮于后圃筑凌虚台以望南山，属公记，公因以讽之"。

全文共三段。一二段记叙凌虚台修建的缘起，是遵命文字，初看似是这篇记叙文的主要内容，细味却不是。三段说太守（即知州）将此台命名"凌虚"后，"求文以为记"，以下才是文章主旨之所在。金圣叹说：

"读之如有许多层节，却只是'废兴成毁'二段，一写再写耳。"（《天下才子必读书》）而这段议论则又由知府之命名"凌虚"而来。体味作者这一通"废兴成毁"的议论，所谓足恃者正隐在不足恃者的后面：从时间久长的"物"，到苍黄反复的"人事"，一切都会变成历史陈迹，一切都如过眼云烟，是不可靠的。至于"有足恃者"，即有可靠的，那就是《墨妙亭记》中所说："凡有物必归于尽，而恃形以为固者，尤不可长。虽金石之坚，俄而变坏。至于功名文章，其传世垂后，乃为差久。"作者彼时正当从政之初，正希奋发有为，所以文中流露出希望多做些有利于人的事业，以垂诸久远的思想，有其不容忽略的积极用意在。

日本学者石村贞一在其《纂评唐宋八大家文读本》卷七中引日本江户时代汉学家赖山阳云："此篇自欧公《岘山亭记》《真州东园记》等立思，而别出一机轴驾上之。子瞻此时二十七八，而波澜老成如此，宜乎老欧畏之，所谓自今廿余年后人不复说老夫者，真矣。"

书李伯时《山庄图》后 [1]

或曰："龙眠居士作《山庄图》，使后来入山者信足而行，自得道路，如见所梦，如悟前世。见山中泉石草木，不问而知其名；遇山中渔樵隐逸，不名而识其人。此岂强记不忘者乎？"曰："非也。画日者常疑饼，非忘日也 [2]。醉中不以鼻饮，梦中不以趾捉，天机之所合，不强而自记也。居士之在山也，不留于一物，故其神与万物交，其智与百工通。虽然，有道有艺，有道而不艺，则物虽形于心，不形于手。吾尝见居士作华严相，皆以意造，而与佛合。佛菩萨言之，居士画之，若出一人，况自画其所见者乎？"

【注释】

1李伯时：名公麟，北宋名画家，晚年退居龙眠山，自号龙眠居士。苏辙有《题李公麟山庄图二十首》。诗序云："伯时作《龙眠山庄图》，由建德馆至垂云沜，著录者十六处。自西而东凡数里，岩崿隐见，泉源相属，山行者路穷于此。道南溪山，深清秀峙，可游者有四：曰胜金岩、宝华岩、陈彭漈、鹊源。以其不可绪见也，故特著于后。"

2画日者二句：意即画太阳的常被疑为画饼，不是忘记太阳（而是更记得饼）之故。

【赏析】

本篇录自《苏东坡全集5》文集卷九十三，是一幅名画题跋。李公麟何以能把《山庄图》画得那样逼真，"使后来入山者信足而行，自得道路……"的呢？显然，李伯时不是靠一样一样地强记然后画出来的。他实在太熟悉自己的山庄了，已达到了然于心、"天机之所合"的境界。怎样才叫"天机之所合"呢？作者打了个比方：喝醉酒的人，也不会拿鼻子去喝酒；梦游者，也不会用脚趾拿东西，这是出于本能，或者潜意识支配。书画家也把它叫作肌肉记忆。《山庄图》是造型艺术，同导游示意图还不一样，理解了还要还原得好。李公麟在山中，对山中观察太熟悉了，"其神与万物交，其智与百工通"。对事物的理解上升到"道"的层面，而技艺也跟得上去，所以不会眼高手低。作者还提到他画的佛相，"皆以意造，而与佛合"，凭间接经验画，都获得了成功，何况凭直接的经验呢。所谓得心应手，便是如此。

书摩诘《蓝田烟雨图》[1]

味摩诘之诗，诗中有画；观摩诘之画，画中有诗。诗曰："蓝溪白石出，玉川红叶稀。山路元无雨，空翠湿人衣。"此摩诘之诗。或曰非也，好事者以补摩诘之遗[2]。

【注释】

1 摩诘：王维，字摩诘，唐代诗人画家。

2 好事者：此处指因苏轼文中所引王维诗历来有争议，而有人（即"好事者"，此说有以贬代褒之意）把它收入《王右丞集》外编。

【赏析】

本篇录自《苏东坡全集5》文集卷九十三。前面八句，成为对王维诗画的经典评价。同时也说明作为时间艺术的诗，与作为空间艺术的画，彼此亦有通感存在。王维是诗人，又是画家，所以他的诗中也有空间显现，而他的画通过具有生发性的一刻，也能暗示时间过程，这就是诗中有画，画中有诗的意思了。后面提到的五言绝句，诗题为《山中》，诗中并列蓝溪、白石、玉川、红叶、山路、空翠（山岚）等物象，就是诗中有画的一例。

题赵阤屏风与可竹[1]

与可所至，诗在口，竹在手。来京师不及岁，请郡还乡[2]，而诗与竹皆西矣。一日不见，使人思之。其面目严冷，可使静险躁，厚鄙薄[3]。今相去数千里，其诗可求，其竹可乞，其所以静、厚者不可致，此予所以见竹而叹也。

【注释】

1 赵屼：作者友人，其余资料不详。与可：文与可。

2 请郡：京官请求调到州、县任职。

3 可使静险躁，厚鄙薄：可使险躁者静，粗鄙轻薄者稳重。

【赏析】

本篇录自《苏东坡全集5》文集卷九十三，是一则杂感，记作者在友人处见到文与可的画竹题诗而生发的感慨。文中先说文与可这人，有到处题诗画竹的习惯；然后说他辞去京官，丁忧还乡，"而诗与竹皆西矣"（意思是此处再也见不到他的诗画新作了）。造句可圈可点，完全是诗的语言。接下来说文与可给人的印象，是严肃冷峻，即不苟言笑，可以使险躁的人安静下来，使粗鄙轻薄的人稳重起来。然后发感慨道：他这一去，诗竹还可以求到，但再也不能接其风裁，得其教益，见竹思人，不能不深感遗憾了。

亡妻王氏墓志铭 [1]

治平二年五月丁亥 [2]，赵郡苏轼之妻王氏卒于京师 [3]。六月甲午 [4]，殡于京城之西 [5]。其明年六月壬午 [6]，葬于眉之东北彭山县安镇乡可龙里先君先夫人墓之西北八步 [7]。轼铭其墓曰：君讳弗，眉之青神人 [8]，乡贡进士方之女。生十有六年，而归于轼。有子迈。君之未嫁，事父母；既嫁，事吾先君、先夫人 [9]，皆以谨肃闻 [10]。其始，未尝自言其知书也。见轼读书，则终日不去，亦不知其能通也。其后轼有所忘，君辄能记之。问其他书，则皆略知之。由是始知其敏而静也。从轼官于凤翔，轼有所为于外，君未尝不问知其详。曰："子去亲远，不可以不慎。"日以先君之所以戒轼者相语也。轼与客言于外，君立屏间听之，退必反覆其言曰："某人也，言辄持两端[11]，惟子意之所向，子何用与是人言？"有来求与轼亲厚甚者，君曰："恐不能久。其与人锐[12]，其去人必速。"已而果然。将死之岁，其言多可听，类有识者。其死也，盖年二十有七而已。始死，先君命轼曰："妇从汝于艰难，不可忘也。他日汝必葬诸其姑之侧[13]。"未期年而先君没，轼谨以遗令葬之。铭曰：

君得从先夫人于九泉，余不能。呜呼哀哉！余永无所依怙。君虽没，其有与为妇何伤乎[14]？呜呼哀哉！

【注释】

1 亡妻王氏：指王弗，苏轼的发妻。墓志铭：是古代悼念文体的一种，常刻石以随葬。

2 治平二年：公元1065年。五月丁亥：阴历五月二十八日。

3 赵郡：指苏门的郡望。京师：指汴京（今河南开封）。

4 六月甲午：阴历六月六日。

5 殡：入殓，还没有下葬。

6 明年六月壬午：指治平三年（1066）阴历六月壬午日。

7 眉：眉州，今四川省眉山市。

8 青神：县名，今属四川。

9 先君先夫人：指作者之考妣，苏洵和程氏夫人。

10 谨肃：谨慎恭敬。闻：名声在外。

11 持两端：采取模棱两可的骑墙态度。

12 锐：迫切。

13 姑：婆婆，指苏母程氏。

14 有与为妇：能够名正言顺作苏家的媳妇。

【赏析】

本篇录自《苏轼全集6》文集卷一百四十八，作于英宗治平三年（1066）。行文相当平实，只撮序夫人生前二三事，便活生生再现了其人的风采。其事父母、奉公婆，皆以谨慎恭敬而名声在外；知书识理而不显山露水，陪丈夫读书，从旁拾遗补缺，多有神益；随丈夫赴任，经常提醒他要遵照父亲的教导办事，不要受人蒙蔽。其于作者，既是生活伴侣，更是精神支柱。回头再读"十年生死两茫茫"（《江城子》）那首词，感人之深，良有以也。沈德潜评："着墨不繁，而妇德已见。铭词可哀，不在语言之中。"（《唐宋八大家文读本》）

跋文与可墨竹

昔时，与可墨竹，见精缣良纸[1]，辄愤笔挥洒，不能自已。坐客争夺持去，与可亦不甚惜。后来见人设置笔砚，即逡巡避去。人就求索，至终岁不可得。或问其故。与可曰："吾乃者学道未至，意有所不适，而无所遣之，故一发于墨竹，是病也。今吾病良已，可若何？"然以余观之，与可之病，亦未得为已也，独不容有不发乎？余将伺其发而掩取之。彼方以为病，而吾又利其病，是吾亦病也。熙宁庚戌七月二十一日[2]，子瞻。

【注释】

1 精缣（jiān）：精致的细绢，可用作画。

2 熙宁庚戌：宋神宗熙宁三年的干支纪年。

【赏析】

本篇录自《苏东坡全集5》文集卷九十三，作于神宗熙宁三年（1070），是一篇风趣的游戏文字，读者不要老老实实地听信字面的话。过去的文与可，是见纸（或精缣）就画，画了就罢，他的画作好要得很。文与可后来的辩解是"吾乃者学道未至，意有所不适，而无所遣之，故一发于墨竹，是病也"。这个"病"，实际上指画家表达欲望超强，处于亢奋状态，不画不快。后来的文与可，则是见纸就躲，一画难求。文与可自己的解释是"今吾病良已"，真实的理由是时过境迁，为了躲避那些贪得无厌的、来自俗人求索的脱词，不好把话说穿。然而东坡太爱他的墨竹，装着信了这话，又说不信文与可不再生病，到他再病的时候，还有希望"巧取豪夺"。最后是作者的自嘲："彼方以为病，而吾又利其病，是吾亦病也"，意思是文与可认为是"病"，我反希望他得"病"以便从中取利，看来我也"病"了。这是什么病呢？说穿了就是爱家的痴迷罢了。

祭欧阳文忠公文

呜呼哀哉！公之生于世，六十有六年。民有父母[1]，国有蓍龟[2]，斯文有传[3]，学者有师，君子有所恃而不恐，小人有所畏而不为。譬如大川乔岳，不见其运动，而功利之及于物者，盖不可以数计而周知。今公之没也，赤子无所仰芘[4]，朝廷无所稽疑，斯文化为异端，而学者至于用夷，君子以为无为为善，而小人沛然自以为得时。譬如深渊大泽，龙亡而虎逝，则变怪杂出，舞鳅鳝而号狐狸。昔其未用也，天下以为病；而其既用也，则又以为迟。及其释位而去也，莫不冀其复用；至其请老而归也，莫不惆怅失望，而犹庶几于万一者，幸公之未衰。孰谓公无复有意于斯世也，奄一去而莫予追。岂厌世溷浊，洁身而逝乎？将民之无禄，而天莫之遗？昔我先君，怀宝遁世，非公则莫能致⁵。而不肖无状，因缘出入受教于门下者，十有六年于兹⁶。闻公之丧，义当匍匐往救，而怀禄不去，愧古人以忸怩。缄词千里，以寓一哀而已矣。盖上以为天下恸，而下以哭其私。呜呼哀哉！

【注释】

1 民有父母：语出《诗经·小雅·南山有台》："乐只君子，民之父母。"

2 蓍（shī）龟：蓍草和龟甲，古时用以占卜。

3 斯文：原指礼乐制度，此指儒道和文章。

4 芘：同庇。夷：指外来之佛教。

5 昔我先君几句：据《东都事略·苏洵传》载，苏洵于嘉祐元年携苏轼兄弟入京，曾以所作文二十篇献欧阳修，欧"大爱其文辞，以为贾谊、刘向不过也"，荐为秘书省校书郎。

6 十有六年：指作者中进士至此已十六年。

【赏析】

本篇录自《苏东坡全集6》文集卷一百四十九。神宗熙宁五年（1072）九月欧阳修死，作者时为杭州通判。本篇从公义上，主要歌颂欧阳修在辅翼国政、振兴文化学术事业中所起的重要作用，赞美他进退有据的高风亮节，表达出平生知己之感，抒发了真挚深沉的悼念之情。从私交上，则追述两世通家之好，自身受教之恩，以未能闻丧奔喭为憾。沈德潜评此文："朝无君子，斯文失传，天下恸也；叙两世见知于公，哭其私也。末语收拾通体，而情韵幽咽，自然恻恻感人。"（《唐宋八家文读本》）全篇大处落墨，劲气直达，文笔老当，对仗工整，结尾戛然而止，悲恻动人。

文选·

记欧阳公论文

顷岁孙莘老[1]，识欧阳文忠公[2]，尝乘间以文字问之。云："无它术，唯勤读书而多为之，自工。世人患作文字少，又懒读书，每一篇出，即求过人。如此，少有至者。疵病不必待人指摘，多作自能见之。"此公以其尝试者告人，故尤有味。

【注释】

1 顷岁：近年。孙莘老：即孙觉，时知湖州。

2 文忠公：指欧阳修，谥文忠。

【赏析】

本篇录自《苏东坡全集6》文集卷一百二十三，作于神宗熙宁五年（1072）前后，是一则欧阳修谈作文秘诀的小品。欧公作文的秘诀其实一点都不"秘"，大作家谈心得一般都谈得很简单，绝不神秘。有人向吴昌硕讨教篆刻刀法，吴昌硕只说了三个字："使劲刻。"然后补充一句："刀法是没有的。"有人问鲁迅文章作法，鲁迅回答是："一切好的作品都告诉我们怎样写，小说作法之类的书，我是从来不看的。"欧阳修谈文字，说"无它术，唯勤读书而多为之，自工"。"勤读书"也就是向一切好的作品学习。"多为之"和"使劲刻"（包括有多多刻的意思）是一个道理。"无它术"，等于说"刀法是没有的"。在写作上，贪走捷径是多数人的心理，然而捷径是没有的。"作文字少，又懒读书，每一篇出，即求过人"，那是缘木求鱼。顺便说，写日记就一种好习惯。不二法门是，把你平时听到的有意思的话，和知道的有意思的事赶快记下来，所谓"好记性不如烂笔头"是也。苏东坡这则札记就是有好习惯的表现。

超然台记 [1]

凡物皆有可观。苟有可观，皆有可乐，非必怪奇玮丽者也。饣粇啜漓皆可以醉 [2]，果蔬草木皆可以饱。推此类也，吾安往而不乐。夫所为求福而辞祸者，以福可喜而祸可悲也。人之所欲无穷，而物之可以足吾欲者有尽。美恶之辨战乎中，而去取之择交乎前，则可乐者常少，而可悲者常多。是谓求祸而辞福。夫求祸而辞福，岂人之情也哉！物有以盖之矣。彼游于物之内，而不游于物之外。物非有大小也，自其内而观之，未有不高且大者也。彼挟其高大以临我，则我常眩乱反覆，如隙中之观斗，又乌知胜负之所在。是以美恶横生，而忧乐出焉。可不大哀乎！

余自钱塘移守胶西 [3]，释舟楫之安，而服车马之劳；去雕墙之美，而庇采椽之居 [4]；背湖山之观，而行桑麻之野。始至之日，岁比不登，盗贼满野，狱讼充斥，而斋厨索然，日食杞菊 [5]。人固疑余之不乐也。处之期年，而貌加丰，发之白者，日以反黑。余既乐其风俗之淳，而其吏民亦安予之拙也。于是治其园圃，洁其庭宇，伐安丘、高密之木以修补破败 [6]，为苟全之计。而园之北，因城以为台者，旧矣，稍葺而新之。时相与登览，放意肆志焉。南望马耳、常山 [7]，出没隐见，若近若远，庶几有隐君子乎？而其东则卢山，秦人卢敖之所从遁也 [8]。西望穆陵 [9]，隐然如城郭，师尚父、齐桓公之遗烈，犹有存者。北俯潍水 [10]，慨然太息，思淮阴之功，而吊其不终。台高而安，深而明，夏凉而冬温。雨雪之朝，风月之夕，余未尝不在，客未尝不从。撷园蔬，取池鱼，酿秫酒 [11]，瀹脱粟而食之 [12]，曰：乐哉游乎！方是时，余弟子由适在济南，闻而赋之，且名其台曰"超然" [13]。以见余之无所往而不乐者，盖游于物之外也。

也無風雨也無晴　蘇东坡美文大观

【注释】

1 超然台：原系北魏时所建城墙土台，后苏轼知密州时予以扩建。故址在今山东诸城市北城上。

2 铺（bǔ）糟啜漓：语出《楚辞·渔父》："众人皆醉，何不铺其糟而啜其漓。"漓，薄酒。

3 胶西：汉置胶西国或胶西郡，治所在今高密，辖境在今山东胶河以西、高密以北地区。此即指密州。

4 采椽：语出《韩非子·五蠹》："采椽不斲"。采椽，一说采为木名，同棌，即栎木；一说自山采来之椽，不施斧斤，言其粗朴。

5 杞菊：枸杞、菊花。时作者所写《后杞菊赋序》："及移守胶西，意且一饱，而斋厨索然，不堪其忧，日与通守刘君廷式循古城废圃求杞菊食之。"又云："吾方以杞为粮，以菊为糗，春食苗，夏食叶，秋食花实，而冬食根。"

6 安丘：县名，在今山东潍县南。

7 马耳、常山：皆山名。

8 卢敖：作者《卢山五咏·卢敖洞》诗自注："《图经》云：敖，秦博士，避难此山，遂得道。"

9 穆陵：关名，故址在今山东临朐东南大岘山上。

10 潍水：即今潍河，源出山东五莲县西南之箕屋山，流经诸城，至昌邑县入莱州湾。

11 秫酒：糯米酿成之酒。也指高粱酒。

12 瀹（yuè）：煮。脱粟：指糙米。

13 方是时几句：时苏辙任齐州掌书记。济南，治所在今山东历城。苏辙《超然台赋序》："《老子》曰：'虽有荣观，燕处超然。'尝试以'超然'命之可乎？因为之赋。"

【赏析】

本篇录自《苏东坡全集6》文集卷一百一十九,作于神宗熙宁八年(1075)。此文大旨反映作者超然物外、无往而不乐的人生态度,但在某些怀古咏史的字里行间,也隐约透露出蕴蓄在他内心深处的一丝苦闷。

全文共四段。第一段以"凡物"两字领起,陡然发挥了一通"凡物皆有可观"因而"皆有可乐"的议论。点出了台名"超然"的题旨,"乐"字为全文定下了基调。

第二段从"乐"字拓开,说明不超然则哀的道理。指出烦恼产生的主观原因,则是"物有以盖之矣"(被外物蒙蔽了双眼)。以上两段议论从正反两个方面阐发"超然"之意。

第三段转入记叙作者的生活遭遇及其旷达情怀。作者离开了交通方便、居处华丽、山水优美的杭州,来到交通不便、居处简陋而又无山水游乐的密州。条件差异悬殊,殊不料作者住了一年,反而面容丰满,白发也一天天返黑。正是心宽体胖,有以致之。文中还描写作者在政事之暇,修葺旧台,与朋友登临观览尽兴快乐的情事。但从他凭吊古人所发的感喟,也流露出远祸全身的思想。

第四段交代其弟苏辙(子由)为此台命名并作赋的事。文章到此方点明"超然"二字,具有画龙点睛之妙。结句又见"超然"之意,照应开头,关合全文,堪谓极尽布局密合、收纵自如之妙。

日喻

生而眇者不识日,问之有目者。或告之曰:"日之状如铜盘。"叩盘而得其声。他日闻钟,以为日也。或告之曰:"日之光如烛。"扪烛而得其形。他日揣籥[1],以为日也。日之与钟、籥亦远矣,而眇者不知其异，以其未尝见而求之人也。道之难见也甚于日，而人之未达也，无以异于眇。达者告之，虽有巧譬善导，亦无以过于盘与烛也。自盘而之钟，自烛而之籥，转而相之，岂有既乎[2]！故世之言道者，或即其所见而名之，或莫之见而意之，皆求道之过也。然则道卒不可求欤？苏子曰："道可致而不可求。"何谓致？孙武曰："善战者致人，不致于人。"子夏曰："百工居肆以成其事，君子学以致其道。"莫之求而自至，斯以为致也欤？南方多没人[3]，日与水居也。七岁而能涉，十岁而能浮，十五而能浮没矣。夫没者，岂苟然哉？必将有得于水之道者。日与水居，则十五而得其道。生不识水，则虽壮，见舟而畏之。故北方之勇者，问于没人，而求其所以没，以其言试之河，未有不溺者也。故凡不学而务求道，皆北方之学没者也。昔者以声律取士，士杂学而不志于道；今也以经术取士，士求道而不务学。渤海吴君彦律[4]，有志于学者也。方求举于礼部[5]，作《日喻》以告之。

【注释】

1 籥（yuè）：管乐器，形状如笛。

2 既：止，尽。

3 没：潜水。

4 渤海：旧郡名。据《旧唐书·地理志》载："沧州上，汉渤海郡，隋因之，武德元年改为沧州。"今属河北。

5 礼部：宋代尚书省官署名，主持进士科考试等。

【赏析】

本篇录自《苏东坡全集5》文集卷一百一十五，作于神宗元丰元年（1078）。写作缘由，文中有交代："渤海吴君彦律，有志于学者也，方求举于礼部,作《日喻》以告之。"写作背景及用意,文中也有说明:"昔者以声律取士,士杂学而不志于道;今也以经术取士,士知求道而不务学。"按,神宗熙宁四年(1071)二月,根据王安石的建议,下诏罢诗赋及明经诸科,改用经义、策论试进士。苏轼作此文"以讥讽近日科场之士,但务求进,不务积学,故皆空言而无所得。以讥讽朝廷更改科场新法不便也"(《乌台诗案》苏轼供词)。

此文开头讲了一个寓言故事。大意是一个没有见过太阳的盲人,凭别人打的比方来想象太阳,然而任何比喻都不能周到,单凭比喻很难得到对太阳的真知。其实此文最精彩的,就是这个寓言。由此产生了一个成语——扣盘扪烛,用来比喻不经实践,道听途说,认识片面,难得真知。

好的寓言是不需要更多阐释,否则画蛇添足。故林纾说"东坡雄杰,轶出凡近,吾读其《日喻》一篇,亦不无可疑处。入手以钟籥喻日,语妙天下。及归宿到言道处,宜有一番精实之言。乃曰'莫之求而自至',则过于聪明,不必得道之纲要。大概类《庄子》所言'同乎无知,其德不离;同乎无欲,是谓素朴'者,非圣人之道也。朱子言坡文雄健有余,只下字亦有不贴实处。不贴实,正其聪明过人,故有此失"(《春觉斋论文》)。

放鹤亭记

熙宁十年秋,彭城大水。云龙山人张君天骥之草堂[1],水及其半扉。明年春,水落,迁于故居之东,东山之麓。升高而望,得异境焉,作亭于其上。彭城之山,冈岭四合,隐然如大环,独缺其西十二,而山人之亭适当其缺。春夏之交,草木际天;秋冬雪月,千里一色。风雨晦明之间,俯仰百变。山人有二鹤,甚驯而善飞。

旦则望西山之缺而放焉，纵其所如，或立于陂田，或翔于云表，暮则傃东山而归。故名之曰"放鹤亭"。

郡守苏轼，时从宾客僚吏往见山人，饮酒于斯亭而乐之，揖山人而告之，曰："子知隐居之乐乎？虽南面之君，未可与易也[2]。《易》曰：'鸣鹤在阴，其子和之[3]。'《诗》曰：'鹤鸣于九皋，声闻于天[4]。'盖其为物，清远闲放，超然于尘垢之外。故《易》《诗》人以比贤人君子隐德之士，狎而玩之，宜若有益而无损者。然卫懿公好鹤，则亡其国[5]。周公作《酒诰》[6]，卫武公作《抑戒》[7]，以为荒惑败乱无若酒者，而刘伶、阮籍之徒[8]，以此全其真而名后世。嗟夫！南面之君，虽清远闲放如鹤者犹不得好，好之则亡其国，而山林遁世之士，虽荒惑败乱如酒者犹不能为害，而况于鹤乎？由此观之，其为乐未可以同日而语也。"山人听然而笑曰："有是哉。"乃作放鹤招鹤之歌曰：鹤飞去兮，西山之缺。高翔而下览兮，择所适。翻然敛翼，婉将集兮，忽何所见，矫然而复击。独终日于涧谷之间兮，啄苍苔而履白石。鹤归来兮，东山之阴。其下有人兮，黄冠草履，葛衣而鼓琴。躬耕而食兮，其余以汝饱。归来归来兮，西山不可以久留。元丰元年十一月初八日记。

【赏析】

1 张君：苏轼好友。名天骥，字圣涂，自号云龙山人。其人不求闻达，醉心于道家修身养性之术，隐居徐州云龙山。

2 虽南面之君二句：语出《庄子·至乐》，记髑髅梦见庄子，云："死无君于上，无臣于下，亦无四时之事，从然以天地为春秋，虽南面王乐不能过也。"

3 《易》曰二句：语出《周易·中孚·九二》。

4《诗》曰二句：语出《诗经·小雅·鹤鸣》。

5 然卫懿公好鹤二句：据《左传·闵公二年》载："冬十二月，狄人伐卫，卫懿公好鹤，鹤有乘轩（大夫之车）者。将战，国人受甲者皆曰：'使鹤，鹤实有禄位，余焉能战？……及狄人，战于荧泽，卫师败绩，遂灭卫。'"

6《酒诰》：《书》篇名。

7《抑戒》：《抑》，《诗经·大雅》篇名。《毛诗序》云："《抑》，卫武公刺厉王，亦以自警也。"其第三章云："颠覆厥德，荒湛（dān）于酒。"

8 刘伶、阮籍：晋竹林七贤中的两位，皆以嗜酒著称。

【赏析】

本篇录自《苏东坡全集6》文集卷一百二十，作于神宗元丰元年（1078）知徐州任上。云龙山人张天骥于东山之麓作放鹤亭，自驯二鹤，题记为此而作。文中指出，好鹤与纵酒这两种嗜好，君主可以因之败乱亡国，隐士却可以因之怡情全真。并以此说明，南面为君不如隐居之乐。这反映了作者在政治斗争失败后的远祸全身的情绪。

全文共四段。第一段交代缘起，人物、时间、地点、事情的经过一清二楚。第二段对鹤进行描写，文理清晰，回环、错落有致，构思巧妙，点题自然。第三段发议论，主要写一个乐字。表明隐居之乐，"虽南面之君，未可与易也"。又用"好酒"来陪衬"好鹤"，乃"借客形主，回旋进退，使文情摇曳生姿"（王水照《论苏轼散文的艺术美》）。第四段是副歌，用放鹤、招鹤二歌，着重抒情。

"子瞻《放鹤亭记》以酒对鹤，大意谓清闲者莫如鹤，然卫懿公好鹤则亡其国；乱德者莫如酒，然刘伶、阮籍之徒反以酒全其真而名后世，南面之乐，岂足以易隐居之乐哉？鹤是主，酒是客，清客时主，分外精神。又归得放鹤亭隐居之意切；然须是前面陷饮酒二字，方入得来，亦是一格。"（李涂《文章精义》）

文与可画筼筜谷偃竹记 [1]

竹之始生，一寸之萌耳，而节叶具焉。自蜩腹蛇蚹以至于剑拔十寻者 [2]，生而有之也。今画者乃节节而为之，叶叶而累之，岂复有竹乎！故画竹必先得成竹于胸中，执笔熟视，乃见其所欲画者，急起从之，振笔直遂，以追其所见，如兔起鹘落，少纵则逝矣。与可之教予如此，予不能然也，而心识其所以然。夫既心识其所以然而不能然者，内外不一，心手不相应，不学之过也。故凡有见于中而操之不熟者，平居自视了然，而临事忽焉丧之，岂独竹乎！子由为《墨竹赋》以遗与可曰：“庖丁 [3]，解牛者也，而养生者取之。轮扁，斫轮者也 [4]，而读书者与之。今夫夫子之托于斯竹也，而予以为有道者，则非耶？”子由未尝画也，故得其意而已。若予者，岂独得其意，并得其法。

与可画竹，初不自贵重，四方之人持缣素而请者 [5]，足相蹑于其门，与可厌之，投诸地而骂曰：“吾将以为袜材！”士大夫传之，以为口实。及与可自洋州还，而余为徐州。与可以书遗余曰：“近语士大夫，吾墨竹一派，近在彭城，可往求之。袜材当萃于子矣！”书尾复写一诗，其略曰：“拟将一段鹅溪绢 [6]，扫取寒梢万尺长。”予谓与可，竹长万尺，当用绢二百五十匹，知公倦于笔砚，愿得此绢而已。与可无以答，则曰：“吾言妄矣，世岂有万尺竹也哉。”余因而实之，答其诗曰：“世间亦有千寻竹，月落庭空影许长。”与可笑曰：“苏子辩则辩矣。然二百五十匹，吾将买田而归老焉。”因以所画筼筜谷偃竹遗予，曰：“此竹数尺耳，而有万尺之势。”筼筜谷在洋州，与可尝令予作《洋州三十咏》，筼筜谷其一也。予诗云：“汉川修竹贱如蓬，斤斧何曾赦箨龙 [7]。料得清贫馋太守，渭滨千亩在胸中。"与可是日与其妻游谷中，烧笋晚食，发函得诗，失笑喷饭满案。

元丰二年正月二十日，与可没于陈州[8]。是岁七月七日，予在湖州曝书画[9]，见此竹，废卷而哭失声。昔曹孟德《祭桥公文》，有"车过""腹痛"之语[10]。而予亦载与可畴昔戏笑之言者，以见与可于予亲厚无间如此也。

【注释】

1 筼筜谷：山谷名，在洋州（今陕西洋县）。

2 蜩（tiáo）腹：蝉的肚皮。蛇蚹：蛇腹下横鳞。

3 庖丁：厨师，见《庄子·养生主》庖丁解牛故事。

4 轮扁（piān）：斫轮者，见《庄子·天道》。斫，雕斫。

5 缣（jiān）素：供书画用的白色细绢。

6 鹅溪：在今四川盐亭县西北，附近产名绢，称鹅溪绢，宋人多用以作书画材料。

7 箨（tuò）龙：竹笋。

8 陈州：治所在今河南淮阳。

9 湖州：作者时知湖州。

10 昔曹二句：见曹操《祀故太尉桥玄文》："承从容约誓之言：'殂逝之后，路有经由，不以斗酒只鸡过相沃酹，车过三步，腹痛勿怪。'虽临时戏笑之言，非至亲之笃好，胡肯为此辞乎？"

【赏析】

本篇录自《苏东坡全集6》文集卷一百二十，作于神宗元丰二年（1079）。文与可知洋州时，在筼筜谷筑亭，曾画《筼筜谷偃竹》赠苏轼。文与可病逝后，当年七月，苏轼在湖州曝晒书画，看到文与可的这幅遗作，便写了这篇题记。

全文共四段。第一段从文与可的画竹理论写起，给人以一种新鲜感。这个理论就是"胸有成竹"的来历。同时表达了对文与可的敬仰之情和知己之感。第二段叙述作者和文与可交往中的佚事、趣事。如文中写道，文与可将四方之人拿来求画的细绢，掷在地上骂道："吾将以为袜材！"一个性情中人便跃然纸上。又写道两个人拿画竹为题材的诗，相互开玩笑，将两个人的诙谐性情和亲密关系表现得淋漓尽致。第三段很简短，说明写作此文的缘由。先说"曝书画，见此竹，废卷而哭失声"，可见作者丧友的悲痛，又引用曹操祭桥玄的典故，来强调"予亦载与可畴昔戏笑之言者，以见与可于予亲厚无间如此也"。

全文自画法说起，而叙事错列，见与文可竹画法之妙，而作者与与可之情，尤最厚也。文中多诙谐之言，间以沉痛之语，前以数"曰"字翻波澜，后又以"哭失声"与"失笑"相照应。全文如陶文鹏所说："洒脱轻灵，如行云流水，触处生机，以诙谐写沉痛，以洒脱状深情，非惟见东坡之高才，更是见东坡之至情的妙文。"（《中华经典好诗词·苏轼集》）

与言上人 [1]

去岁吴兴仓卒为别 [2]，至今耿耿。谴居穷陋，往还断尽，远辱不遗，尺书见及，感怍殊深。比日法体佳胜？札翰愈精健，诗必称是 [3]，不蒙见示，何也？雪斋清境，发于梦想，此间但有荒山大江，修竹古木。每饮村酒，醉后曳杖放脚，不知远近，亦旷然天真，与武林旧游未易议优劣也。何时会合一笑，惟万万自爱。

【注释】

1 言上人：即释法言。上人，对僧人的敬称。

2 去岁句：指元丰二年（1079）七月，苏轼因"乌台诗案"在湖州被捕，赴御史台狱。

3 诗必称是：谓诗作亦必与"佳胜"之"法体"，"精健"之"札翰"相称。

【赏析】

这篇短札录自《苏东坡全集4》文集卷七十六，作于神宗元丰三年（1080）七月，苏轼时在黄州。是作者得到言上人的书信的回复。宋人作尺牍（书信）是非常讲究书法的，从信上看，这位言上人的书法也很不错，想必诗也很好，作者希望能看到他的近作。作者谈到在贬所的生活，表示出率性知足的态度，可使故人释怀。

与王元直[1]

黄州真在井底，杳不闻乡国信息，不审比日起居何如？郎娘各安否[2]？此中凡百粗遣，江上弄水挑菜，便过一日。每见一邸报，须数人下狱得罪。方朝廷综核名实，虽才者犹不堪其任，况仆顽钝如此，其废弃固宜。但犹有少望，或圣恩许归田里，得款段一仆[3]，与子众丈、杨宗文之流[4]，往来瑞草桥，夜还何村，与君对坐庄门吃瓜子炒豆，不知当复有此日否？存道奄忽[5]，使我至今酸辛，其家亦安在？人还，详示数字。余惟万万保爱。

【注释】

1 王元直：即王箴，字元直，作者妻弟。

2 郎娘：称男性晚辈为郎，女性长辈为娘。

3 款段：原指马行缓貌，借指马。

4 子众丈：指王庆源，初名王群，字子众，后改名淮奇，字宣义。王元直之叔父。杨文宗，一作杨宗文，字君素，作者长辈。

5 存道：指杨从，字存道，江阳（今四川眉山市彭山区东）人。治平四年进士。以学行称于乡，年四十九卒。

【赏析】

本篇录自《苏东坡全集4》文集卷五十五。《苏诗总案》卷二十云：元丰三年（1080）九月，"王箴自蜀使来问状，答书"，即此文。这是作者谪居黄州时写给妻弟的一封信。既是写家信，当然要说真话。不过信中的真话，不是见到邸报的感想，也不是对闲居故乡平淡生活的向往，而是字里行间流露出的谪居生活中精神上的压抑、苦闷、孤独和无奈。

画水记

古今画水，多作平远细皱，其善者不过能为波头起伏，使人至以手扪之，谓有洼隆，以为至妙矣。然其品格，特与印板水纸争工拙于毫厘间耳。唐广明中[1]，处士孙位始出新意[2]，画奔湍巨浪，与山石曲折，随物赋形[3]，画水之变，号称神逸。其后蜀人黄筌、孙知微[4]，皆得其笔法。始，知微欲于大慈寺寿宁院壁作湖滩水石四堵，营度经岁，终不肯下笔。一日，仓皇入寺，索笔墨甚急，奋袂如风，须臾而成。作输泻跳蹙之势，汹汹欲崩屋也。知微既死，笔法中绝五十余年。近岁成都人蒲永昇，嗜酒放浪，性与画会，始作活水，得二孙本意。自黄居寀兄弟、李怀衮之流[5]，皆不及也。

王公富人或以势力使之，永昇辄嘻笑舍去；遇其欲画，不择贵贱，顷刻而成。尝与余临寿宁院水，作二十四幅。每夏日挂之高堂素壁，即阴风袭人，毛发为立。永昇今老矣，画益难得，而世之识真者亦少。如往时董羽⁶、近日常州戚氏画水⁷，世或传宝之。如董、戚之流，可谓死水，未可与永昇同年而语也。元丰三年十二月十八日夜，黄州临皋亭西斋戏书。

【注释】

1 广明：唐僖宗年号。

2 孙位：见黄休复《益州名画录》卷上："孙位者，东越人也。僖宗皇帝车驾在蜀，自京入蜀，号会稽山人。……其有龙拏水汹，千状万态，势愈飞动；松石墨竹，笔精墨妙，雄状气象，莫可记述。"曾改名孙遇。

3 随物赋形：随着所遇山石形状的不同而给以不同的形态。

4 黄筌、孙知微：见郭若虚《图画见闻志》卷二："黄筌，字要叔，成都人。十七岁事王蜀后主，待诏。至孟蜀加检校少府监，赐金紫，后累迁如京副使。善画花竹翎毛，兼工佛道人物山川龙水。"同书卷三："孙知微，字太古，眉阳人。精黄老学，善佛道，画于成都寿宁院炽盛光九曜及诸墙壁，时辈称服。"

5 黄居寀兄弟、李怀衮：黄居寀，黄筌第三子，其兄黄居实、黄居宝亦擅长绘画。据《东斋记事》卷四载："又有李怀衮者，成都人，亦善山水，又能为木石翎毛。"

6 董羽：见郭若虚《图画见闻志》卷四："董羽，字仲翔，俗号董哑子，宋毗陵（今江苏常州）人。善画龙水海鱼。"

7 常州戚氏：宋毗陵人中善画水者有戚化元、戚文秀。夏文彦《图绘宝鉴补遗》称戚化元家世画水，郭若虚《图画见闻志》卷四称戚文秀"工画水，笔力调畅"。

【赏析】

本篇录自《苏东坡全集6》文集卷一百二十三，作于神宗元丰三年（1080）。作者《与鞠持正二首》之一曰："蜀人蒲永升临孙知微水图四面，颇为雄爽。杜子美所谓'白波吹素壁'者，愿挂公斋中，真可以一洗残暑也。"文章则是作者写给成都僧惟简的。

山水画是中国画的一大宗，画山容易画水难，因为中国画的水是用线表现的，古今画家画水多半都是用细小的纹路把水画成平静广远的样子，少数高人才能画奔腾的流水，使画面的水有一股奔腾倾泻、急促跳跃的势头，作者把这个叫作活水。

成都自古出画家，杜甫《戏题王宰画山水图歌》提到的王宰是一个，本篇提到的蒲永升，还有黄筌父子、李怀衮等，都是成都画家。这些人画水各有绝活。绝活不光与技法有关，而且与工具、材料都有关，画家通过实验试成功了，就会成为一门绝活，一般秘不示人，以便独家享有专利。行话叫神画，或肌肉记忆。

有绝活的画家，一般都有个性。王宰是"五日画一山，十日画一水"，蒲永升是想画就画，不想画打死他都不画，也不管索画人的身份地位。但他对东坡特别好，曾为之临摹寿宁院壁画中的水，画了二十四幅，每当夏天把它们挂在高堂里洁白的墙壁上，就感到冷风袭人，使人毛发竖立。

画家都会老，都会有绝笔的那一天。而且绝活容易失传，但文章不容易失传，所以作者就写了这篇文章，不但使后世知道成都曾经有这样一个高人，也让人领会了苏文之"行云流水"之妙。故沈德潜评曰："活水死水，可悟行文之法。"（《唐宋八大家文读本》）

与章子厚[1]

某启：仆居东坡[2]，作陂种稻，有田五十亩，身耕妻蚕，聊以卒岁。昨日一牛病几死，牛医不识其状，而老妻识之，曰："此牛发豆斑疮也[3]，法当以青蒿粥啖之。"用其言而效。勿谓仆谪居之后，一向便作村舍翁，老妻犹解接黑牡丹也[4]。言此，发公千里一笑。

【注释】

1 章子厚：即章惇，北宋大臣，博学善文，当时在京。惇时为苏轼友人，绍圣后因政见不合，一再打压苏轼，几欲置其于死地，为后话。

2 东坡：地名，在湖北黄冈赤壁之西。

3 豆斑疮：形如豆斑的疖。

4 黑牡丹：牛的戏称。

【赏析】

本篇录自《苏东坡全集4》文集卷五十九，作于神宗元丰三年（1080）贬谪黄州期间。作者亲自种田，"身耕妻蚕"，不但毫无怨言，而且还向友人夸口，拿自个夫妻打趣。这是多么豁达的、难能可贵的人生态度啊。

与范子丰[1]

临皋亭下不数十步[2]，便是大江，其半是峨眉雪水，吾饮食沐浴皆取焉，何必归乡哉！江山风月，本无常主，闲者便是主人。问范子丰新第园池，与此孰胜？所不如者，上无两税及助役钱耳[3]。

【注释】

1 范子丰：名百嘉，范镇（蜀郡公）第三子，与作者为儿女亲家。

2 临皋亭：在湖北黄冈市南，长江边。

3 两税：形成于唐代的赋税制度，分夏税和秋税。助役钱，王安石新法之一的免役法规定，原无差役者，也要减半出钱补助雇役经费，称助役钱。

【赏析】

本篇录自《苏东坡全集4》文集卷四十六，题一作《临皋闲题》，作于神宗元丰三年（1080）。这封书信是同亲家谈心，"临皋亭下不数十步，便是大江，其半是峨眉雪水，吾饮食沐浴皆取焉，何必归乡哉"数句，正面理解，和"此心安处是吾乡"是一个意思；从反面拍入，则是人生于无奈处的自我调侃。"江山风月，本无常主，闲者便是主人"，表明作者所向往的心境，可与《赤壁赋》中关于"无尽藏"命题的那段议论参阅。最后拿临皋胜景与范家新第园池比高下，这个"孰胜"的问题是不需要答案的，恰如陆游《读许浑诗》云："裴相功名冠四朝，许浑身世落渔樵。若论风月江山主，丁卯桥应胜午桥。"论风光之美，甲第名园不如江山胜景；游赏之乐，朝中仕宦不及山野闲人。不过书信临末却挂了一条不寻常的尾巴，说：居住郊野，风光虽好，但有两税和助役钱的负担，不及上边之无此。又在借机批评新法了。因为对方是亲家，好比关着门说话，说了也就说了，他还举报不成？

二红饭[1]

今年东坡收大麦二十余石[2]，卖之价甚贱，而粳米适尽，乃课奴婢春以为饭，嚼之啧啧有声。小儿女相调，云是"嚼虱子"。日中饥，用浆水淘食之，自然甘酸浮滑，有西北村落气味。今日复令庖人杂小豆作饭，尤有味。老妻大笑曰："此新样二红饭也[3]。"

【注释】

1 二红饭：指红色黏黍米与红小豆合蒸的米饭。

2 东坡：地名，在湖北黄冈赤壁之西。

3 新样二红饭：指文中大麦与小豆合蒸的米饭。

【赏析】

本篇录自《苏东坡全集6》文集卷一百三十四，作于神宗元丰四年（1081），是作者在黄州的一则日记。内容是一家的日常生活：粮食自己种，饭是自己做，一家老小的胃口都不错。日前春粳米做饭，"嚼之，啧啧有声，小儿女相调，云是嚼虱子"，食物虽然粗糙，却吃得高高兴兴。当天用大麦小豆掺杂做饭，老妻又给这饭起了一个名儿叫"新样二红饭"。一家子团聚一起，过普普通通的日子，精神状态那是真好。文中写中午打点儿，"有西北村落气味"，可圈可点，连气味怎样都形容出来了。其实整篇日记，都好在有乡土生活的气息。

方山子传[1]

方山子，光、黄间隐人也[2]。少时慕朱家、郭解为人[3]，闾里之侠皆宗之。稍壮，折节读书[4]，欲以此驰骋当世，然终不遇。晚乃遁于光、黄间，曰岐亭[5]。庵居蔬食，不与世相闻。弃车马，毁冠服，徒步往来山中，人莫识也。见其所著帽，方耸而高[6]，曰："此岂古方山冠之遗象乎[7]？"因谓之方山子。

余谪居于黄，过岐亭，适见焉[8]。曰："呜呼！此吾故人陈慥季常也，何为而在此？"方山子亦矍然问余所以至此者。余告之故。俯而不答，仰而笑，呼余宿其家。环堵萧然，而妻子奴婢皆有自得之意。余既耸然异之。独念方山子少时使酒好剑，用财如粪土。前十有九年，余在岐下[9]，见方山子从两骑，挟二矢，游西山。鹊起于前，使骑逐而射之，不获。方山子怒马独出，一发得之。因与余马上论用兵及古今成败，自谓一世豪士，今几日耳，精悍之色，犹见于眉间，而岂山中之人哉！然方山子世有勋阀，当得官[10]，使从事于其间，今已显闻。而其家在洛阳，园宅壮丽与公侯等。河北有田，岁得帛千匹，亦足以富乐。皆弃不取，独来穷山中，此岂无得而然哉！

余闻光、黄间多异人，往往阳狂垢污，不可得而见。方山子傥见之与？

【注释】

1 方山子：即陈慥，字季常。

2 光、黄：光州、黄州，两州连界。光州州治在今河南潢川。

3 朱家、郭解：西汉游侠，见《史记·游侠列传》。

4折节：改变原来的志趣和行为。出《后汉书·段颎传》："颎少便习弓马……长乃折节好古学。"

5岐亭：宋时黄州的镇名，在今湖北麻城西南。

6笀：帽顶。

7方山冠：唐宋时隐士戴的帽子。遗象：犹遗制。

8余谪居三句：见作者《岐亭五首并叙》："元丰三年正月，余始谪黄州，至岐亭北二十五里，山上有白马青盖来迎者，则余故人陈慥季常也。为留五日，赋诗一篇而去。"

9岐下：指凤翔，岐山在此。

10然方山子二句：见苏轼《陈公弼传》：陈希亮（公弼）"当荫补子弟，辄先其族人，卒不及其子慥"。

【赏析】

本篇录自《苏东坡全集6》文集卷一百四十三，作于神宗元丰四年（1081）。

仁宗嘉祐八年（1063）陈希亮（陈慥之父）为凤翔府尹，以威严著称，僚属多不敢仰视，而作者年少气盛，常与争议，甚至形于颜色。当年初识陈慥，一见如故。元丰三年（1080），陈慥听说苏轼被放逐而相迎于途中，以后过往频繁。其时陈父已死，慥无禄。

此文称传，却尽弃传记文学套路，不按人物姓氏、籍贯、生卒年月、家世、生平等作平铺直叙式，而着力选取人物活动的几组有价值的特写镜头，几个表现人物个性的生活侧面，刻画出一个鲜活的人物形象。

全文共四段。第一段以简洁的语言，概要地介绍了陈慥的身世，始好侠义，后折节读书，几经拼搏，迎来的只有冷遇，使之心灰意冷，遂隐遁而专求佛事和清静，并自己设计帽子类方山冠，故称方山子。

第二段记作者谪官黄州，邂逅方山子，却是旧日相识。当其得知作者今日处境，"俯而不答，仰面笑"。短短七个字，人物音容笑貌跃然纸上，其内心活动悠然可会。作者看到其家"环堵萧然，而妻子奴婢皆有自得之意"，既有同情，也有欣赏。

第三段着意刻画方山子往日的英雄气概，反衬其沉沦于穷乡僻壤，终老于山谷林泉之中的现实。相当含蓄地表现了二人对世道的不满和怨恨。

第四段点明陈家"世有勋阀，当得官"，且"园宅壮丽，与公侯等"，而陈慥却捐弃了功名利禄，远离尘嚣，遁迹山林，自愿过起艰苦的隐居生活，既是为其人鸣不平，也是自己不满情绪的释放。

本篇写作特色，如林云铭于《古文析义》卷十三中所说："若论传体，止前段叙事处是传，以下皆论赞矣。妙在步步俱用虚笔。始提其何以在岐亭；继见其穷；又疑何以自得若此。因追念其平日慕侠读书，向非隐人本色；且历数其家世，富贵可扰，必不至于以穷而隐者。总之种种以不当隐而隐，方验其非无得而为之，所以为可传也。末以隐人不可得见为问，正见方山子不为人所识，是其为异人处。议论中带出叙事，笔致横溢，自成一格，不可以常传之格论矣。"

赤壁赋

壬戌之秋[1]，七月既望[2]，苏子与客泛舟游于赤壁之下。清风徐来，水波不兴。举酒属客，诵明月之诗，歌窈窕之章[3]。少焉，月出于东山之上，徘徊于斗牛之间[4]。白露横江，水光接天。纵一苇之所如，凌万顷之茫然。浩浩乎如凭虚御风[5]，而不知其所止；飘飘乎如遗世独立，羽化而登仙[6]。

于是饮酒乐甚，扣舷而歌之。歌曰："桂棹兮兰桨，击空明兮溯流光。渺渺兮予怀，望美人兮天一方。"客有吹洞箫者，倚歌而和之。其声呜呜然，如怨如慕，如泣如诉，余音袅袅，不绝如缕。舞幽壑之潜蛟，泣孤舟之嫠妇[7]。

苏子愀然[8]，正襟危坐而问客曰："何为其然也？"客曰："'月明星稀，乌鹊南飞'，此非曹孟德之诗乎？西望夏口，东望武昌，山川相缪[9]，郁乎苍苍，此非孟德之困于周郎者乎？方其破荆州，下江陵，顺流而东也，舳舻千里[10]，旌旗蔽空，酾酒临江[11]，横槊赋诗，固一世之雄也，而今安在哉？况吾与子渔樵于江渚之上，侣鱼虾而友麋鹿，驾一叶之扁舟，举匏尊以相属[12]。寄蜉蝣于天地，渺沧海之一粟。哀吾生之须臾，羡长江之无穷。挟飞仙以遨游，抱明月而长终。知不可乎骤得，托遗响于悲风[13]。"

苏子曰："客亦知夫水与月乎？逝者如斯[14]，而未尝往也；盈虚者如彼[15]，而卒莫消长也。盖将自其变者而观之，则天地曾不能以一瞬；自其不变者而观之，则物与我皆无尽也，而又何羡乎！且夫天地之间，物各有主，苟非吾之所有，虽一毫而莫取。惟江上之清风，与山间之明月，耳得之而为声，目遇之而成色，取之无禁，用之不竭，是造物者之无尽藏也[16]，而吾与子之所共食。"

客喜而笑，洗盏更酌。肴核既尽，杯盘狼藉。相与枕藉乎舟中，不知东方之既白。

【注释】

1 壬戌：元丰五年的干支纪年。

2 既望：农历每月的十六日。十五日为望日。

3 明月之诗：指《诗经·陈风·月出》。窈窕之章：指该诗的首章。

4 斗牛：星座名，即斗宿（南斗）、牛宿。

5 凭虚：凌空。御风，驾着风。

百萬兵南下居然一世雄艣横
明月八詩賦大江東 卯池漁父画

6 羽化：指成仙，传说成仙的人能飞。

7 幽壑：深谷，深渊。此句意谓：潜藏在深渊里的蛟龙为之起舞。嫠（lí）妇：寡妇。化用白居易《琵琶行》情事。

8 愀（qiǎo）然：容色改变的样子。

9 夏口：故城在今湖北武昌。武昌：今湖北鄂城。缪：通缭，盘绕。

10 舳舻（zhú lú）：原指战船前后相接，这里指战船。

11 酾（shī）酒：滤酒，这里指斟酒。

12 匏（páo）尊：用葫芦做成的酒器。

13 遗响：余音，指箫声。

14 逝者如斯：指时间流逝像江水。语出《论语·子罕》："子在川上曰：'逝者如斯夫，不舍昼夜。'"

15 盈虚者如彼：指圆缺交替的月亮。

16 无尽藏（zàng）：无穷无尽的宝藏。

【赏析】

本篇录自《苏东坡全集3》文集卷一，作于神宗元丰五年（1082），被贬谪黄州期间。这一年农历七月十六和十月十五，作者两次泛游赤壁，写下了两篇以赤壁为题的赋，即《赤壁赋》和《后赤壁赋》。

《赤壁赋》之所以享誉千古，因为作者在赋中提出了一个"无尽藏"的命题，刷新了老庄的境界，短短几百个字就道出了人在宇宙中的渺小，同时又说明人生最宝贵的，赖以获得幸福的东西，是无价的、不用一钱买的，如"江上之清风"（换言之空气）、"山间之明月"（换言之阳光），是"取之无禁，用之不竭"（那时候环境还没有破坏到需要保护的地步），人在此生可以享受大自然无尽的盛宴，没有人写得比东坡更为传神。

赋分四段外加结尾。第一段写夜游赤壁的情景。苏轼非常善于创造气氛，读者从中只看到一点点风景的细节，隐在空白的水天内，两个小人影在月夜闪亮的河上泛舟。从此，读者就迷失在那片气氛里，和东坡及其友人一同秉烛夜游。

第二段写作者饮酒放歌的欢乐和客人（川籍道人杨世昌）悲凉的箫声。作者饮酒乐极，扣舷而歌，以抒发其思"美人"（象征理想）而不得见的怅惘、失意的胸怀。加之客吹洞箫，依其歌而和之，箫的音调悲凉、幽怨，使作者的感情骤然变化，由欢乐转入悲凉。

第三段通过月夜泛舟、饮酒赋诗引出主客对话的描写，主人以"何为其然也"设问，客人以赤壁大战的历史故事作答，却非直陈其事，而是连发两问，引发宇宙人生的感慨。这是作者借客人之口流露出自己思想中矛盾消极、情绪低落的一个方面。

第四段是苏子针对客之人生无常的感慨，正面陈述自己的见解，提出"无尽藏"的命题，这表现了作者思想中豁达的积极的一面。结尾写客听了作者的一番谈话后，转悲为喜，开怀畅饮，"相与枕藉乎舟中，不知东方之既白"。照应开头，极写游赏之乐，而至于忘怀得失、超然物外。全赋写得一波三折，十二易韵，情韵深致、理意透辟，实是文赋中之绝唱。

后赤壁赋

是岁十月之望，步自雪堂 [1]，将归于临皋 [2]。二客从予，过黄泥之坂。霜露既降，木叶尽脱。人影在地，仰见明月。顾而乐之，行歌相答。已而叹曰："有客无酒，有酒无肴，月白风清，如此良夜何？"客曰："今者薄暮，举网得鱼，巨口细鳞，状似松江之鲈 [3]，顾安所得酒乎？"归而谋诸妇。妇曰："我有斗酒，藏之久矣，以待子不时之须。"于是携酒与鱼，复游于赤壁之下。江流有声，断岸千尺。山高月小，水落石出。曾日月之几何，而江山不可复识矣。予乃摄衣而上，履巉岩[4]，披蒙茸[5]，踞虎豹，登虬龙[6]，攀栖鹘之危巢[7]，俯冯夷之幽宫[8]。盖二客不能从焉。划然长啸，草木震动，山鸣谷应，风起水涌。予亦悄然而悲，肃然而恐，凛乎其不可久留也。反而登舟，放乎中流，听其所止而休焉。时夜将半，四顾寂寥，适有孤鹤，横江东来，翅如车轮，玄裳缟衣[9]，戛然长鸣，掠予舟而西也。须臾客去，予亦就睡。梦一道士，羽衣翩仙[10]，过临皋之下，揖予而言曰[11]："赤壁之游乐乎？"问其姓名，俯而不答。呜呼噫嘻，我知之矣！畴昔之夜[12]，飞鸣而过我者，非子也耶？道士顾笑，予亦惊悟。开户视之，不见其处。

【注释】

1 雪堂：苏轼在黄州所建的新居，堂在大雪时建成，画雪景于四壁，故名。

2 临皋：指临皋亭，在湖北黄冈市南，长江边。

3 淞江之鲈：指松江（今属上海）所产的鲈鱼，体扁、嘴大、鳞细、味美，是当地特产。

4 履巉（chán）岩：登上险峻的山崖。

5 披蒙茸：分开乱草。

6 虬龙：指枝柯弯曲形似虬龙的树木。

7 鹘：隼，鹰类的鸟。

8 冯夷：水神。

9 玄裳缟（gǎo）衣：下服是黑的，上衣是白的。

10 翩仙：一作蹁跹，形容跳舞的姿态。

11 揖予：向我拱手施礼。

12 畴昔之夜：昨天晚上。畴，语首助词。

237

【赏析】

本篇录自《苏东坡全集3》文集卷一，写作年代与前篇相同，时间相差三个月。全文分三段。第一段写泛游之前的活动，包括交代泛游时间、行程、同行者以及为泛游所作的准备。文中穿插人物，是一位可人的家庭主妇（原型即东坡的续弦王闰之），她的善解人间和早有准备为这次夜游提供了物质条件，提高了泛游者的兴致。

第二段记游乃是全文重心，"江流有声"四句写冬季江景，是古文中经典的写景文字，诱发了主客弃舟登岸攀崖游山的雅兴，营造出赤壁夜游安谧清幽的意境，写到一人独自临绝顶，长啸引起的自然感应（山鸣谷应，风起水涌），使心情发生陡然变化，颇饶腾挪跌宕之姿。

第三段是神来之笔，作者引入梦境——超现实的世界，而且把梦和现实搅成一片，使人周蝶莫辨，给作品蒙上一层神秘的面纱。梦中访"我"的道士，即午夜飞鸣过"我"的孤鹤，而午夜飞鸣过"我"的孤鹤，则又是一个孤独高蹈的象征——"谁见幽人独往来，缥缈孤鸿影"（《卜算子·黄州定慧院寓居作》），作者与孤鹤，相互理解，彼此问候，这一情节也颇具象征意味，是作者的自我抚慰和自我玩赏的一种诗的映射。

书临皋亭 [1]

东坡居士酒醉饭饱，倚于几上，白云左绕，清江右洄，重门洞开，林峦坌入 [2]。当是时，若有思而无所思，以受万物之备，惭愧惭愧！

【注释】

1 临皋亭：在湖北黄冈市南，长江边。

2 坌（bèn）入：涌入。

【赏析】

本篇录自《苏东坡全集6》文集卷一百二十八，作于被贬黄州期间。开篇作者给自个儿画像，"东坡居士酒醉饱饭，倚于几上"。其潜台词是：应该满足了。这就为下文奠定了基调。接着就写周边环境：左面白云缭绕，右边江水逆流，重重门扉洞然敞开，林木山峦齐聚眼底。潜台词：只有那么安逸了。于是人就进入了一种闲散的、享受的状态："若有思而无所思，以受万物之备"，结尾两句："惭愧！惭愧！"有两重意思，一是甚幸至哉，一是受之有愧。这篇短文告诉人们，人生快乐与否，一取决于是否知足，二取决是否谢天谢地。

书清泉寺词

黄州东南三十里，为沙湖，亦曰螺师店。余将买田其间，因往相田。得疾，闻麻桥人庞安时善医而聋[1]，遂往求疗。安时虽聋，而颖悟过人，以指画字，不尽数字，辄了人深意。余戏之曰："余以手为口，君以眼为耳。皆一时异人也。"疾愈，与之同游清泉寺。寺在蕲水郭门外二里许，有王逸少洗笔泉[2]，水极甘。下临兰溪，溪水西流。余作歌云："山下兰芽短浸溪，松间沙路净无泥。萧萧暮雨子规啼。　谁道人生难再少？君看流水尚能西。休将白发唱黄鸡。"是日，极饮而归。

【注释】

1 庞安时：字安常，宋时名医，被誉为"北宋医王"，《宋史·方技传》有传。

2 王逸少：即王羲之。

【赏析】

本篇录自《苏东坡全集5》文集卷九十，作于神宗元丰五年（1082）三月，是一则日记式随笔。当时作者打算在沙湖买田未成，因看田而得病，便去找聋医庞安时看病，得以结识。这篇随笔，就记录了两人过从的轶事。庞耳聋，中医须望闻问切，他缺一个闻字，问时，东坡只能以笔代口。于是东坡用这个和他开玩笑："余以手为口，君以眼为耳，皆一时异人也。"玩笑归玩笑，却反映了两个人很投缘的情状。最后表明，这就是《浣溪沙（山下兰芽短浸溪）》（该词名作《游蕲水清泉寺》）一词的写作背景，词所表现的人生态度积极而富有感染力。

书渊明诗

陶诗云："但恐多谬误，君当恕醉人。"此未醉时说也，若已醉，何暇忧误哉！然世人言醉时是醒时语，此最名言。张安道饮酒初不言盏数[1]，少时与刘潜、石曼卿饮[2]，但言当饮几日而已。欧公盛年时[3]，能饮百盏，然常为安道所困。圣俞亦能饮百许盏[4]，然醉后高叉手而语弥温谨。此亦知其所不足而勉之，非善饮者。善饮者，澹然与平时无少异也。若仆者，又何其不能饮！饮一盏而醉，醉中味与数君无异，亦所羡尔。

【注释】

1 张安道：即张方平，字安道，南京人。任官四川时，赏识三苏，曾荐苏轼为谏官，轼下狱，又抗章解救。轼终身敬事之。

2 刘潜：字仲方，与石曼卿为酒友。石曼卿：即石延年，字曼卿。

3 欧公：指欧阳修。

4 圣俞：即梅尧臣，字圣俞。

【赏析】

本篇录自《苏东坡全集5》文集卷八十七，作于贬谪黄州期间。陶渊明有《饮酒》诗二十首，写作时间不一，因为都是饮酒后写的，所以编次在同一题下。本篇主旨非谈陶诗，只是借题发挥，正如其在《定惠院寓居月夜偶出》所说："饮中真味老更浓，醉里狂言醒可怕"，怕酒后吐真言，即"醉时是醒时语"。话经三传，乌焉成马。一旦传到小人耳里，容易贾祸。这篇题跋不但反映了作者贬谪期的微妙心情，还生动地描述了与他同时代的一班大作家的饮时情态，将他们的一个生活侧面呈露在读者面前。着墨无多，而所写到的人，却是人人面目各具，人无赘语，语无赘词，每个人的酒量、酒后情态都活现纸上，表现了他们各自的素养和性格特征，使读者如见其人，如闻其声，宛如杜甫《饮中八仙歌》所产生的效果。

记承天夜游 1

元丰六年十月十二日夜，解衣欲睡，月色入户，欣然起行。念无与为乐者，遂至承天寺，寻张怀民 2。怀民亦未寝，相与步于中庭。庭下如积水空明，水中藻荇交横 3，盖竹柏影也。何夜无月，何处无竹柏，但少闲人如吾两人者耳。

【注释】

1 承天：指承天寺，故址在今湖北黄冈南。

2 张怀民：作者的朋友。名梦得，字怀民，清河（今河北清河）人。时亦贬在黄州。

3 藻荇（xìng）：此二者均水生植物。

【赏析】

本篇录自《苏东坡全集6》文集卷一百二十七，作于神宗元丰六年（1083）。

袁宏道说："东坡之可爱者，多其小文小说，使尽去之，而独存其高文大册，岂复有坡公哉！"（《苏长公合作》）本篇随事记录，是苏文小品之代表作。

文短无从分段。日记式开头，先说"解衣欲睡"，即云"月色入户，欣然而起"，可知是夜月色之美，足使人睡意全无。作者思寻乐子，以不负月色，足见兴致；张怀民亦谪居黄州者，亦不以迁谪为意者，"遂至承天寺，寻张怀民"，是乘兴而来也。"怀民亦未寝"，是来得正好，"相与步于中庭"，同赏月色，相悦无言。以下具体形容月色，妙在虚实显隐之间。最后发议论，说清风明月随时都有，"但少闲人如吾两人者耳"，说明能享受此种高尚乐趣者何其少也。

本篇包括年月日时才得八十几个字，兼有叙事、描写、抒情和议论的成分，包含的生活思想内容是极其丰富的，而完全出以随意的笔墨，真是行云流水，兼有魏晋文风的通脱和六朝小品的隽永，对后来的明清小品文有深远影响。

与李公择[1]

某顿首：知治行窘用不易。仆行年五十，始知作活。大要是悭尔，而文以美名，谓之俭素。然吾侪为之，则不类俗人，真可谓淡而有味者。又《诗》云："不戢不难，受福不那[2]。"口体之欲，何穷之有？每加节俭，亦是惜福延寿之道。此似鄙俗，且出于不得已，然自谓长策，不敢独用，故献之左右。住京师，尤宜用此策也。一笑一笑！

【注释】

1 李公择：名常，字元中，湖州六客之会的东道主，作者好友。

2 不戢不难二句：语出《诗经·小雅·桑扈》。不：通丕，语助词。诗意为克制合度，受福多多。

【赏析】

本篇录自《苏东坡全集4》文集卷四十九，作于神宗元丰六年（1083）。时李公择奉召回京，大概因治理行装有点经济困难，东坡知道了，便给他写了这样一封书信。书中用献芹者的语气，向友人推荐自己的生存之道，"大要是悭尔"，人们往往加以文饰，美其名曰"俭素"，作者宁自居于悭客之列，而敬谢"俭素"的美名。接着用《诗经》语，说明在窘境中"悭"的好处。"出于不得已"五字，藏有许多潜台词。书中还说，特别是此去京师，长安米贵，尤宜用此长策，"故献之左右"。临别赠言，而不送钱，解决不了实际问题，故殿之以"一笑！一笑！"使友人阅而莞尔，书信的目的也就达到了。

记游定惠院[1]

　　黄州定惠院东小山上，有海棠一株，特繁茂。每岁盛开，必携客置酒，已五醉其下矣。今年复与参寥师及二三子访焉[2]，则园已易主。主虽市井人，然以予故，稍加培治。山上多老枳木，性瘦韧，筋脉呈露，如老人项颈。花白而圆，如大珠累累，香色皆不凡。此木不为人所喜，稍稍伐去，以予故，亦得不伐。既饮，往憩于尚氏之第[3]。尚氏亦市井人也，而居处修洁，如吴越间人，竹林花圃皆可喜。醉卧小板阁上，稍醒，闻坐客崔成老弹雷氏琴[4]，作悲风晓月，铮铮然，意非人间也。晚乃步出城东，鬻大木盆，意者谓可以注清泉，瀹瓜李[5]。遂夤缘小沟[6]，入何氏、韩氏竹园[7]。时何氏方作堂竹间，既辟地矣，遂置酒竹阴下。有刘唐年主簿者[8]，馈油煎饵，其名为甚酥，味极美。客尚欲饮，而予忽兴尽，乃径归。道过何氏小圃，乞其藂橘[9]，移种雪堂之西。坐客徐君得之将适闽中[10]，以后会未可期，请予记之，为异日拊掌。时参寥独不饮，以枣汤代之。

【注释】

　　1 定惠院：在黄州（今湖北黄冈）东南。作者到黄州最初寓居于此，同年移居临皋亭。

　　2 参寥：即释道潜，钱塘人，苏轼通判杭州时结为好友。二三子：指同游者崔成老等人。

　　3 尚氏：此疑为尚世之，原为落第秀才，后成小商人，湖北黄冈人。

　　4 崔成老：即崔闲，字成老，号玉涧，庐山道士。曾往黄州访作者，而成为挚友。雷氏琴：作者题跋有《家藏雷琴》一首，言琴上有"雷家记"字样。

　　5 瀹（yuè）：浸渍。

6 夤（yín）缘：循沿。

7 何氏、韩氏：指何圣可、韩毅甫。

8 刘唐年：字君佐，时任黄州主簿。为作者友人。

9 藂（cóng）：同丛。

10 徐君得之：即徐大正，字得之，黄州知州徐大受弟。

【赏析】

本篇录自《苏东坡全集6》文集卷一百二十七，作于神宗元丰七年（1084）三月初三日。是作者贬居黄州时应朋友之请而写的一篇记游小品，基本上是一篇流水账。

作者初至黄州，即有诗题为《寓居定惠院之东，杂花满山，有海棠一株，土人不知贵也》，文中提到它，说已五游其下。山园已易主，但新主人看在作者份上，仍维持旧貌，对作者所喜爱的林木加意保护爱惜。接着刻画了山园枳木的性状，及幸存的原因。"既饮"以下依次记游憩于尚氏宅第，听崔成老弹雷氏琴，买木盆以清泉浸渍瓜果，入何氏园竹阴置酒，席上的美食，归途的清兴，等等。

虽然写得拉拉杂杂，却以兴会贯穿其间。可见散文最重要的是写作状态，作者写得津津有味，读者也会读得津津有味。这就是其形散神不散的道理了。

石钟山记 [1]

《水经》云：彭蠡之口 [2]，有石钟山焉。郦元以为下临深潭 [3]，微风鼓浪，水石相搏，声如洪钟。是说也，人常疑之。今以钟磬置水中，虽大风浪不能鸣也，而况石乎！至唐李渤始访其遗踪 [4]，得双石于潭上，扣而聆之，南声函胡[5]，北音清越[6]，枹止响腾，余韵徐歇，自以为得之矣。然是说也，余尤疑之。石之铿然有声者，所在皆是也，而此独以钟鸣，何哉？

　　元丰七年六月丁丑，余自齐安舟行适临汝[7]，而长子迈将赴饶之德兴尉，送之至湖口[8]，因得观所谓石钟者。寺僧使小童持斧，于乱石间择其一二扣之，硿硿焉[9]，余固笑而不信也。至暮夜月明，独与迈乘小舟至绝壁下。大石侧立千仞，如猛兽奇鬼，森然欲搏人。而山上栖鹘，闻人声亦惊起，磔磔云霄间[10]。又有若老人咳且笑于山谷中者，或曰此鹳鹤也。余方心动欲还，而大声发于水上，噌吰如钟鼓不绝[11]。舟人大恐。徐而察之，则山下皆石穴罅，不知其浅深，微波入焉，涵澹澎湃而为此也。舟回至两山间，将入港口，有大石当中流，可坐百人，空中而多窍，与风水相吞吐，有窾坎镗鞳之声[12]，与向之噌吰者相应，如乐作焉。因笑谓迈曰："汝识之乎？噌吰者，周景王之无射也[13]，窾坎镗鞳者，魏庄子之歌钟也[14]。古之人不余欺也！"事不目见耳闻，而臆断其有无，可乎？"郦元之所见闻，殆与余同，而言之不详。士大夫终不肯以小舟夜泊绝壁之下，故莫能知。而渔工水师，虽知而不能言。此世所以不传也。而陋者乃以斧斤考击而求之，自以为得其实。余是以记之，盖叹郦元之简，而笑李渤之陋也。

【注释】

1 石钟山：山名，在江西湖口鄱阳湖东岸，有南、北二山。

2 彭蠡：鄱阳湖别称。

3 郦元：郦道元，《水经注》作者。

4 李渤：唐朝洛阳人，写过一篇《辨石钟山记》。

5 南声函胡：南边那座山石的声音重浊而模糊。函胡，通含糊。

6 北音清越：北边那座山石的声音清脆而响亮。

7 丁丑：当年六月初九的干支。齐安：黄州的郡名。临汝：今属河南。

8 湖口：今属江西。

9 硿（kōng）硿焉：硿硿地（发出响声）。焉，相当于"然"。

10 磔（zhé）磔：鸟鸣声。

11 噌吰（chēng hóng）：这里形容钟声洪亮。

12 窾（kuǎn）坎：击物声。镗鞳（tāng tà）：象声词，指钟鼓声。

13 无射（yì）：周景王二十三年（前522）铸成的钟名，见《国语》。

14 魏庄子之歌钟：歌钟，古乐器。此句所指之事见《左传》。

【赏析】

本篇录自《苏东坡全集6》文集卷一百二十，作于神宗元丰七年（1084）六月，是一篇考察文字。文中记叙作者考察石钟山得名的由来，说明要认识事物的真相必须"目见耳闻"，切忌主观臆断的道理，这是非常正确的。但作者考察得到的结论，则是另一码事。明清人就认为此文关于石钟山得名由来的说法值得商榷，真实的原因应该是："盖全山皆空，如钟覆地，故得钟名。"（此为晚清经学大家俞樾在《春在堂随笔》中记录的湘军大将彭玉麟对石钟山之名的解释）即此山既具有钟之"声"，又具有钟之"形"。

前人欣赏这篇文章，更多的是从写作的角度，如杨慎说"通篇讨山水之幽胜，而中较李渤、寺僧、郦元之简陋，又辨出周景王、魏庄子之钟音。其转折处，以人之疑起己之疑，至见中流大石，始释己之疑，故此记遂为绝调"（《三苏文范》）。文中多用象声字，方苞记清桐城派古文家刘大櫆说："以心动欲还跌出大声发于水上，才有波折，而兴会更觉淋漓。钟声二处，必取古钟二事以实之，具此诙谐，文章妙趣洋溢行间。坡公第一首记文。"（《评校音注古文辞类纂》）

猪肉颂

净洗锅，少著水，柴头罨烟焰不起。待他自熟莫催他，火候足时他自美。黄州好猪肉，价贱等泥土。贵人不肯吃，贫人不解煮。早晨起来打两碗，饱得自家君莫管。

【赏析】

本篇录自《苏东坡全集6》文集卷一百三十八。有读者或以前诗"宁可食无肉，不可居无竹"来驳此诗，则过于执矣，不善变通。东坡诚雅士，亦是美食家，"长江绕郭知鱼美，好竹连山觉笋香"（《初到黄州》）、"春畦雨过罗纨腻，麦陇风来饼饵香"（《南园》）、"蒌蒿满地芦芽短，正是河豚欲上时"（《惠崇春江晚景》）、"一年好景君须记，最是橙黄橘绿时"（《赠刘景文》）等等，都是与美食（含水果）有关的脍炙人口的佳句。

"富者不肯吃"是为了减肥，"贫者不解煮"有点奇怪，大约烹制不得法，吃了腻人，所以也不就敢多吃了。于是乎黄州的猪肉滥市，卖不动，这就美了苏东坡这个美食家。花不了多少钱，每天都可以美美地吃上一碗。盖东坡基因好，体态甚可，无需减肥，加之"解煮"——方方一块肉（《论语·乡党》"割不正不食"），红烧全烂（《论语·乡党》"不得其酱不食"），醇香可口，糯而不腻——烧法是独家首创，故称"东坡肉"。

东坡没有知识产权之观念，对自己研发的技术毫不保守，在诗中讲了烧法要领——"净洗锅，少著水"，"火候足时他自美"。这是我所知道的歌诀中，最实诚的两句，可圈可点，调调儿又好，过目不忘，念起来口内生津，垂涎三尺。

"饱得自家君莫管"，是自得其乐、各人吃了各人好的意思，话虽如此，商业机密全都泄露了——在湖北、在杭州、在四川，至今仍有"东坡肉"这道名菜，四川还有"东坡肘子"，算来，卖钱卖了近一千年，东坡没有收到一分钱的技术转让费——这不公平。明浮白斋主人作《雅谑》载明人陆宅之"每语人曰：'吾甚爱东坡。'或问曰：'东坡有文、有赋、有诗、有字、有东坡巾，君所爱何居？'陆曰：'吾甚爱一味东坡肉。'闻者大笑"。其实陆宅之的话并不大错。或许他意在反讽，或许他存心搞笑，也未可知。

书黄子思诗集后

予尝论书，以谓锺、王之迹[1]，萧散简远，妙在笔画之外。至唐颜、柳[2]，始集古今笔法而尽发之，极书之变，天下翕然以为宗师，而锺、王之法益微。至于诗亦然。苏、李之天成[3]，曹、刘之自得[4]，陶、谢之超然[5]，盖亦至矣。而李太白、杜子美以英玮绝世之姿，凌跨百代，古今诗人尽废，然魏、晋以来高风绝尘，亦少衰矣。李、杜之后，诗人继作，虽间有远韵，而才不逮意，独韦应物、柳宗元发纤秾于简古[6]，寄至味于澹泊，非余子所及也。唐末司空图[7]，崎岖兵乱之间，而诗文高雅，犹有承平之遗风。其诗论曰："梅止于酸，盐止于咸。饮食不可无盐、梅，而其美常在咸酸之外[8]。"盖自列其诗之有得于文字之表者二十四韵，恨当时不识其妙。予三复其言而悲之。闽人黄子思，庆历、皇祐间号能文者[9]。予尝闻前辈诵其诗，每得佳句妙语，反复数四，乃识其所谓。信乎表圣之言，美在咸酸之外，可以一唱而三叹也。予既与其子幾道、其孙师是游，得窥其家集。而子思笃行高志，为吏有异材，见于墓志详矣，予不复论，独评其诗如此。

【注释】

1 锺、王：即钟繇（yóu）、王羲之，魏晋时期大书家。

2 颜、柳：即颜真卿、柳公权，唐代大书家。

3 苏、李：即汉代苏武、李陵，相传为苏李诗作者。

4 曹、刘：即曹植、刘桢，汉末建安时代杰出诗人。

5 陶、谢：即陶渊明、谢灵运，晋宋时代大诗人。

6 纤秾：纤巧浓艳。简古：简洁古朴。

7 司空图：唐末诗家，著有《二十四诗品》。

8 其诗论曰句：语出司空图《与李生论诗书》，文字与原文有出入。

9 庆历、皇祐：均宋仁宗赵祯年号。

【赏析】

本篇录自《苏东坡全集5》文集卷八十八。黄子思是仁宗天圣二年（1024）进士，其子黄几道、孙黄师是皆与作者有交游，且师是与东坡为儿女亲家。这篇文章就是为黄子思诗集作的跋语。作者借题发挥，以书喻诗，自道所得，将汉唐之间的大书家、大诗人撮要评品，表明自己所心仪的，是那种"发纤秾于简古，寄至味于澹泊""其美常在咸酸之外"的艺术风格，具体到诗人，那就是陶渊明、韦应物、柳宗元、司空图这一脉的诗人。所谓味在咸酸之外，就是经得起玩味："佳句妙语，反复数四，乃识其所谓。"这也是苏东坡美文的艺术造诣的夫子自道，用来评论黄子思诗集，其实是借花献佛，取其现成，肯定对方。杨慎点评："序止五百余字，立一古今诗案。诗唐李杜为宗，固妙。而汉魏有天成自得、超然于诗之外者，亦所当知。作文之法，亦犹诗也。深于诗，自深于文也。"（《三苏文范》）

书吴道子画后 [1]

知者创物，能者述焉，非一人而成也。君子之于学，百工之于技，自三代历汉至唐而备矣 [2]。故诗至于杜子美，文至于韩退之，书至于颜鲁公 [3]，画至于吴道子，而古今之变、天下之能事毕矣。道子画人物，如以灯取影，逆来顺往，旁见侧出，横斜平直，各相乘除 [4]，得自然之数，不差毫末。出新意于法度之中，寄妙理于豪放之外，所谓游刃余地，运斤成风 [5]，盖古今一人而已。余于他画，或不能必其主名，至于道子，望而知其真伪也。然世罕有真者，如史全叔所藏 [6]，平生盖一二见而已。元丰八年十一月七日书。

【注释】

1 吴道子：名道玄，唐代画家。

2 三代：指夏、商、周三代。

3 颜鲁公：即颜真卿，唐代书法家，封鲁国公。

4 乘除：这里指各种笔法的相互作用、消长。

5 运斤成风：语出《庄子·徐无鬼》。斤，斧。

6 史全叔：作者友人，资料不详。

【赏析】

本篇录自《苏东坡作集5》文集卷九十三，作于神宗元丰八年（1085），时作者于登州知州任上受召还朝，西行途经友人史全叔家，观其所藏而作。

这篇短文提出了一个大的论断，那就是唐代是各门艺术集大成（"而古今之变，天下之能事毕矣"）的时代，标志这个时代成立的前提条件，就是各门艺术都出现了集大成的人物，诗歌产生了诗圣杜甫，古文产生了文豪韩愈，书法产生了颜体鼻祖颜真卿，绘画则产生画圣吴道子。这不仅是拉前三位来做后一位的陪衬，更是趁机发表一通宏论。这个说法一经提出，遂为后世所接受，所引用，所尊仰。

当然，本文主题还是对吴道子艺术的点赞。作者形容吴道子画是"如以灯取影，逆来顺往，旁见侧出，横斜平直，各相乘除"，而妙造自然。也就是说，吴画的造型是以生活观察为扎实基础的，"以灯取影"四字，说明了"形"的重要（"得自然之数，不差毫末"）；但既然是"取影"，那就不会停留于"形似"，而是有变形有升华。一位当代画家直白地说，现实不值得画，生活本身太过平庸，绘画的世界应该是更美好的世界。这个道理，吴道子也是明白的。所以他能"出新意于法度之中，寄妙理于豪放之外"，上升到原创的最高境界。除了达道之外，他在技的层面上也是跟上去了的，方能"游刃余地，运斤成风"。

同时，苏东坡也表扬了自己的鉴识能力。因为但凡有市场的大师，就会引来模仿者，甚至拙劣的模仿者。但凡爱家，则都有真爱真知炼就的火眼金睛，只一眼凭感觉就能辨知真伪，因为伪作总会在某一笔上露出马脚，而这马脚是逃不过识者的犀利眼光的。而这种鉴识能力，也便是审美直觉能力。要之，如沈德潜所评："举一画而他可类推，道子之画，子瞻之评，唯圣神于此艺者能之。"（《唐宋八家文读本》）

范文正公文集叙 [1]

庆历三年，轼始总角入乡校 [2]，士有自京师来者，以鲁人石守道所作《庆历圣德诗》示乡先生 [3]。轼从旁窃观，则能诵习其词，问先生以所颂十一人者何人也？先生曰："童子何用知之？"轼曰："此天人也耶，则不敢知；若亦人耳，何为其不可！"先生奇轼言，尽以告之，且曰："韩、范、富、欧阳，此四人者，人杰也。"时虽未尽了，则已私识之矣。嘉祐二年，始举进士，至京师，则范公殁。既葬，而墓碑出，读之至流涕，曰："吾得其为人盖十有五年，而不一见其面，岂非命也欤！"是岁登第，始见知于欧阳公，因公以识韩、富，皆以国士待轼，曰："恨子不识范文正公。"其后三年，过许，始识公之仲子今丞相尧夫[4]。又六年，始见其叔彝叟京师[5]。又十一年，遂与其季德孺同僚于徐[6]。皆一见如旧。且以公遗稿见属为叙。又十三年，乃克为之。

　　呜呼，公之功德，盖不待文而显，其文亦不待叙而传。然不敢辞者，自以八岁知敬爱公，今四十七年矣，彼三杰者，皆得从之游，而公独不识，以为平生之恨。若获挂名其文字中，以自托于门下士之末，岂非畴昔之愿也哉！古之君子，如伊尹、太公、管仲、乐毅之流[7]，其王霸之略，皆素定于畎亩中，非仕而后学者也。淮阴侯见高帝于汉中[8]，论刘、项短长，画取三秦[9]，如指诸掌。及佐帝定天下，汉中之言，无一不酬者。诸葛孔明卧草庐中，与先主策曹操、孙权，规取刘璋，因蜀之资，以争天下，终身不易其言。此岂口传耳受，尝试为之而侥幸其或成者哉！公在天圣中，居太夫人忧，则已有忧天下致太平之意，故为万言书以遗宰相，天下传诵。至用为将，擢为执政，考其平生所为，无出此书者。今其集二十卷，为诗赋二百六十八，为文一百六十五。其于仁义礼乐，忠信孝弟，盖如饥渴之于饮食，欲须臾忘而不可得。如火之热，如水之湿，盖其天性有不得不然者。虽弄翰戏语，率然而作，必归于此。故天下信其诚，争师尊之。孔子曰："有德者必有言。"非有言也，德之发于口者也。又曰："我战则克，祭则受福。"非能战也，德之见于怒者也。元祐四年四月十一日，龙图阁学士、朝奉郎、新知杭州军州事苏轼叙。

【注释】

1 范文正公：即范仲淹，谥号"文正"。

2 庆历三年：1043年，时作者六岁。总角：指童年，《礼记·内则》载："男女未冠笄者，总角"。郑玄注："总角，收发结之。"

3 石守道：即石介，字守道，兖州（今属山东）人，有《徂徕集》。

4 仲子：即次子，此处指范仲淹次子范纯仁，字尧夫。

5 叔彝叟：即范仲淹三子范纯礼，字彝叟。

6 季德孺：即范仲淹幼子范纯粹，字德孺。徐：地名，在今江苏省铜山县。

7 伊尹、太公、管仲、乐毅：分别为辅佐商汤、周文王、齐桓公、燕昭王建功立业的大臣。

8 淮阴侯：韩信。高帝：汉高祖刘邦。

9 三秦：项羽亡秦后，曾三分关中之地，封秦降将章邯、司马欣、董翳为王，称三秦。

【赏析】

本篇录自《苏东坡全集5》文集卷八十三，作于哲宗元祐四年（1089）。时作者自翰林学士、知制诰兼侍读改任杭州知州，即将离京。

这篇文章为前辈名公为集序，行文一点不拘谨，全文四段，放得开，收得拢。第一段叙童年时代对范公的景仰之情，顺便也彰显了自己——一个小朋友，在乡学老师面前，偷看别人呈老师看的诗文，并插嘴，竟然让老师高看一眼。

第二段叙中进士后，得到与范公齐名的欧阳修等前辈的青睐，这些人都为他没有见到过范公，表示痛惜，这不但是崇敬死者，也是对作者本人的抬举。这种写法，虽是与范公套近乎，但一不跑题，二不虚夸（有实力），所以高明。

第三段才进入正题，仍不照套路写。反说范公用不着别人写叙（序），因为"公之功德，盖不待文而显，其文亦不待叙而传"，道理正大。接着说自己一口答应，是义不容辞，而且借机沾光。等于是对范公的高度评价，也是一种举重若轻的写作手法。

第四段列举历代名臣，天纵英才，如商汤的伊尹、周初的姜太公、春秋齐国的管仲及战国燕昭王时代的乐毅，以及汉初的韩信、蜀汉的诸葛亮，说范公和他们是一样的："其王霸之略，皆素定于畎亩中，非仕而后学者也。"又说："公在天圣（仁宗年号1023—1032）中，居太夫人忧，则已有忧天下致太平之意，故为万言书（《上执政书》）以遗宰相，天下传诵。至用为将，擢为执政，考其平生所为，无出此书者。"于是不再对二十卷文集内容细加评论，这是一种纲举目张的写法，何其扼要，何其省净。

关于《上执政书》，今天的读者不太知道，也不必知道。只需代之以一篇《岳阳楼记》就行了。盖范不在唐宋八大家之列，而其《岳阳楼记》却摸到了唐宋古文的天花板，"先天下之忧而忧，后天下之乐而乐"，成为尽人皆知的头等名句。此文结尾，又写出了"非有言也，德之发于口者也"，"非能战也，德之见于怒者也"，振聋发聩，不辱使命。

记石塔长老答问¹

石塔来别居士。居士云："经过草草，恨不一见石塔。"塔起立云："遮个是砖浮图耶²？"居士云："有缝。"塔云："无缝何以容世间蝼蚁³？"坡首肯之。元丰八年八月二十七日。

【注释】

1 石塔：文中指石塔长老。按，石塔在今江苏省扬州市惠昭寺。东坡于元祐七年(1092年)知扬州，七月离任。

2 遮个：即这个。遮，通者、这。浮图：佛塔的音译。

3 蝼蚁：比喻蝼蚁般偷活草间之人。

【赏析】

本篇录自《苏东坡全集6》文集卷一百三十，作于哲宗元祐七年(1092)七月即将离任时。这是东坡写的一个寓言段子。文中"石塔"代表着作者心中一种完美的社会结构，"砖塔"则代表不尽完美、有空子可钻的社会结构。砖塔虽不完美，那些缝子却能给那些卑贱的生命以偷活空间，看似不完美，却是一种自我调节机制。这和"水至清则无鱼"是一个道理。这个段子通过作者与石塔长老的对话，说明任何社会都得给草民一条活路，也才能维持自身的稳定。

李若之布气[1]

《晋·方技传》有幸灵者[2]，父母使守稻。牛食之，灵见而不驱，牛去，乃理其残乱者。父母怒之。灵曰："物各欲得食，牛方食，奈何驱之？"父母愈怒，曰："即如此，何用理乱者为？"灵曰："此稻又欲得生。"此言有理，灵故有道者也。吕猗母皇得痿痹病十余年，灵疗之。去皇数步坐，瞑目寂然。有顷，曰："扶夫人起。"猗曰："老人得病十有余年，岂可仓卒令起耶？"灵曰："但试扶起。"令两人扶起，两人夹扶而立。少顷，去扶者，遂能行。学道养气者，至足之余，能以气与人。都下道士李若之能之，谓之"布气"[3]。

吾中子迨，少羸，多疾。若之相对坐，为布气，迨闻腹中如初日所照，温温也。若之盖尝遇得道异人于华岳下云。

【注释】

1 李若之：汴京道士，气功师。

2《晋·方技传》：《三国志·魏书》（陈寿撰）有《方技传》，这里指《晋书》（房玄龄等撰）的《艺术列传》。幸灵：豫章建昌（今属江西宜春靖安）人，术士。

3 布气：气功的运气。

【赏析】

本篇录自《苏东坡全集6》文集卷一百三十二，为苏轼记录亲身经历的气功治病奇事而作。"都下道士李若之能之"以下九句，记作者次子苏迨小时候体弱多病，李若之与之对坐运气，苏迨说感觉"腹中如初日所照，温温也"。这个并不神奇，本质上是心理暗示在起作用。作者由此联想到从《晋书·艺术列传》中读到的幸灵传，如为吕猗母皇氏治痿痹病，通过"布气"，就能产生立竿见影的作用。其实也是心理暗示的作用，而且只能是短时间的，并不能根治。现在气功师为人治病，还是这个效果，也还是这个道理，说穿了一点都不稀奇。提到幸灵这个人，作者又多抄了一段书，就是文章开头表幸灵儿时痴傻，父母让他看守稻子，他却让牛食稻，牛吃饱走后，他才去收拾整理残余的稻子，令父母哭笑不得。因为作者觉得这一段异人奇事的描写有趣且可爱，别人未必读到，读未必注意，所以特为拈出，让大家分享。

刘沈认屐[1]

《南史》：刘凝之为人认所着屐[2]，即予之。此人后得所失屐，送还，不肯复取。沈麟士亦为邻人认所着屐，麟士笑曰："是卿屐耶？"即予之。邻人后得所失屐，送还之。麟士曰："非卿屐耶？"笑而受之。此虽小节，然人处世，当如麟士，不当如凝之也。

【注释】

1 刘沈：即刘凝之、沈麟士。刘凝之，字志安，南朝名士。沈麟士：字云祯，南朝教育家。

2 屐：木屐。

【赏析】

本篇录自《苏东坡全集5》文集卷一百一十八，是品鉴古人雅量的。"雅量"是《世说新语》之一门。有一则故事对比两个名士：一位是财迷祖约，有一次在家数钱，客人来了，他避之不及，就用身体挡客人视线，表情很不自然；另一位是鞋迷阮孚，有一次在家吹火为屐上蜡，客来不避，神色自若，还自嘲道："未知一生当着几两屐。"于是两个人的雅量，就区分开来了。苏轼此文，乃效《世说新语》的笔法，品鉴南史的两个人物。南朝人"着屐"成风，丢屐的事时有发生，错怪别人的事也时有发生。这不，刘凝之与沈麟士都摊上事儿了。邻居找上门来"认屐"，明明是邻居错了，两个人都懒得理论（沈笑说了一句话"是卿屐耶"），都让邻居把屐拎走。单凭这一段表现，刘、沈二人均有雅量，分不出高下。好看在后头——两家邻居都发现搞错了，于是都有"送还"，刘不依，"不肯复取"；沈还是一句话："非卿屐耶"，竟"笑而受之"。于是刘、沈胜负已分——谁不介意，谁更有雅量。文章到此本可打住，"此虽小节"

以下的话，乃属多余，低估读者的智商，是可以删去的。

潮州韩文公庙碑 [1]

匹夫而为百世师，一言而为天下法。是皆有以参天地之化 [2]，关盛衰之运。其生也有自来，其逝也有所为。故申吕自岳降 [3]，傅说为列星 [4]，古今所传，不可诬也。孟子曰："吾善养吾浩然之气。是气也，寓于寻常之中，而塞乎天地之间。"卒然遇之，则王公失其贵，晋、楚失其富，良、平失其智，贲、育失其勇，仪、秦失其辨 [5]。是孰使之然哉？其必有不依形而立，不恃力而行，不待生而存，不随死而亡者矣。故在天为星辰，在地为河岳，幽则为鬼神，而明则复为人。此理之常，无足怪者。自东汉以来，道丧文弊，异端并起 [6]，历唐贞观、开元之盛，辅以房、杜、姚、宋而不能救 [7]，独韩文公起布衣，谈笑而麾之，天下靡然从公，复归于正，盖三百年于此矣。文起八代之衰 [8]，而道济天下之溺；忠犯人主之怒，而勇夺三军之帅 [9]。岂非参天地，关盛衰，浩然而独存者乎！盖尝论天人之辨，以谓人无所不至，惟天不容伪。智可以欺王公，不可以欺豚鱼；力可以得天下，不可以得匹夫匹妇之心。故公之精诚，能开衡山之云 [10]，而不能回宪宗之惑；能驯鳄鱼之暴，而不能弭皇甫镈、李逢吉之谤 [11]；能信于南海之民，庙食百世，而不能使其身一日安于朝廷之上。盖公之所能者，天也；其所不能者，人也。

始，潮人未知学，公命进士赵德为之师。自是潮之士皆笃于文行，延及齐民，至于今，号称易治。信乎孔子之言："君子学道则爱人，小人学道则易使也。"潮人之事公也，饮食必祭，水旱疾疫，凡有求，必祷焉。而庙在刺史公堂之后，民以出入为艰。

前守欲请诸朝作新庙，不果。元祐五年，朝散郎王君涤来守是邦，凡所以养士治民者，一以公为师。民既悦服，则出令曰："愿新公庙者听。"民趋之。卜地于州城之南七里，期年而庙成。或曰："公去国万里，而谪于潮，不能一岁而归。没而有知，其不眷恋于潮，审矣。"轼曰："不然。公之神在天下者，如水之在地中，无所往而不在也。而潮人独信之深，思之至，焄蒿凄怆[12]，若或见之。譬如凿井得泉，而曰水专在是，岂理也哉！"元丰元年，诏封公昌黎伯，故榜曰："昌黎伯韩文公之庙"。潮人请书其事于石，因作诗以遗之，使歌以祀公。其词曰：

公昔骑龙白云乡，手抉云汉分天章，天孙为织云锦裳[13]。飘然乘风来帝旁，下与浊世扫秕糠。西游咸池略扶桑[14]，草木衣被昭回光。追逐李杜参翱翔，汗流籍湜走且僵[15]，灭没倒景不可望。作书诋佛讥君王，要观南海窥衡湘，历舜九疑吊英皇。祝融先驱海若藏，约束蛟鳄如驱羊。钧天无人帝悲伤，讴吟下招遣巫阳。犦牲鸡卜羞我觞[16]，於粲荔丹与蕉黄。公不少留我涕滂，翩然被发下大荒。

【注释】

1 潮州：治所在今广东潮安。韩文公：韩愈，谥号"文公"。

2 参天地之化：语出《礼记·中庸》朱熹注："与天地参，谓与天地并立为三矣。"

3 申吕：即申伯和吕侯，伯夷的后代。相传为山岳之神降生。

4 傅说（yuè）：商王武丁之相。相传死后飞升上天，和众星并列。

5 良、平：即张良和陈平，西汉开国功臣。贲、育：孟贲和夏育，古代著名勇士。仪、秦：张仪和苏秦，战国时期著名纵横家。

6 异端：这里指汉魏以来的佛教与道教，对儒教来说是异端。

7 房、杜：即房玄龄和杜如晦，唐太宗时贤相。姚、宋：即姚崇和宋璟，唐玄宗前期名相。

8 八代: 指东汉、魏、晋、宋、齐、梁、陈、隋。

9 忠犯人主之怒: 指韩愈上《论佛骨表》, 触怒宪宗, 贬潮州刺史事。勇夺三军之帅: 指韩愈宣抚镇州叛乱, 只用一次谈话便说服了作乱的将士, 转吏部侍郎事。

10 能开衡山之云: 指韩愈路过衡山, 正逢秋雨, 经诚心祷告, 云开雨止。

11 能驯鳄鱼之暴: 指韩愈在潮州, 作《祭鳄鱼文》, 命鳄鱼迁走事。皇甫镈、李逢吉: 分别为宪宗、穆宗时相, 皆为诽谤韩愈之人。

12 焄蒿凄怆: 祭祀时引起悲情。焄, 祭物的香气。蒿, 香气蒸发上升的样子。见《礼记·祭义》。

13 天孙: 星名, 即织女星。

14 咸池: 神话中太阳沐浴的地方。扶桑: 神话中日没的地方。

15 籍湜: 即张籍和皇甫湜, 韩愈同时代文学家。

16 爆牲: 用牦牛作祭品。鸡卜: 用鸡骨占卜。羞: 珍馐。

【赏析】

本篇录自《苏东坡全集6》文集卷一百四十五, 题作《韩文公庙碑》, 作于哲宗元祐七年(1092)潮州重修韩愈庙后。碑文高度颂扬韩愈的道德文章和政绩, 并具体描述了潮州人民对韩愈的崇敬怀念之情。

碑记的传统写法以叙事为主, 本篇则主于议论, 叙事亦以议论出之, 可以说是碑记的变体。起笔以"匹夫而为百世师, 一言而为天下法"开篇, 劈空而来, 突兀高亢, 气概贯彻篇终。行文洋洋洒洒, 骈散兼施, 常用排比叠用的方法, 议论中又打并入作者自己的身世之感, 使全文音调铿锵, 气势充沛, 颇具感染力。

本篇文风也比较接近韩文, 直追孟子。石村贞一《纂评唐宋八大家之读本》卷七引唐介轩评道: "通篇历叙文公一生道德文章功业, 而归本在养气上，可谓简括不漏。至行文之排宕宏伟，即置之昌黎集中。几无以辨，此长公出力摸写之作。"

书《孟德传》后[1]

子由书孟德事见寄。余既闻而异之，以为虎畏不惧己者，其理似可信。然世未有见虎而不惧者，则斯言之有无，终无所试之。然曩余闻忠、万、云安多虎。有妇人昼日置二小儿沙上而浣衣于水者，虎自山上驰来，妇人仓皇沉水避之。二小儿戏沙上自若。虎熟视久之，至以首抵触，庶几其一惧[2]，而儿痴，竟不知怪，虎亦卒去。意虎之食人，必先被之以威，而不惧之人，威无所从施欤？有言虎不食醉人，必坐守之，以俟其醒。非俟其醒，俟其惧也。有人夜自外归，见有物蹲其门，以为猪狗类也。以杖击之，即逸去。至山下月明处，则虎也。是人非有以胜虎，而气已盖之矣。使人之不惧，皆如婴儿、醉人与其未及知之时，则虎畏之，无足怪者。故书其末，以信子由之说[3]。

【注释】

1《孟德传》：此为苏辙的一篇散文，记仁宗嘉祐年间，秦州戍卒孟德，不堪戍卒生活，逃入深山生活两年，多次遇虎，竟未遭伤害之奇事。

2 庶几：有那么一点儿。

3 信（shēn）：通伸，表支持意。

【赏析】

本篇录自《苏东坡全集5》文集卷八十四，是作者读其弟苏辙笔记

《孟德传》而作。《孟德传》是一篇聊斋式的故事，由孟德的奇遇，联想到许多"虎畏不惧己者"的民间传说，一并加以记叙。不但可助谈资，其时也是寓言。南宋费衮于《梁溪漫志》卷四宋人记东坡轶事："东坡一日退朝，食罢，扪腹徐行，顾谓侍儿曰：'汝辈且道，是中有何物？'一婢遽曰：'都是文章。'坡不以为然。又一人曰：'满腹都是识见。'坡亦未以为当。至朝云，乃曰：'学士一肚皮不入时宜。'坡捧腹大笑。"所谓"一肚皮不入时宜"，也就有"不信邪"的意思，与"不怕虎"的道理是一样的。黄庭坚云："子瞻谪岭南，时宰欲杀之。饱喫惠州饭，细和渊明诗。"时宰也无可如何。与"虎畏不惧己者"，也是一个道理。

书若逵所书经后

怀楚比丘示我若逵所书二经[1]。经为几品，品为几偈[2]，偈为几句，句为几字，字为几画，其数无量。而此字画，平等若一，无有高下、轻重、大小。云何能一？以忘我故。若不忘我，一画之中，已现二相，而况多画。如海上沙，是谁磋磨，自然匀平，无有粗细；如空中雨，是谁挥洒，自然萧散，无有疏密。咨尔楚、逵，若能一念，了是法门，于刹那顷，转八十藏[3]，无有忘失，一句一偈。东坡居士，说是法已，复还其经。元祐七年四月二十五日。

【注释】

1 怀楚：僧人之名。比丘：僧人。

2 偈：佛经中的颂词，一偈四句。

3 藏：佛教经典之总称。

【赏析】

本篇录自《苏东坡全集5》文集卷九十三，作于哲宗元祐七年(1092)。是作者观僧人若逵写经有感而发。若逵所书写的两部经书，"经为几品，品为几偈，偈为几句，句为几字"，笔画无数，而竟能笔笔匀平，这使作者感到惊讶，他得出的理由，是"以忘我故"四字。若逵何能"忘我"？自是虔诚的信仰和由信仰而激发的热忱，从而产生锲而不舍的注意力、毅力，引导他的书写进入"忘我"的境界。文章效高僧说法的语气，层层铺展，引人入胜。"如海上沙""如空中雨"两喻，奇妙无比，引人遐想。

记游松风亭[1]

余尝寓居惠州嘉祐寺[2]，纵步松风亭下，足力疲乏，思欲就床止息。仰望亭宇，尚在木末，意谓如何得到。良久忽曰："此间有甚么歇不得处？"由是心若挂钩之鱼，忽得解脱。若人悟此，虽两阵相接，鼓声如雷霆，进则死敌，退则死法，当恁么时，也不妨熟歇。

【注释】

1 松风亭：在广东省惠州市惠阳区东弥陀寺后山岭上。

2 嘉祐寺：故址在惠州白鹤峰以东，明代改建城隍庙，现遗址在惠州市东坡小学内。

【赏析】

本篇录自《苏东坡全集6》文集卷一百二十八，作于哲宗绍圣元年

（1094），苏轼时贬居惠州。光看题目，以为这是一篇游记。殊不知内容与游松风亭了无关系，因为作者还未到达。因此它其实是一则随感。在生活中，人往往会设定目标、预为计划，然后照章办事，势必勉强自己，恰如"足力疲乏，思欲就床止息"那样，结果只能自苦而已。作者换一个角度思考这个问题，也就是打破"就床止息"这一条条框框，于是得大自在："如挂钩之鱼，忽得解脱。"忽然又把这个问题推向极致："虽两阵相接，鼓声如雷霆，进则死敌，退则死法"，那又怎么样呢，作者认为还是可以照此办理。使人联想到唐诗名句："醉卧沙场君莫笑，古来征战几人回！"（《凉州词二首》其一）原来也是这个道理。就像一条广告所说：没有什么大不了的。

记游白水岩 [1]

绍圣元年十月十二日 [2]，与幼子过游白水佛迹院，浴于汤池 [3]，热甚，其源殆可熟物。循山而东，少北，有悬水百仞，山八九折，折处辄为潭。深者缒石五丈，不得其所止，雪溅雷怒，可喜可畏。水崖有巨人迹数十，所谓佛迹也。暮归，倒行，观山烧壮甚。俯仰度数谷。至江山月出，击汰中流，掬弄珠璧 [4]。到家，二鼓矣 [5]。复与过饮酒，食余甘 [6]，煮菜，顾影颓然，不复能寐 [7]。书以付过。东坡翁。

【注释】

1 白水：白水岩，在今广东增城东。以山巅有瀑布如白练得名。

2 绍圣元年：即 1094 年。绍圣：宋哲宗年号。

3 幼子过：苏过，作者第三子。汤池：温泉浴池。

4 珠璧：形容倒映在水中的月亮。

5 二鼓：二更（晚上9时至11时）。

6 余甘：橄榄别称。

7 颓然：打不起精神的样子。不复甚寐：没有怎样睡，即失眠。

【赏析】

本篇录自《苏东坡全集6》文集卷一百二十八，作于哲宗绍圣元年（1094）贬谪惠州时。前面大部分文字近乎记流水账。开篇交代游览的时间地点，白天游览所见，主要写温泉、悬瀑和佛迹三景。

接着写夜游所见，主要写烧山和划船二事。行文层次井然，自然流畅，颇具诗情画意。后面小部分文字，记回家后饮酒、进食、醉态、失眠和作书，情绪由高亢转平和，复由平和转低落，内在韵律来自生活，故耐人玩味。

与参寥子[1]

某启。专人远来，辱手书，并示近诗，如获一笑之乐，数日慰喜忘味也。某到贬所半年，凡百粗遣。更不能细说，大略只似灵隐天竺和尚退院后[2]，却住一个小村院子，折足铛中[3]，罨糙米饭便吃，便过一生也得。其余，瘴疠病人。北方何尝不病，是病皆死得人，何必瘴气。但苦无医药。京师国医手里死汉尤多。参寥闻此一笑，当不复忧我也。故人相知者，即以此语之，余人不足与道也。未会合间，千万为道自爱。

【注释】

1 参寥子：即释道潜，苏轼好友。

2 退院：指老僧卸去寺院主持职务。

3 折足铛：断脚锅。

【赏析】

本篇录自《苏东坡全集4》文集卷七十四，作于哲宗绍圣二年（1095）正、二月间。参寥是作者最好的朋友之一，苏轼贬到惠州，参寥即遣专人探问，他自己随后也被人寻摘诗句中有"刺讥"，勒令还俗，与东坡可谓"同病相怜"。参寥自认为理所当然的，东坡则出乎意外，为之"数日慰喜忘味"，所谓相忘于江湖，谈何容易。信中对好友叙述近况，一笔带过。谈到思想感受，也只说些"淡话"，但充满东坡式的达观和幽默。他把自己比作退院的老和尚。小村院子、折足铛、糙米饭，极言生活陋薄，却说是"便过一生也得"！说到对病和死的态度，更是早就看开了，一句话视死如归，置生死于度外。岭南有瘴气，会致病；但北方就不生病吗，生了病能保不死吗？所以在哪里生活都一样。总之经历了黄州、惠州两次贬谪，饱经忧患，作者已学会了以佛老思想排遣苦闷，得失荣辱不系于心，对生死不再挂怀，这恰恰是人生最好的保养之道，所以东坡能笑到最后。

书《东皋子传》后[1]

予饮酒，终日不过五合，天下之不能饮，无在予下者。然喜人饮酒，见客举杯徐引，则予胸中为之浩浩焉，落落焉，醺适之味，乃过于客。闲居，未尝一日无客；客至，未尝不置酒。天下之好饮，亦无在予上者。常以谓人之至乐，莫若身无病而心无忧。我则无是二者矣。然人之有是者，接于予前，则予安得全其乐乎？

故所至，常蓄善药，有求者则与之，而尤喜酿酒以饮客。或曰："子无病而多蓄药，不饮而多酿酒。劳己以为人，何也？"予笑曰："病者得药，吾为之体轻；饮者困于酒，吾为之醺适。盖专以自为也。"东皋子待诏门下省[2]，日给酒三升。其弟静问曰："待诏乐乎？"曰："待诏何所乐，但美酝三升，殊可恋耳。"今岭南，法不禁酒，予既得自酿，月用米一斛，得酒六斗。而南雄、广、惠、循、梅五太守[3]，间复以酒遗予。略计其所获，殆过于东皋子矣。然东皋子自谓五斗先生，则日给三升，救口不暇[4]，安能及客乎？若予者，乃日有二升五合入野人、道士腹中矣。东皋子与仲长子光游，好养性服食[5]，预刻死日，自为墓志。予盖友其人于千载，则庶几焉。

【注释】

1 东皋子：即王绩，字无功，号东皋子，唐初诗人。

2 待诏：唐初以文辞经学之士及医、卜、棋、术等技艺人员置翰林院中，以待皇帝诏问驱使。门下省：唐官署名。

3 南雄、广、惠、循、梅：均宋代广东州名。

4 救口不暇：自己喝都不够。

5 仲长子光：唐代隐士。据《旧唐书·王绩传》载："邻渚有隐士仲长子光，服食养性。绩重其真素，愿与相近，乃结庐河渚，以琴酒自乐。"服食：道家养生法，指服食丹药。

【赏析】

本篇录自《苏东坡全集5》文集卷八十四，作于苏轼谪居广东惠州时期。虽然是跋《东皋子传》，但有一大半内容却是借题发挥，讲自己和酒的缘分。

全文分三段。第一段写自己其实并不善饮，甚至是最不善饮之人，但家中经常置酒；从酒又连带说到药，也是一样的态度，即自己无病，但家中仍然置药。所以然者，都是为了待客，或作布施。"故所至，常蓄善药，有求者则与之，而尤喜酿酒以饮客。"问他这样做的动机，照作者解释这不光是为人，也是为自己："病者得药，吾为之体轻；饮者困于酒，吾为之酣适，盖专以自为也。"换言之，就是助人为乐了。

第二段才说到东皋子王绩，却仍然接着上文的话题，说王绩本不愿做官，但为了能得到公家每日配给的三升美酒，才勉强干下去。作者认为王绩的酒连自己用都不够，而他自酿的酒，数量都比王绩得到的要多，加之本州及邻州长官经常送酒来，所以他可以随意待客，游刃有余。像王绩那样自号"五斗先生"，酒量很大，每天能得到三升酒，可谓自顾不暇，遂无以待客，所以也得不到作者这种乐趣。要是像自己这样酒量小，就可以每天拿二升五合酒来招待客人（野人、道士），多么快活。李白《扶风豪士歌》云："原尝春陵（平原君、孟尝君、春申君、信陵君）六国时，开心写意君所知。"四公子何以"开心写意"，因为与客同乐。作者虽然条件不及他们，做派却是一样的。

第三段是结尾，是交代王绩与自己那么不同，为什么作者还会"友其人于千载"呢？乃是因为这个人对生死的态度与自己不谋而合："预刻死日，自为墓志"，因为超脱，所以倾心。

书《归去来辞》赠契顺 [1]

余谪居惠州，子由在高安 [2]，各以一子自随。余分寓许昌、宜兴，岭海隔绝。诸子不闻余耗，忧愁无聊。苏州定慧院学佛者卓契顺谓迈曰 [3]："子何忧之甚？惠州不在天上，行即到耳，当为子将书问之。"绍圣三年三月二日，契顺涉江度岭，徒行露宿，僵仆瘴雾，黧面茧足以至惠州，得书径还。余问其所求，答曰："契顺惟无所求，而后来惠州。若有所求，当走都下矣。"苦问不已，乃曰："昔蔡明远[4]，鄱阳一校耳，颜鲁公绝粮江淮之间，明远载米以周之。鲁公怜其意，遗以尺书，天下至今知有明远也。今契顺虽无米与公，然区区万里之勤，傥可以援明远例，得数字乎？"余欣然许之。独愧名节之重，字画之好，不逮鲁公，故为书渊明《归去来辞》以遗之。庶几契顺托此文以不朽也。

【注释】

1 归去来辞：即《归去来兮辞》，东晋陶渊明作。契顺：即苏州定慧寺僧人卓契顺，其跟随定慧寺长老守钦学佛。

2 子由：即苏轼弟苏辙，字子由。高安：县名，今属江西。

3 迈：即苏轼长子。

4 蔡明远：唐代人，颜真卿抗安禄山时，曾相救助。颜因作《与蔡明远书》赠之。

【赏析】

本篇录自《苏东坡全集5》文集卷九十三，作于哲宗绍圣三年（1096）年。东坡谪惠州，家属在宜兴。其友钱济明时任苏州通判，欲为东坡长子苏迈致家书，通过定慧寺长老守钦，派其弟子卓契顺去惠州打听情况。契顺是个行者，担任寺庙守护等杂事，勇任此役，其言行有足感人者。一是说"惠州不在天上，行即到耳！"说得干脆豪迈，勇于担当。二是"涉江度岭，徒行露宿，僵仆瘴雾，黧面茧足以至惠州"，说到做到，这就是古道热肠了。三是"契顺惟无所求，而后来惠州，若有所求，当走都下矣"，这是助人为乐，耻言报酬，可谓上上人物了。四是"可以援明远例，得数字乎"——在东坡再三表示一定要酬请，他才表示写几个字，得个秀才人情就行了。说"天下至今知有明远也",表明这人有识见,要名不要利。一个平凡的人,靠名人诗文提到,得以传世不朽的事,古今多有。如杜甫《江畔独步寻花》,东坡题云:"昔齐鲁有大臣,史失其名,黄四娘独何人哉,而托此诗以不朽。"(《书子美黄四娘诗》)《归去来辞》带序,篇幅不短,东坡选写之,一是对契顺表示真心感谢,二是出于对陶渊明的热爱。后世知有契顺,也可谓求仁得仁了。

记岭南竹[1]

岭南人当有愧于竹。食者竹笋,庇者竹瓦,载者竹筏,爨者竹薪[2],衣者竹皮,书者竹纸,履者竹鞋,真可谓一日不可无此君也耶?

【注释】

1 岭南:五岭以南。五岭为越城岭、都庞岭、萌渚岭、骑田岭、大庾岭,大体分布在广西东部至广东东部和湖南、江西四省边界处。

2 爨(cuàn):生火煮饭。

【赏析】

本篇录自《苏东坡全集6》文集卷一百三十三,作于贬谪惠州以后。是东坡就岭南人靠竹子为生,而写作的一个段子。这个段子记录了岭南风俗:当地人吃的是竹,盖的是竹,作筏是竹,烧的是竹,穿笋壳做的竹皮衣,用竹纤维制作的纸,穿竹编的鞋,等等,生活全方位离不开竹。于是作者拿《世说新语·任诞》中王子猷的名言开涮,说岭南人这才真叫"一日不可无此君"呢。按这话有人当以竹子为榜样,修炼自己的道德情操的意思。但岭南人靠竹吃竹，从来想不到这上面去，所以作者打趣道："岭南人，当有愧于竹。"当然这话不可当真，好拿人打趣，反映出作者本人乐观、阳光的天性。

与王庠[1]

别纸累幅[2]，过当，老病废忘，岂堪英俊如此责望耶？少年应科目时，记录名数沿革及题目等[3]，大略与近岁应举者同尔。亦有少节目文字[4]，才尘忝后[5]，便被举主取去[6]。今日皆无有，然亦无用也，实无捷径必得之术。但如君高材强力，积学数年，自有可得之道，而其实皆命也。但卑意欲少年为学者，每一书，皆作数过尽之。书富如入海，百货皆有之，人之精力，不能兼收尽取，但得其所欲求者耳。故愿学者，每次作一意求之。如欲求古人兴亡治乱圣贤作用，但作此意求之，勿生余念。又别作一次求事迹故实典章文物之类，亦如之。他皆仿此。此虽迂钝，而他日学成，八面受敌[7]，与涉猎者不可同日而语也。甚非速化之术。可笑可笑！

【注释】

1 王庠：字周彦，荣州（今四川荣县）人，苏辙之婿。

2 别纸：指王庠来信中的附笺。累幅：几页文字。

3 记录名数沿革及题目等：指为了应科举必须死记的一些东西。

4 节目文字：指应考时难度较大的文章。

5 才尘忝后：指科举制度被录取。忝，谦辞。

6 举主：主考官。

7 八面受敌：指可以应付各种情况。

【赏析】

本篇录自《苏东坡全集4》文集卷七十二,作于哲宗绍圣四年(1097)之后,时在儋州(今属海南),是作者回答苏辙女婿王庠求教读书之法的一封家书。此信开篇"别纸累幅,过当,老病废忘"三句意思是:"来信好几页是褒奖我的话,说得太过分了,我老病健忘,哪里担得起青年才俊的你,对我的殷切期望呢。"这是对来信的一个客套话,接下来言归正传,就读书方法谈了三点意见:

一、应试是敲门砖。"少年应科目时"三句的意思是:我年轻时参加科举考试所死记的东西,与近岁考试的情况大致相同。"亦有少节目文字"五句,意思是:也有少数应考时难度较大的文章,我录取后被考官拿去,现在已经没有了,不过就算有也没有意义。

二、真学问不要贪图走捷径,须下功夫,"积学数年,自有可得之道",等于说坚持数年必有好处。"其实皆命也",意思是但问耕耘,莫问收获,收获有时是运气好所致,但功夫总不会白下。

三、求学要讲究方法。要有精读:"每一书,皆作数过尽之。"要有选择性地读:"书富如入海,百货皆有之,人之精力,不能兼收尽取,但得其所欲求者耳。"要带着问题读:"每次作一意求之。如欲求古人兴亡治乱圣贤作用,但作此意求之,勿生余念。又别作一次求事迹故实典章文物之类,亦如之。他皆仿此。"总而言之,不能望其速成:"甚非速化之术。"最后加一句:"可笑可笑。"意思是说得当真了,一笑置之可也。

与程秀才[1]

　　某启：去岁僧舍屡会，当时不知为乐，今者海外，岂复梦见？聚散忧乐，如反覆手，幸而此身尚健。得来讯，喜侍下清安。知有爱子之戚，襁褓泡幻，不须深留恋也。仆离惠州后，大儿房下亦失一男孙，亦悲怆久之，今则已矣。此间食无肉，病无药，居无室，出无友，冬无炭，夏无寒泉。然亦未易悉数，大率皆无耳。惟有一幸，无甚瘴也。近与小儿子结茅数椽居之，仅庇风雨，然劳费已不赀矣。赖十数学生助工作，躬泥水之役，愧之不可言也。尚有此身，付与造物，听其运转，流行坎止[2]，无不可者。故人知之，免忧。乍热，万万自爱。不宣。

【注释】

1 程秀才：名儒，作者在惠州的新知。

2 流行坎止：语出贾谊《鵩鸟赋》："乘流则逝，得坎则止。"喻听其自然。

【赏析】

　　本篇录自《苏东坡全集4》文集卷五十八，作于哲宗绍圣五年（1098）贬谪海南时。在这封书信中，作者为抚慰友人丧子之痛，大谈自己对人生变故、命运打击，及对生死的态度，以缓释对方心中的郁结。并以"此身尚健"自慰，表明健康是第一位的。没有健康，就没有一切。佛家有"一切有为法，如梦幻泡影，如露亦如电，应作如是观。"（《金刚经》）他说自己是想开了，亦以此转赠友人，算是相濡以沫吧。海南不比黄州甚至惠州，作者历举"食无肉"等，不止"六无"；却又殿以一"无"："惟有一幸，无甚瘴也。"事至苦，笔至奇，而意至深。人到视死如归，则没有可以值得忧虑的，贾谊说"乘流则逝，得坎则止"（《鵩鸟赋》），

陶渊明说："聊乘化以归尽，乐夫天命复奚疑。"（《归去来兮辞》）
如是而已。研究表明，良好的社会关系有益于延年益寿，无论走到哪里，
东坡都会遇到知音，可以谈心，这就是他的保养之道了。

试笔自书

吾始至南海，环视天水无际，凄然伤之，曰："何时得出此
岛耶？"已而思之，天地在积水中，九州在大瀛海中，中国在少
海中，有生孰不在岛者？覆盆水于地，芥浮于水，蚁附于芥，茫
然不知所济。少焉水涸，蚁即径去，见其类，出涕曰："几不复
与子相见，岂知俯仰之间，有方轨八达之路乎[1]？"念此可以一笑。
戊寅九月十二日[2]，与客饮薄酒小醉，信笔书此纸。

【注释】

1 方轨：两车并行。

2 戊寅：绍圣五年（1098）的干支纪年。

【赏析】

本篇录自《苏东坡全集5》文集卷一百一十八，作于哲宗绍圣五年
（1098）贬谪海南时。是作者身处逆境时，为了排遣郁闷，而写作的一
个段子。人在身处逆境时，为什么会陷入情绪低落，悲观失望，不能自拔？
原因之一是着眼个体本位，所取参照系太小的缘故。假如把参照系放大
到天地、九州、中国，等等，就会发觉，自身遇到的逆境，其实微不足道。
于是苏轼创作了一个昆虫寓言：小蚂蚁历险记。用人的眼光看，蚂蚁的
那个感慨，实在是太可笑了。那不正是作者初到海南的心情么。寓言中

的蚂蚁，其实是现实中东坡的一个变形。这个段子一写，东坡本人也就想开了，变得开心起来。这就是写段子的好处。

书上元夜游¹

己卯上元，予在儋州²，有老书生数人来过，曰："良月嘉夜，先生能一出乎？"予欣然从之。步城西，入僧舍，历小巷，民夷杂揉，屠沽纷然。归舍已三鼓矣³。舍中掩关熟睡，已再鼾矣⁴。放杖而笑，孰为得失？过问先生何笑⁵，盖自笑也。然亦笑韩退之钓鱼无得，更欲远去，不知走海者未必得大鱼也。

【注释】

1 上元：即元宵节。

2 儋（dān）州：今海南儋州市。

3 三鼓：即三更，相当于深夜 11 时至凌晨 1 时。

4 再鼾：指已经睡过一觉后再度入睡。

5 过：苏过，苏轼幼子。

【赏析】

本篇录自《苏东坡全集6》文集卷一百二十八，作于哲宗元符二年（1099），苏轼时在海南，文记当年元宵夜游。开头写老书生数人相访，邀作者出游，"予欣然从之"。这里可以看出作者随缘自适的性格。儋州不比中州，没有花灯可看，一个晚上只是漫无目的地跟着走："步城西，入僧舍，历小巷，民夷杂揉，屠沽纷然。"逛一大圈回舍，已是三鼓时分。家人睡过一觉，又酣然入睡矣。"放杖而笑"，这有意思。表明他一直在琢磨一个问题：今天晚上，出去不出去，孰得孰失？出去的耍到了，不出去的睡到了。儿子问他笑个啥，他的回答是笑自己。同时又笑韩愈，怎么又笑起韩愈来了，原来他想起韩愈的两句诗："君欲钓鱼须远去，大鱼岂肯居沮洳？"（《赠侯喜》）韩愈这两句诗大意说门生侯喜唤他到洛水钓鱼，洛水很浅，从早钓到晚，好不容易才钓到一寸长的小鱼，彼此大为扫兴，不禁感慨：要钓大鱼须到更远的大河大海中去，大鱼哪里会生活在这小河沟里？作者于是"笑韩退之钓鱼无得，更欲远去，不知走海者未必得大鱼也"——原来作者出门时，以为有便宜可占，结果瞎逛一圈，一根草都没有捞到。没有捞到也不打紧，笑自己就行了。读此文，觉得东坡这人很好玩，很有趣，因为他不会生闷气，自然是人见人爱了。

与元老侄孙 [1]

侄孙元老秀才：久不闻问，不识即日体中佳否？蜀中骨肉，想不住得安讯？老人住海外如昨，但近来多病瘦瘁，不复如往日，不知余年复得相见否？循、惠不得书久矣 [2]。旅况牢落，不言可知。又海南连岁不熟，饮食百物艰难，及泉、广海舶绝不至 [3]，药物酱酢等皆无 [4]，厄穷至此，委命而已。老人与过子相对，如两苦行僧尔。然胸中亦超然自得，不改其度。知之，免忧。所要志文 [5]，但数年不死便作，不食言也。侄孙既是东坡骨肉，人所觑看。住京，凡百加关防，切祝切祝！今有一书与许下诸子 [6]，又恐陈浩秀才不过许 [7]，只令送与侄孙，切速为求便寄达。余惟万万自重。不一一。

【注释】

1 元老：指苏元老，字在廷，作者族孙。元符末（1100）入太学，东坡已渡海。每与其书，委曲详尽。

2 循、惠：指循州（今广东惠阳东）与惠州。时苏辙贬居循州。

3 泉、广：指泉州（治所在今福建泉州）与广州，此二地为当时海上贸易中心。

4 酢：同醋。

5 志文：指作者一位后辈所写之墓表文。另一封《与元老侄孙》书云："十九郎（指苏千运，作者侄辈）墓表，本是老人欲作，今岂推辞？"

6 许下：指许州（治所在今河南许昌）。据苏轼《答徐得之书》载："一家今作四处：住惠、筠、许、常也。"当时苏轼兄弟两家亲属分住于惠州、许州等地。

7 陈浩：作者托附带信的友人。

【赏析】

本篇录自《苏东坡全集4》文集卷七十三，此信作于苏轼贬居海南时。因为是给自己关系亲密的晚辈写信，所以只说掏心话，不说门面话。先是问好，接着说得不到蜀中亲人平安的消息，很是惦念。"老人"是东坡自指，说"近来多病瘦悴，不复如往日，不知余年复得相见否"，都是不加掩饰的，贴心的话。又讲到海南物质生活的困窘："连岁不熟，饮食百物艰难，及泉、广海舶绝不至，药物酱酢等皆无"，都是具体的困难，不是"此心安处是吾乡"（《定风波·南海归，赠王定国侍人寓娘》）一句话了得的。接下来说他和儿子苏过相依为命，虽苦亦乐。又提到答应过侄孙的一件事，表示没忘，只要不死，一定兑现。最过心的，是叮嘱侄孙多注意人身安全，免遭自己连累。凡此种种，皆是私房话，没有半点矜持，读来特别动人。

书柳子厚《牛赋》后[1]

岭外俗皆恬杀牛[2]，而海南为甚。客自高化载牛渡海[3]，百尾一舟，遇风不顺，渴饥相倚以死者无数。牛登舟，皆哀鸣出涕。既至海南，耕者与屠者常相半。病不饮药，但杀牛以祷，富者至杀十数牛。死者不复云，幸而不死，即归德于巫。以巫为医，以牛为药。间有饮药者，巫辄云："神怒，病不可复治。"亲戚皆为却药，禁医不得入门，人、牛皆死而后已。地产沉水香，香必以牛易之黎[4]。黎人得牛，皆以祭鬼，无脱者。中国人以沉水香供佛，燎帝求福，此皆烧牛肉也，何福之能得？哀哉！予莫能救，故书柳子厚《牛赋》以遗琼州僧道赟[5]，使以晓喻其乡人之有知者，庶几其少衰乎？庚辰三月十五日记[6]。

【注释】

1 柳子厚：即柳宗元。《牛赋》是柳宗元被贬永州后感愤而作，赋里以牛自喻，谓牛有耕垦之劳，虽有功于世而无益于己。

2 岭外：指五岭以南，包括今广东、广西、海南三省区。

3 高化：指宋代的高州、化州，即今广东茂名市、高州市、化州市。

4 黎：海南省的少数民族。

5 琼州：治所在今海口市琼山区南。道赟：僧人之名。

6 庚辰：哲宗元符三年（1100）的干支纪年。

【赏析】

本篇录自《苏东坡全集5》文集卷八十五，作于哲宗元符三年（1100）。人类处在食物链的顶端，杀生固然是免不了的，但人类非常可恶之处，就是滥杀生灵。而牛就是一种最无辜的牺牲。东坡在海南，目睹当地的一种陋俗，就把重要的农业生产资料——耕牛屠宰以祭神"治病"，不仅愚昧，而且残忍。无力移风易俗，东坡效人们抄佛经作布施的办法，"书柳子厚《牛赋》以遗琼州僧道赟，使以晓喻其乡人之有知者，庶几其少衰乎"。这是一篇仁者之文，读之令人鼻酸，令人感动。

书舟中作字

将至曲江[1]，船上滩欹侧，撑者百指[2]，篙声石声荤然。四顾皆涛濑，士无人色，而吾作字不少衰，何也？吾更变亦多矣，置笔而起，终不能一事，孰与且作字乎？

【注释】

1 曲江：今广东省韶关市曲江区。

2 百指：代指十个人。

【赏析】

本篇录自《苏东坡全集5》文集卷九十三，作于哲宗元符三年（1100）北归途中，通过对一幅字的题跋，记录写作经过——即一次江行历险。在船快到曲江这个地方，船上滩时发生了剧烈的颠簸，有十个舟子撑篙，篙声石声杂乱，听上去十分可怕。四顾都是惊涛骇浪，同船者皆面无人色，而东坡一直在专心写字，丝毫也不懈怠。为什么能做到这样呢？作者说，一辈子见过的惊涛骇浪（隐指宦海风浪）多了，如果不写字，一件事都干不成，不如写我的字，这不就写好了吗。短短几十字，道出了作者处变不惊的人生态度。这从一个侧面告诉读者，一代大书法家是怎样炼成的。

与谢民师推官书

轼启：近奉违[1]，亟辱问讯，具审起居佳胜，感慰深矣。轼受性刚简，学迂材下，坐废累年，不敢复齿缙绅[2]。自还海北，见平生亲旧，惘然如隔世人，况与左右无一日之雅，而敢求交乎？数赐见临，倾盖如故[3]，幸甚过望，不可言也。所示书教及诗赋杂文，观之熟矣。大略如行云流水，初无定质，但常行于所当行，常止于所不可不止，文理自然，姿态横生。孔子曰："言之不文，行而不远。"又曰："辞达而已矣。"夫言止于达意，即疑若不文，是大不然。求物之妙，如系风捕景，能使是物了然于心者，盖千万人而不一遇也，而况能使了然于口与手者乎？是之谓辞达。辞至于能达，则文不可胜用矣。扬雄好为艰深之词，以文浅易之说，若正言之，则人人知之矣。此正所谓雕虫篆刻者，其《太玄》《法言》皆是类也[4]。而独悔于赋，何哉？终身雕虫，而独变其音节，便谓之经，可乎？屈原作《离骚经》，盖《风》《雅》之再变者，虽与日月争光可也。可以其似赋而谓之雕虫乎？使贾谊见孔子，升堂有余矣[5]，而乃以赋鄙之[6]，至与司马相如同科！雄之陋，如此比者甚众。可与知者道，难与俗人言也，因论文偶及之耳。欧阳文忠公言文章如精金美玉，市有定价，非人所能以口舌定贵贱也。纷纷多言，岂能有益于左右！愧悚不已。所须惠力法雨堂字[7]，轼本不善作大字，强作终不佳，又舟中局迫难写，未能如教。然轼方过临江，当往游焉。或僧欲有所记录，当作数句留院中，慰左右念亲之意。今日已至峡山寺，少留即去。愈远。惟万万以时自爱。

【注释】

1 奉违：指与对方告别。奉：敬辞。违：别离。

2 复齿缙绅：指再入士大夫之列。

3 倾盖如故：一见如故，语出《孔子家语》。

4《太玄》《法言》：均为扬雄所著。

5 升堂：孔子以入门、升堂、入室，喻学养三种境界。语出：《论语·先进》："子曰：由也，升堂矣！未入于室也。"

6 以赋鄙之：指扬雄因为贾谊曾作过赋，所以轻视他。

7 惠力：佛寺名。法雨堂：当为惠力寺中一个堂名。

【赏析】

本篇录自《苏东坡全集4》文集卷四十四，作于哲宗元符三年（1100）苏轼自海南北归，途经广东清远县时。时任广州推官的谢民师多次携带诗文登门求教，彼此在很短的时间内结下了情谊。本篇是答谢民师的第二封信。

全文分三段。第一段属于客套寒暄，对于谢民师的殷勤求教，苏轼从内心感到高兴。"数赐见临，倾盖如故，幸甚过望，不可言也"，也是肺腑之言。

第二段是整个文章的中心，表扬谢民师的写作，并讲了一些苏轼自己的写作观点：如作文须先有好的内容，有内容才有表达欲望，不吐不快，写作才会滔滔不绝，发挥才有神来之笔。要之，文无定法，原则是"辞达"，故"常行于所当行，常止于不可不止"。由此可知，苏东坡表扬别人，会用自评的话借花献佛。后面有一大段批评扬雄的话，却不重要。

第三段是顺便说，谢民师要他为惠力寺法雨堂作榜书二字（法雨），作者因为不善榜书，同时在船上条件有限，不能作榜书，只好敬谢不敏。但苏轼承诺，他正好要经过临江，一定前往惠力寺，写上几句题留院中。这是实事求是的态度。最后交代一下自己的行程，是书信应有之义。要之，全文笔势流动，现身说法，充分体现了苏文"行云流水"的特色。

附 录

宋史 苏轼传

　　苏轼，字子瞻，眉州眉山人。生十年，父洵游学四方，母程氏亲授以书，闻古今成败，辄能语其要。程氏读东汉《范滂传》，慨然太息，轼请曰："轼若为滂，母许之否乎？"程氏曰："汝能为滂，吾顾不能为滂母邪？"

　　比冠，博通经史，属文日数千言，好贾谊、陆贽书。既而读《庄子》，叹曰："吾昔有见，口未能言，今见是书，得吾心矣。"嘉祐二年（1057），试礼部。方时文磔裂诡异之弊胜，主司欧阳修思有以救之，得轼《省试刑赏忠厚之至论》，惊喜，欲擢冠多士，犹疑其客曾巩所为，但置第二；复以《春秋》对义居第一，殿试中乙科。后以书见修，修语梅圣俞曰："吾当避此人出一头地。"闻者始哗不厌，久乃信服。

丁母忧。五年（1060），调福昌主簿。欧阳修以才识兼茂，荐之秘阁。试六论，旧不起草，以故文多不工。轼始具草，文义粲然。复对制策，入三等。自宋初以来，制策入三等，惟吴育与轼而已。

除大理评事、签书凤翔府判官。关中自元昊叛，民贫役重，岐下岁输南山木筏，自渭入河，经砥柱之险，衙吏踵破家。轼访其利害，为修衙规，使自择水工以时进止，自是害减半。

治平二年（1065），入判登闻鼓院。英宗自藩邸闻其名，欲以唐故事召入翰林，知制诰。宰相韩琦曰："轼之才，远大器也，他日自当为天下用。要在朝廷培养之，使天下之士莫不畏慕降伏，皆欲朝廷进用，然后取而用之，则人人无复异辞矣。今骤用之，则天下之士未必以为然，适足以累之也。"英宗曰："且与修注如何？"琦曰："记注与制诰为邻，未可遽授。不若于馆阁中近上贴职与之，且请召试。"英宗曰："试之未知其能否，如轼有不能邪？"琦犹不可，及试二论，复入三等，得直史馆。轼闻琦语，曰："公可谓爱人以德矣。"

会洵卒，赙以金帛，辞之，求赠一官，于是赠光禄丞。洵将终，以兄太白早亡，子孙未立，妹嫁杜氏，卒未葬，属轼。轼既除丧，即葬姑。后官可荫，推与太白曾孙彭。

熙宁二年（1069），还朝。王安石执政，素恶其议论异己，以判官告院。四年（1071），安石欲变科举、兴学校，诏两制、三馆议。轼上议曰：

得人之道，在于知人；知人之法，在于责实。使君相有知人之明，朝廷有责实之政，则胥史皂隶未尝无人，而况于学校贡举乎？虽因今之法，臣以为有余。使君相不知人，朝廷不责实，则公卿侍从常患无人，而况学校贡举乎？虽复古之制，臣以为不足。夫时有可否，物有废兴，方其所安，虽暴君不能废，及其既厌，虽圣人不能复。故风俗之变，法制随之，譬如江河之徙移，强而复之，则难为力。

庆历固尝立学矣，至于今日，惟有空名仅存。今将变今之礼，易今之俗，又当发民力以治宫室，敛民财以食游士。百里之内，置官立师，狱讼听于是，军旅谋于是，又简不率教者屏之远方，则无乃徒为纷乱，以患苦天下邪？若乃无大更革，而望有益于时，则与庆历之际何异？故臣谓今之学校，特可因仍旧制，使先王之旧物，不废于吾世足矣。至于贡举之法，行之百年，治乱盛衰，初不由此。陛下视祖宗之世，贡举之法，与今为孰精？言语文章，与今为孰优？所得人才，与今为孰多？天下之事，与今为孰办？较此四者之长短，其议决矣。

今所欲变改不过数端：或曰乡举德行而略文词，或曰专取策论而罢诗赋，或欲兼采誉望而罢封弥，或欲经生不帖墨而考大义，此皆知其一，不知其二者也。愿陛下留意于远者、大者，区区之法何预焉。臣又切有私忧过计者。夫性命之说，自子贡不得闻，而今之学者，耻不言性命，读其文，浩然无当而不可穷；观其貌，超然无着而不可挹，此岂真能然哉！盖中人之性，安于放而乐于诞耳。陛下亦安用之？

议上，神宗悟曰："吾固疑此，得轼议，意释然矣。"即日召见，问："方今政令得失安在？虽朕过失，指陈可也。"对曰："陛下生知之性，天纵文武，不患不明，不患不勤，不患不断，但患求治太急，听言太广，进人太锐。愿镇以安静，待物之来，然后应之。"神宗悚然曰："卿三言，朕当熟思之。凡在馆阁，皆当为朕深思治乱，无有所隐。"轼退，言于同列。安石不悦，命权开封府推官，将困之以事。轼决断精敏，声闻益远。会上元敕府市浙灯，且令损价。轼疏言："陛下岂以灯为悦？此不过以奉二宫之欢耳。然百姓不可户晓，皆谓以耳目不急之玩，夺其口体必用之资。此事至小，体则甚大，愿追还前命。"即诏罢之。

时安石创行新法，轼上书论其不便，曰：

臣之所欲言者，三言而已。愿陛下结人心，厚风俗，存纪纲。人主之所恃者人心而已，如木之有根，灯之有膏，鱼之有水，农夫之有田，商贾之有财。失之则亡，此理之必然也。自古及今，未有和易同众而不安，刚果自用而不危者。陛下亦知人心之不悦矣。

祖宗以来，治财用者不过三司。今陛下不以财用付三司，无故又创制置三司条例一司，使六七少年，日夜讲求于内，使者四十余辈，分行营干于外。夫制置三司条例司，求利之名也；六七少年与使者四十余辈，求利之器也。造端宏大，民实惊疑；创法新奇，吏皆惶惑。以万乘之主而言利，以天子之宰而治财，论说百端，喧传万口，然而莫之顾者，徒曰："我无其事，何恤于人言。"操网罟而入江湖，语人曰"我非渔也"，不如捐网罟而人自信。驱鹰犬而赴林薮，语人曰"我非猎也"，不如放鹰犬而兽自驯。故臣以为欲消谗慝而召和气，则莫若罢条例司。

今君臣宵旰，几一年矣，而富国之功，茫如捕风，徒闻内帑出数百万缗，祠部度五千余人耳。以此为术，其谁不能？而所行之事，道路皆知其难。汴水浊流，自生民以来，不以种稻。今欲陂而清之，万顷之稻，必用千顷之陂，一岁一淤，三岁而满矣。陛下遂信其说，即使相视地形，所在凿空，访寻水利，妄庸轻剽，率意争言。官司虽知其疏，不敢便行抑退，追集老少，相视可否。若非灼然难行，必须且为兴役。官吏苟且顺从，真谓陛下有意兴作，上糜帑廪，下夺农时。堤防一开，水失故道，虽食议者之肉，何补于民！臣不知朝廷何苦而为此哉？

自古役人，必用乡户。今者徒闻江、浙之间，数郡顾役，而欲措之天下。单丁、女户，盖天民之穷者也，而陛下首欲役之，富有四海，忍不加恤！自杨炎为两税，租调与庸既兼之矣，奈何复欲取庸？万一后世不幸有聚敛之臣，庸钱不除，差役仍旧，推所从来，则必有任其咎者矣。青苗放钱，自昔有禁。今陛下始立成法，每岁常行。虽云不许抑配，而数世之后，暴君污吏，陛下能保之与？计愿请之户，必皆孤贫不济之人，鞭挞已急，则继之逃亡，不还，则均及邻保，势有必至，异日天下恨之，国史记之，曰"青苗钱自陛下始"，岂不惜哉！且常平之法，可谓至矣。今欲变为青苗，坏彼成此，所丧逾多，亏官害民，虽悔何及！

昔汉武帝以财力匮竭，用贾人桑羊之说，买贱卖贵，谓之均输。于时商贾不行，盗贼滋炽，几至于乱。孝昭既立，霍光顺民所欲而予之，天下归心，遂以无事。不意今日此论复兴。立法之初，其费已厚，纵使薄有所获，而征商之额，所损必多。譬之有人为其主畜牧，以一牛易五羊。一牛之失，则隐而不言；五羊之获，则指为劳绩。今坏常平而言青苗之功，亏商税而取均输之利，何以异此？臣窃以为过矣。议者必谓："民可与乐成，难与虑始。"故陛下坚执不顾，期于必行。此乃战国贪功之人，行险侥幸之说，未及乐成，而怨已起矣。臣之所愿陛下结人心者，此也。

国家之所以存亡者，在道德之浅深，不在乎强与弱；历数之所以长短者，在风俗之薄厚，不在乎富与贫。人主知此，则知所轻重矣。故臣愿陛下务崇道德而厚风俗，不愿陛下急于有功而贪富强。爱惜风俗，如护元气。圣人非不知深刻之法可以齐众，勇悍之夫可以集事，忠厚近于迂阔，老成初若迟钝。然终不肯以彼易此者，知其所得小，而所丧大也。仁祖持法至宽，用人有叙，专务掩覆过失，未尝轻改旧章。考其成功，则曰未至。以言乎用兵，则十出而九败；以言乎府库，则仅足而无余。徒以德泽在人，风俗知义，故升遐之日，天下归仁焉。议者见其末年吏多因循，事不振举，乃欲矫之以苛察，齐之以智能，招来新进勇锐之人，以图一切速成之效。未享其利，浇风已成。多开骤进之门，使有意外之得，公卿侍从跬步可图，俾常调之人举生非望，欲望风俗之厚，岂可得哉？近岁朴拙之人愈少，巧进之士益多。惟陛下哀之救之，以简易为法，以清净为心，而民德归厚。臣之所愿陛下厚风俗者，此也。

祖宗委任台谏，未尝罪一言者。纵有薄责，旋即超升，许以风闻，而无官长。言及乘舆，则天子改容；事关廊庙，则宰相待罪。台谏固未必皆贤，所言亦未必皆是。然须养其锐气，而借之重权者，岂徒然哉？将以折奸臣之萌也。今法令严密，朝廷清明，所谓奸臣，万无此理。然养猫以去鼠，不可以无鼠而养不捕之猫；畜狗以防盗，不可以无盗而畜不吠之狗。陛下得不上念祖宗设此官之意，下为子孙万世之防？臣闻长老之谈，皆谓台谏所言，常随天下公议。公议所与，台谏亦与之；公议所击，台谏亦击之。今者物论沸腾，怨讟交至，公议所在，亦知之矣。臣恐自兹以往，习惯成风，尽为执政私人，以致人主孤立，纪纲一废，何事不生！臣之所愿陛下存纪纲者，此也。

轼见安石赞神宗以独断专任，因试进士发策，以"晋武平吴以独断而克，符坚伐晋以独断而亡，齐恒专任管仲而霸，燕哙专任子之而败，事同而功异"为问，安石滋怒，使御史谢景温论奏其过，穷治无所得，轼遂请外，通判杭州。高丽入贡，使者发币于官吏，书称甲子。轼却之曰："高丽于本朝称臣，而不禀正朔，吾安敢受！"使者易书称熙宁，然后受之。

时新政日下，轼于其间，每因法以便民，民赖以安。徙知密州。司农行手实法，不时施行者以违制论。轼谓提举官曰："违制之坐，若自朝廷，谁敢不从？今出于司农，是擅造律也。"提举官惊曰："公姑徐之。"未几，朝廷知法害民，罢之。

有盗窃发，安抚司遣三班使臣领悍卒来捕，卒凶暴恣行，至以禁物诬民，入其家争斗杀人，且畏罪惊溃，将为乱。民奔诉轼，轼投其书不视，曰："必不至此。"散卒闻之，少安，徐使人招出戮之。徙知徐州。河决曹村，泛于梁山泊，溢于南清河，汇于城下，涨不时泄，城将败，富民争出避水。轼曰："富民出，民皆动摇，吾谁与守？吾在是，水决不能败城。"驱使复入。轼诣武卫营，呼卒长曰："河将害城，事急矣，虽禁军且为我尽力。"卒长曰："太守犹不避涂潦，吾侪小人，当效命。"率其徒持畚锸以出，筑东南长堤，首起戏马台，尾属于城。雨日夜不止，城不沉者三版。轼庐于其上，过家不入，使官吏分堵以守，卒全其城。复请调来岁夫增筑故城，为木岸，以虞水之再至。朝廷从之。

徙知湖州，上表以谢。又以事不便民者不敢言，以诗托讽，庶有补于国。御史李定、舒亶、何正臣摭其表语，并媒蘖所为诗以为讪谤，逮赴台狱，欲置之死，锻炼久之不决。神宗独怜之，以黄州团练副使安置。轼与田父野老，相从溪山间，筑室于东坡，自号东坡居士。

（元丰）三年（1080），神宗数有意复用，辄为当路者沮之。神宗尝语宰相王珪、蔡确曰："国史至重，可命苏轼成之。"珪有难色。神宗曰："轼不可，姑用曾巩。"巩进《太祖总论》，神宗意不允，遂手札移轼汝州，有曰："苏轼黜居思咎，阅岁滋深，人材实难，不忍终弃。"轼未至汝，上书自言饥寒，有田在常，愿得居之。朝奏入，夕报可。

道过金陵，见王安石，曰："大兵大狱，汉、唐灭亡之兆。祖宗以仁厚治天下，正欲革此。今西方用兵，连年不解，东南数起大狱，公独无一言以救之乎？"安石曰："二事皆惠卿启之，安石在外，安敢言？"轼曰："在朝则言，在外则不言，事君之常礼耳。上所以待公者，非常礼，公所以待上者，岂可以常礼乎？"安石厉声曰："安石须说。"又曰："出在安石口，入在子瞻耳。"又曰："人须是知行一不义，杀一不辜，得天下弗为，乃可。"轼戏曰："今之君子，争减半年磨勘，虽杀人亦为之。"安石笑而不言。

至常，神宗崩，哲宗立，复朝奉郎、知登州，召为礼部郎中。轼旧善司马光、章惇。时光为门下侍郎，惇知枢密院，二人不相合，惇每以谑侮困光，光苦之。轼谓惇曰："司马君实时望甚重。昔许靖以虚名无实，见鄙于蜀先主，法正曰：'靖之浮誉，播流四海，若不加礼，必以贱贤为累'。先主纳之，乃以靖为司徒。许靖且不可慢，况君实乎？"惇以为然，光赖以少安。

迁起居舍人。轼起于忧患，不欲骤履要地，辞于宰相蔡确。确曰："公徊翔久矣，朝中无出公右者。"轼曰："昔林希同在馆中，年且长。"确曰："希固当先公耶？"卒不许。

元祐元年（1086），轼以七品服入侍延和，即赐银绯，迁中书舍人。

初，祖宗时，差役行久生弊，编户充役者不习其役，又虐使之，多致破产，狭乡民至有终岁不得息者。王安石相神宗，改为免役，使户差高下出钱雇役，行法者过取，以为民病。司马光为相，知免役之害，不知其利，欲复差役，差官置局，轼与其选。轼曰："差役、免役，各有利害。免役之害，掊敛民财，十室九空，敛聚于上而下有钱荒之患。差役之害，民常在官，不得专力于农，而贪吏猾胥得缘为奸。此二害轻重，盖略等矣。"光曰："于君何如？"轼曰："法相因则事易成，事有渐则民不惊。三代之法，兵农为一，至秦始分为二，及唐中叶，尽变府兵为长征之卒。自尔以来，民不知兵，兵不知农，农出谷帛以养兵，兵出性命以卫农，天下便之。虽圣人复起，不能易也。今免役之法，实大类此。公欲骤罢免役而行差役，正如罢长征而复民兵，盖未易也。"光不以为然。轼又陈于政事堂，光忿然。轼曰："昔韩魏公刺陕西义勇，公为谏官，争之甚力，韩公不乐，公亦不顾。轼昔闻公道其详，岂今日作相，不许轼尽言耶？"光笑之。寻除翰林学士。

二年（1087），兼侍读。每进读至治乱兴衰、邪正得失之际，未尝不反覆开导，觊有所启悟。哲宗虽恭默不言，辄首肯之。尝读祖宗《宝训》，因及时事，轼历言："今赏罚不明，善恶无所劝沮；又黄河势方北流，而强之使东；夏人入镇戎，杀掠数万人，帅臣不以闻。每事如此，恐浸成衰乱之渐。"

轼尝锁宿禁中，召入对便殿，宣仁后问曰："卿前年为何官？"曰："臣为常州团练副使。"曰："今为何官？"曰："臣今待罪翰林学士。"曰："何以遽至此？"曰："遭遇太皇太后、皇帝陛下。"曰："非也。"曰："岂大臣论荐乎？"曰："亦非也。"轼惊曰："臣虽无状，不敢自他途以进。"曰："此先帝意也。先帝每诵卿文章，必叹曰：'奇才，奇才！'但未及进用卿耳。"轼不觉哭失声，宣仁后与哲宗亦泣，左右皆感涕。已而命坐赐茶，彻御前金莲烛送归院。

三年（1088），权知礼部贡举。会大雪苦寒，士坐庭中，噤未能言。轼宽其禁约，使得尽技。巡铺内侍每摧辱举子，且持暧昧单词，诬以为罪，轼尽奏逐之。

四年（1089），积以论事，为当轴者所恨。轼恐不见容，请外，拜龙图阁学士、知杭州。未行，谏官言前相蔡确知安州，作诗借郝处俊事以讥太皇太后。大臣议迁之岭南。轼密疏："朝廷若薄确之罪，则于皇帝孝治为不足；若深罪确，则于太皇太后仁政为小累。谓宜皇帝敕置狱逮治，太皇太后出手诏赦之，则于仁孝两得矣。"宣仁后心善轼言而不能用。轼出郊，用前执政恩例，遣内侍赐龙茶、银合，慰劳甚厚。

既至杭，大旱，饥疫并作。轼请于朝，免本路上供米三之一，复得赐度僧牒，易米以救饥者。明年春，又减价粜常平米，多作饘粥药剂，遣使挟医分坊治病，活者甚众。轼曰："杭，水陆之会，疫死比他处常多。"乃哀羡缗得二千，复发囊中黄金五十两，以作病坊，稍畜钱粮待之。

杭本近海，地泉咸苦，居民稀少。唐刺史李泌始引西湖水作六井，民足于水。白居易又浚西湖水入漕河，自河入田，所溉至千顷，民以殷富。湖水多葑，自唐及钱氏，岁辄浚治，宋兴，废之，葑积为田，水无几矣。漕河失利，取给江潮，舟行市中，潮又多淤，三年一淘，为民大患，六井亦几于废。轼见茅山一河专受江潮，盐桥一河专受湖水，遂浚二河以通漕。复造堰闸，以为湖水畜泄之限，江潮不复入市。以余力复完六井，又取葑田积湖中，南北径三十里，为长堤以通行者。吴人种菱，春辄芟除，不遗寸草。且募人种菱湖中，葑不复生。收其利以备修湖，取救荒余钱万缗、粮万石，及请得百僧度牒以募役者。堤成，植芙蓉、杨柳其上，望之如画图，杭人名为苏公堤。

杭僧净源，旧居海滨，与舶客交通，舶至高丽，交誉之。元丰末（1085），其王子义天来朝，因往拜焉。至是，净源死，其徒窃持其像，附舶往告。义天亦使其徒来祭，因持其国母二金塔，云祝两宫寿。轼不纳，奏之曰："高丽久不入贡，失赐予厚利，意欲求朝，未测吾所以待之厚薄，故因祭亡僧而行祝寿之礼。若受而不答，将生怨心；受而厚赐之，正堕其计。今宜勿与知，从州郡自以理却之。彼庸僧猾商，为国生事，渐不可长，宜痛加惩创。"朝廷皆从之。未几，贡使果至，旧例，使所至吴越七州，费二万四千余缗。轼乃令诸州量事裁损，民获交易之利，无复侵挠之害矣。

浙江潮自海门东来，势如雷霆，而浮山峙于江中，与渔浦诸山犬牙相错，洄洑激射，岁败公私船不可胜计。轼议自浙江上流地名石门，并山而东，凿为漕河，引浙江及溪谷诸水二十余里以达于江。又并山为岸，不能十里以达龙山大慈浦，自浦北折抵小岭，凿岭六十五丈以达岭东古河，浚古河数里达于龙山漕河，以避浮山之险，人以为便。奏闻，有恶轼者，力沮之，功以故不成。

轼复言："三吴之水，潴为太湖，太湖之水，溢为松江以入海。

海日两潮，潮浊而江清，潮水常欲淤塞江路，而江水清驶，随辄涤去，海口常通，则吴中少水患。昔苏州以东，公私船皆以篙行，无陆挽者。自庆历以来，松江大筑挽路，建长桥以扼塞江路，故今三吴多水，欲凿挽路、为十桥，以迅江势。"亦不果用，人皆以为恨。轼二十年间再莅杭，有德于民，家有画像，饮食必祝。又作生祠以报。

六年（1091），召为吏部尚书，未至。以弟辙除右丞，改翰林承旨。辙辞右丞，欲与兄同备从官，不听。轼在翰林数月，复以谗请外，乃以龙图阁学士出知颍州。先是，开封诸县多水患，吏不究本末，决其陂泽，注之惠民河，河不能胜，致陈亦多水。又将凿邓艾沟与颍河并，且凿黄堆欲注之于淮。轼始至颍，遣吏以水平准之，淮之涨水高于新沟几一丈，若凿黄堆，淮水顾流颍地为患。轼言于朝，从之。

郡有宿贼尹遇等，数劫杀人，又杀捕盗吏兵。朝廷以名捕不获，被杀家复惧其害，匿不敢言。轼召汝阴尉李直方曰："君能禽此，当力言于朝，乞行优赏；不获，亦以不职奏免君矣。"直方有母且老，与母诀而后行。乃缉知盗所，分捕其党与，手戟刺遇，获之。朝廷以小不应格，推赏不及。轼请以己之年劳，当改朝散郎阶，为直方赏，不从。其后吏部为轼当迁，以符会其考，轼谓已许直方，又不报。

七年（1092），徙扬州。旧发运司主东南漕法，听操舟者私载物货，征商不得留难。故操舟者辄富厚，以官舟为家，补其敝漏，且周船夫之乏，故所载率皆速达无虞。近岁一切禁而不许，故舟弊人困，多盗所载以济饥寒，公私皆病。轼请复旧，从之。未阅岁，以兵部尚书召兼侍读。

是岁，哲宗亲祀南郊，轼为卤簿使，导驾入太庙。有赭繖犊车并青盖犊车十余争道，不避仪仗。轼使御营巡检使问之，乃皇后及大长公主。时御史中丞李之纯为仪仗使，轼曰："中丞职当肃政，不可不以闻之。"纯不敢言，轼于车中奏之。哲宗遣使赍疏驰白太皇太后，明日，诏整肃仪卫，自皇后而下皆毋得迎谒。寻迁礼部兼端明殿、翰林侍读两学士，为礼部尚书。高丽遣使请书，朝廷以故事尽许之。轼曰："汉东平王请诸子及《太史公书》，犹不肯予。今高丽所请，有甚于此，其可予乎？"不听。

八年（1093），宣仁后崩，哲宗亲政。轼乞补外，以两学士出知定州。时国事将变，轼不得入辞。既行，上书言："天下治乱，出于下情之通塞。至治之极，小民皆能自通；迫于大乱，虽近臣不能自达。陛下临御九年，除执政、台谏外，未尝与群臣接。今听政之初，当以通下情、除壅蔽为急务。臣日侍帷幄，方当戍边，顾不得一见而行，况疏远小臣欲求自通，难矣。然臣不敢以不得对之故，不效愚忠。古之圣人将有为也，必先处晦而观明，处静而观动，则万物之情，毕陈于前。陛下圣智绝人，春秋鼎盛。臣愿虚心循理，一切未有所为，默观庶事之利害，与群臣之邪正。以三年为期，俟得其实，然后应物而作。使既作之后，天下无恨，陛下亦无悔。由此观之，陛下之有为，惟忧太蚤，不患稍迟，亦已明矣。臣恐急进好利之臣，辄劝陛下轻有改变，故进此说，敢望陛下留神，社稷宗庙之福，天下幸甚。"

定州军政坏驰，诸卫卒骄惰不教，军校蚕食其廪赐，前守不敢谁何。轼取贪污者配隶远恶，缮修营房，禁止饮博，军中衣食稍足，乃部勒战法，众皆畏伏。然诸校业业不安，有卒史以赃诉其长，轼曰："此事吾自治则可，听汝告，军中乱矣。"立决配之，众乃定。会春大阅，将吏久废上下之分，轼命举旧典，帅常服出帐中，将吏戎服执事。副总管王光祖自谓老将，耻之，称疾不至。轼召书吏使为奏，光祖惧而出，讫事，无一慢者。定人言："自韩琦去后，不见此礼至今矣。"契丹久和，边兵不可用，惟沿边弓箭社与寇为邻，以战射自卫，犹号精锐。故相庞籍守边，因俗立法。岁久法弛，又为保甲所挠。轼奏免保甲及两税折变科配，不报。

绍圣初（1094），御史论轼掌内外制日，所作词命，以为讥斥先朝。遂以本官知英州，寻降一官，未至，贬宁远军节度副使，惠州安置。居三年，泊然无所蒂芥，人无贤愚，皆得其欢心。又贬琼州别驾，居昌化。昌化，故儋耳地，非人所居，药饵皆无有。初僦官屋以居，有司犹谓不可，轼遂买地筑室，儋人运甓畚土以助之。独与幼子过处，着书以为乐，时时从其父老游，若将终身。

徽宗立，移廉州，改舒州团练副使，徙永州。更三大赦，遂提举玉局观，复朝奉郎。轼自元祐以来，未尝以岁课乞迁，故官止于此。

建中靖国元年（1101），卒于常州，年六十六。

轼与弟辙，师父洵为文，既而得之于天。尝自谓："作文如行云流水，初无定质，但常行于所当行，止于所不可不止。"虽嬉笑怒骂之辞，皆可书而诵之。其体浑涵光芒，雄视百代，有文章以来，盖亦鲜矣。洵晚读《易》，作《易传》未究，命轼述其志。轼成《易传》，复作《论语说》；后居海南，作《书传》；又有《东坡集》四十卷，《后集》二十卷，《奏议》十五卷，《内制》十卷，《外制》三卷，《和陶诗》四卷。一时文人如黄庭坚、晁补之、秦观、张耒、陈师道，举世未之识，轼待之如朋俦，未尝以师资自予也。

自为举子至出入侍从，必以爱君为本，忠规谠论，挺挺大节，群臣无出其右。但为小人忌恶挤排，不使安于朝廷之上。

高宗即位，赠资政殿学士，以其孙符为礼部尚书。又以其文置左右，读之终日忘倦，谓为文章之宗，亲制集赞，赐其曾孙峤。遂崇赠太师，谥文忠。轼三子：迈、迨、过，俱善为文。迈，驾部员外郎。迨，承务郎。

过字叔党。轼知杭州，过年十九，以诗赋解两浙路，礼部试下。及轼为兵部尚书，任右承务郎。轼帅定武，谪知英州，贬惠州，迁儋耳，渐徙廉、永，独过侍之。凡生理昼夜寒暑所须者，一身百为，不知其难。初至海上，为文曰《志隐》，轼览之曰："吾可以安于岛夷矣。"因命作《孔子弟子别传》，辙卒于常州，过葬辙汝州郏城小峨眉山，遂家颍昌，营湖阴水竹数亩，名曰小斜川，自号斜川居士。卒，年五十二。

初监太原府税，次知颍昌府郾城县，皆以法令罢。晚权通判中山府。有《斜川集》二十卷。其《思子台赋》《飓风赋》早行于世。时称为"小坡"，盖以轼为"大坡"也。其叔辙每称过孝，以训宗族。且言："吾兄远居海上，惟成就此儿能文也。"七子：籥、籍、节、笈、筜、笛、箭。

论曰：苏轼自为童子时，士有传石介《庆历圣德诗》至蜀中者，轼历举诗中所言韩、富、杜、范诸贤以问其师。师怪而语之，则曰："正欲识是诸人耳。"盖已有颉颃当世贤哲之意。弱冠，父子兄弟至京师，一日而声名赫然，动于四方。既而登上第，擢词科，入掌书命，出典方州。器识之闳伟，议论之卓荦，文章之雄隽，政事之精明，四者皆能以特立之志为之主，而以迈往之气辅之。故意之所向，言足以达其有猷，行足以遂其有为。至于祸患之来，节义足以固其有守，皆志与气所为也。仁宗初读轼、辙制策，退而喜曰："朕今日为子孙得两宰相矣。"神宗尤爱其文，宫中读之，膳进忘食，称为天下奇才。二君皆有以知轼，而轼卒不得大用。一欧阳修先识之，其名遂与之齐，岂非轼之所长不可掩抑者，天下之至公也，相不相有命焉，呜呼！轼不得相，又岂非幸欤？或谓："轼稍自韬戢，虽不获柄用，亦当免祸。"虽然，假令轼以是而易其所为，尚得为轼哉？

图书在版编目（CIP）数据

也无风雨也无晴：苏东坡美文大观 / 周啸天编著.
— 成都：四川人民出版社，2023.6
ISBN 978-7-220-220-13237-7

Ⅰ.①也… Ⅱ.①周… Ⅲ.①苏轼（1036－1101）—
宋词—诗词研究②苏轼（1036－1101）—书法评论 Ⅳ.
①I207.23②J292.112.5

中国国家版本馆CIP数据核字（2023）第076664号

YEWU FENGYU YEWU QING: SUDONGPO MEIWEN DAGUAN

也无风雨也无晴：苏东坡美文大观

周啸天　编著

出 版 人	黄立新
责任编辑	刘姣娇
版式设计	张迪茗
封面设计	朱　丽　李其飞
责任校对	刘　静
责任印制	祝　健

出版发行	四川人民出版社（成都市三色路238号）
网　　址	http://www.scpph.com
E-mail	scrmcbs@sina.com
新浪微博	@四川人民出版社
微信公众号	四川人民出版社
发行部业务电话	（028）86361653　86361656
防盗版举报电话	（028）86361661
照　　排	四川胜翔数码印务设计有限公司
印　　刷	成都国图广告印务有限公司
成品尺寸	185mm×240mm
印　　张	20.75
字　　数	265千
版　　次	2023年6月第1版
印　　次	2023年6月第1次印刷
书　　号	ISBN 978-7-220-13237-7
定　　价	86.00元

東坡先生像贊

岷山峨々江水所出鍾為異人生
此王國秉帝杼機黼黻萬物其文
如粟帛之有用其言猶河漢之無
極若夫紫微玉堂璚崖赤壁閬富
貴於春夢等榮名於戲劇忠君之
志雖困愈堅浩然之氣之死不屈
至其臨絕答維琳之語此尤非數
子之所能及也

吳郡釋東皐妙聲